温州作家记忆

曹凌云 —— 主编

文汇出版社

《温州作家记忆》编委会

主　任：周新波　杨明明
副主任：谢子康　曹凌云　周卢琴　杜　佳
成　员：施梓凤　潘　虹　潘超超　胡芳芳
　　　　陈　俊　金晓敏　李金祥

主　编：曹凌云
副主编：胡芳芳

文学的记忆，时代的追忆
——《温州作家记忆》前言

曹凌云

在新中国成立七十周年的2020年，温州市文联为了全面回顾和总结一百年来温州文学的发展历程，重新擦亮和深入挖掘温籍作家的文学经典，首先对具有典型性、代表性和广泛性的现当代温籍作家进行收集、梳理，与中国作家网、《温州日报》社联合，分别以"温州作家记忆""温州文学记忆"为主题进行征稿，发动广大作家和文学爱好者忆往事、说文学、谈创作，于是，有了《温州作家记忆》这本书。

一

温州古为瓯地，亦称东瓯，公元323年建郡，为永嘉郡，公元675年始称温州。温州人自古崇文尚武，历代文化名人辈出，诗文佳作涌现，是名誉海内外的历史文化名城。如南宋诗人王十朋（1112—1171）、文学家叶适（1150—1223），南宋末年诗派永嘉四灵指南宋四位永嘉籍诗人徐照（字灵晖）、徐玑（号灵渊）、翁卷（字灵舒）、赵师秀（号灵秀），元末明初剧作家高则诚（1306—1368）等，他们的作品都成为封建时期的文学典范，对中国古代文学的发展产生过重要的影响。

1919年爆发的"五四"运动，直接影响了中国共产党的诞生和发展，也使中国文学走上现代化的道路。在这场伟大的思想解放运动中，作为新文学运动倡导者之一的温籍作家郑振铎（1898—1958），无疑有着举足轻重的作用，立下了赫赫功绩，也因此成为中国现代史上杰出的爱国主义者和社会活动家。自此开始，在一百多年的现当代文学发展历程中，特别在各个重要的历史节点上，温籍作家从未缺席。他们以执着的信念、丰沛的热情和不懈的创作，成为无愧于时代和人民的革命者和写作者。

出生于温州市区的郑振铎，1918年考入北京铁路管理传习所（现北京交通大学）读书，他在学校里受到西方新思潮的影响，与挚友瞿秋白等人一起参加北京社会实进会，创办《新社会》旬刊，强调社会改造运动。在"五四"运动时，郑振铎与李大钊、陈独秀有着较为密切的联系。1921年中国共产党成立，新文学运动有了进一步发展，郑振铎与沈雁冰（茅盾）、周作人等十二人发起的"文学研究会"在北京成立。这是我国现代最早的新文学团体，他们创办报刊，出版书籍，反对旧文学，提倡新文学，研究和介绍世界文学。1926年郑振铎与叶绍钧、胡愈之等人发起并成立上海著作人公会，参加上海工人第三次武装起义前后的革命活动。1927年至1937年，郑振铎与王统照、巴金等一起主编出版了不少文艺杂志，其中《文学》《文学季刊》《文学月刊》影响最大，《文学》杂志获得鲁迅的高度好评。郑振铎还与鲁迅、刘半农、郭沫若等一道翻译外国文学作品，介绍外国文学理论，为中国文学汇入世界先进国家的文学浪潮做着切实可行又必不可少的工作。1938年，郑振铎参与发起的中华全国文艺界抗敌协会（简称"文协"）在武汉成立，老舍主持协会日常工作，郑振铎为理事。"文协"的成立使中国作家、艺术家空前团结，开展了广泛而热烈的抗战文艺运动。抗战胜利后，郑振铎作为"文协"上海分会负责人，与李健吾一起主编《文艺复兴》月刊，有效巩固上海作为新文学"大本营"的地位，对中国现代文学的发展起到了毋庸置疑的引领作用。

"一代词宗"夏承焘（1900—1986），比郑振铎小两岁，两人曾是同窗好友，少时是要好的玩伴。在"五四"运动时期，夏承焘同样有着强烈的革新思想，为响应"五四"运动，在温州任桥小学组织学生成立"十人团"，到附近地区进行爱国宣传活动。1920年，夏承焘与温州一批爱好诗词的年轻人梅冷生、陈仲陶等，发起并成立了文学团体"慎社""瓯社"，定期聚会，出版刊物。之后不久，夏承焘北上晋冀，西入长安，一路游历，面对国难家愁，写下一批忧时愤世的诗词。1930年前后，夏承焘把主要精力集中在词学研究上，写出了《唐宋词人年谱》《唐宋词论丛》等二十余种词学专著，成为现代词学的奠基人。

出生于温州苍南的朱维之（1905—1999），"五四"运动时期是浙江省立第十中学（温州中学前身）的进步学生，与同学一起阅读进步书刊，上街游行，在老师朱自清引导下，走上文学的道路。他给上海的《青年进步》杂志写稿，其中《十年来的中国文学》一文，是我国较早评论五四前后新文学的论著。他中学毕业后，进入免费的金陵神学院学习，对基督教文学进行研究。1927年他投笔从戎，参加国民革命军，被委派为第三军宣传科长，上级是邓演达和郭沫若。革命失败后，他在上海工作，并开始小说写作。1930年朱维之前往日本早稻田大学和中央大学进修，从事日本文学与中国文艺思潮史的研究。1936年他开始在沪江大学任教，面对国内的战争动乱，写文章鼓励青年爱国自强。20世纪40年代，朱维之的学术专著《中国文艺思潮史略》《基督教与文学》《文艺宗教论集》等陆续出版，他还从事翻译工作，如翻译了弥尔顿的三大诗作《失乐园》《复乐园》和《斗士参孙》。

温州是宋元南戏的发源地，戏曲在温州民间繁衍兴盛，流行昆剧、瓯剧、越剧以及和剧、高腔、木偶戏等。在这样的文化氛围下，温州走出了两名戏曲史研究专家：王季思（1906—1996）和董每戡（1907—1980），他俩的人生之路也有许多相似之处。

王季思出生在温州老城东郊的上田村，董每戡出生在温州老城西郊的潘桥乡。他俩从小就爱看戏，戏班在村里演戏的日子，就是他们的节日。1925年，王季思考入南京东南大学，董每戡考入上海大学。王季思在四年的大学生涯里汲取了丰富的古典戏曲精华，大学毕业后一边教学一边研究中国古代戏曲。在上海大学中文系读书的董每戡1926年加入中国共产党，从事革命活动，1932年加入"左翼戏剧家联盟"，追随田汉工作，创作了多个剧本。1943年董每戡转入教学工作，把研究的重点转向中国古典戏剧和戏剧史。1948年，王季思到中山大学任教，长达四十二年，从没停止过学术研究。五年后的1953年，董每戡也到中山大学任教，与王季思成了同事，几十载潜心钻研的学科也相近。

从温州文成走出来的新闻记者、作家赵超构（1910—1992），1928年在浙江省立第十中学读书时，汲取新文化、新思想，他领头闹学潮，上街喊口号、发传单、贴标语，因而收到学校的退学令。1934年，赵超构到南京任《朝报》编辑，后又到重庆任《新民报》主笔。1944年夏，赵超构作为《新民报》特派员，在陕甘宁边区共采访了四十三天，其中在延安有一个月，他写出了报告文学《延安一月》，得到毛泽东、周恩来的赞赏。访问延安，成为赵超构人生道路上的一个转折点，最终成为"新闻史不可或缺的开拓者"（见2019年9月《新民周刊》中《赵超构与晚报：飞入百姓家，与民同喜忧》一文）。

赵瑞蕻（1915—1999）、莫洛（1916—2011）、唐湜（1920—2005）都是诗人。他们都出生在温州市区，都在温州中学读书，因学习成绩优异、热爱文学、意气相投，成为志同道合的同学。课余，他们经常聚在一起谈何其芳、冰心的作品，一起读巴金、茅盾的小说。温州中学是进步思潮的大本营，他们与同学一起成立野火读书会，关心民族兴亡，纵论天下大势，旗帜鲜明地宣传抗日救国。他们还参与发起并成立永嘉战时青年服务团，以一种与国家民族同生死、共患难的英雄气概，开展抗日救亡运动。1937年，赵瑞蕻到国立长沙临时大学（简称"临大"）文学院读书。1938年元旦后，因日寇南侵，兵荒马乱，包括赵瑞蕻在内的八百多名临大师生经过四十多天长途跋涉，最后汇集昆明，组建国立西南联合大学，完成了中国历史上空前的知识分子集体大迁移。赵瑞蕻在大学里有幸得到吴宓、朱自清、闻一多、沈从文、钱钟书等教授的教诲，创作了不少现代诗，他还用散文化的笔调翻译了《红与黑》等多部文学名著，成了一名翻译家。1940年，莫洛受温州党组织的安排，到皖南（在安徽省，现已撤销行政区）参加新四军，他怀着一颗虔诚滚烫的心，随着队伍在疾步前进中不时萌发出创作的欲望，开始用诗歌进行生命存在意义的探寻，记录生活的真相与真情，写出了长诗《渡运河》等。

1938年，温州遭到日寇飞机的多次轰炸，许多房屋成了灰烬，无数生命遭受摧残。悲愤交加的唐湜想到火热的战场上，到战争的烽烟中去，他更渴望到延安与那些革命英雄进行心灵的对话和情感的沟通，以笔为武器进行战斗。1938年严冬和1939年炎夏，唐湜两赴延安，均没有成功。1943年深秋，回到温州的唐湜听取二舅王季思的建议，进入龙泉山中的浙江大学分校研读西方文学。这个选择，成了他一生中最重要的转折点，他毅然决定"学剑不成先学书"，集中精力从事文学创作。1947年7月，还在浙大读书的唐湜收到臧克家和曹辛之的来信，说要创办诗刊《诗创造》和出版一套《创造诗丛》，约他参加，他欣然前往上海。1948年，唐湜在诗歌创作和诗刊编辑中，与同为诗人的曹辛之、辛笛、陈敬容、唐祈、穆旦、杜运燮、郑敏、袁可嘉都有了较多的往来，他们以"接受了新诗的现实主义传统，采用欧美现代派的表现技巧，刻画了经过战争大动乱之后的社会现象"（艾青语）的艺术风格，逐渐形成并奠定了独具一格的"九叶诗派"。

有文友说女作家苏雪林（1897—1999），也可算温籍作家。苏雪林祖籍安徽省黄山市黄山区（原太平县），虽然出生于温州瑞安，但五六岁就离开了温州，尽管她一生写出六十多部作品，是一位博学而笃志的作家、学者，我们还是认为把她列入温籍作家太过勉强。

二

"天亮了，天亮了。"这是1949年5月7日温州和平解放，瓯江两岸民众说得最多的一句话。是的，天亮了，漫长的黑夜过去了。1949年10月1日，毛泽东主席在天安门城楼上庄严宣告"中国人民从此站立起来了"，也庄严宣告了新中国的诞生。

历史揭开了崭新的一页，中国人民跨进了改天换地的新纪元，我们党高度重视文学工作，1949年12月，成立了温州市文学工作者协会，温州的文学事业迎来了新的历史机遇。唐湜作为一位天才的诗人、评论家和剧作家，创作了大量的文学作品，有诗集《飞扬的歌》《幻美之旅》、历史叙事诗集《海陵王》《划手周鹿之歌》、诗歌理论集《意度集》等问世。他的剧本《东窗记》《百花公主》等也被搬上了舞台。莫洛除了写作外，于1951年牵头成立了温州区（市）文学艺术界联合会，担任主席。朱维之、王季思、董每戡、赵超构、赵瑞蕻以及鲁迅研究专家胡今虚（1915—2003）、诗人洛雨（1920—1999）、文学评论家张禹（1922—2011）、小说家洪禹平（1926—

2005）等以宏阔的文化视野、诚挚的家国情怀，继续投身文学创作。文学新生力量涌现了小说家林斤澜（1923—2009）、寓言作家金江（1923—2014）、彭文席（1925—2009），剧作家何琼玮（1927—2016）、尤文贵（1930—2019）、沈国鋆（1939—2006），诗人吕人俊（1933—2015）、李岂林（1940—1994）、高崎（1945—2013）等，他们的作品闪烁着独特的光芒，映照着一个时代的美丽天空，也营造了温州良好的文化风气。

出生在温州市区的林斤澜，是赵瑞蕻、莫洛、唐湜的学弟，同样追求民主自由，参加野火读书会和永嘉战时青年服务团，在政治上逐渐走向成熟。20世纪40年代，林斤澜在重庆远郊璧山的国立社会教育学院读书时，受到老师梁实秋、焦菊隐等的影响和指导，开始了文学写作。新中国成立后，他在北京人民艺术剧院创作组从事专业写作，1951年调到北京市文联任文学创作组成员。1958年出版的小说集《春雷》，是他早期小说的代表作。

长期以来，温州剧作家与戏曲艺人交朋友，他们从传统剧目和民间文化中吸收营养，创作了许多深受群众喜爱的作品，使温州戏曲在中国戏曲史上占有一席之地。有"东瓯才人"称号的尤文贵，1952年创作剧本《雷雨夜》，被改编成许多剧种在全国演出。何琼玮比尤文贵大两岁，写剧本比尤文贵早一年。1951年，他写了戏文《幸福是靠斗争换来的》。1957年春，浙江省委宣传部为抢救地方剧种，点名何琼玮到杭州脱产创作一部瓯剧。他选择了在温州民间流传甚广的高机与吴三春的故事，仅用一个月时间写出七场大戏《高机与吴三春》，上演后大获成功。郑伯永（1919—1962）在上世纪五十年代创作了多篇中短篇小说，发表后在社会上引起广泛反响，而他在1955年与黄源一起牵头改编的昆剧《十五贯》，无疑是他文艺创作生涯中的丰碑。

寓言作为一种广受欢迎的艺术形式，在温州文学中独树一帜。金江是新中国最早写寓言、也最早出版寓言专集的作家之一，他的《乌鸦兄弟》《白头翁的故事》等都是现代寓言名篇。金江终生致力于寓言创作和推广，是温州、浙江，乃至全国寓言文学的领军人物，公认的寓言大师。彭文席在20世纪50年代初开始创作文学作品，1955年，他结合在教学、生活中积累的经验，写出了《小马过河》，1957年入选小学语文课本，承载了读者半个多世纪的记忆。另外，报告文学作家叶永烈（1940—2020）也是寓言作家，创作有《侦探与小偷》等经典寓言作品。

在当代作家中，叶永烈是温州文学的一面旗帜，也是文学界的一个传奇。早慧的他五岁上小学，十一岁开始写诗，十七岁开始发表科学小品，并考上北京大学化学系。1959年，十九岁的叶永烈出版了第一部科学小品集《碳的一家》，翌年，成为《十万个为什么》的主要编写者，并完成第一部科幻小说《小灵通漫游未来》。

在中国当代文学的大家庭中，报告文学分门立户，成为与小说、散文、诗歌、戏剧等并存的一种文体，温籍作家黄宗英（1925—2020），在报告文学创作上卓有成就。祖籍温州瑞安的黄宗英，出生于北京，在天津、青岛、上海等地求学与工作，偶有来故乡温州小住。她在少女时代到上海的职业剧团开始表演生涯，以情动人的表演风靡上海滩。20世纪60年代，黄宗英的演员生涯渐隐，作家身份渐显，创作了多篇有影响的报告文学，如《大雁情》《小木屋》，用优美的语言和细腻的内心刻画，热切追踪献身大自然的科学家的命运；如《特别的姑娘》《小丫扛大旗》，用发生在乡村里的新颖事件和人物，热情关注现实生活和社会变革。黄宗英的大哥黄宗江（1921—2010），十岁就发表寓言独幕剧《人的心》，1940年开始在上海做职业演员，后来也从表演改行写作，主要是编剧，他编剧的电影《农奴》、与胡石言共同编剧的电影《柳堡的故事》，在20世纪五六十年代家喻户晓。

散文家琦君（1917—2006），出生于温州瓯海，十二岁时跟随父母迁居杭州，1941年从杭州之江大学毕业后，从事教学工作。1949年，三十二岁的琦君离开大陆，去了台湾，在台湾"立法院"任职或在大学执教，并挤出时间从事写作。琦君用散文开始了她的文学道路，一发而不可收，写了大量的散文，先后出版了《烟愁》《红纱灯》《三更有梦书当枕》《桂花雨》等二十多本散文集，她写山水草木和童年生活，写父爱母爱和挚友师长，传递着对故乡的深情，寄寓着浓浓的乡愁。琦君也写小说，其中《橘子红了》被改拍成电视剧，广为传播。

出生于温州永嘉的林冠夫（1936—2016），20世纪60年代在复旦大学读书时，开始研究中国古代文学，70年代初，参与《红楼梦》新校注本的校勘定稿工作，由此对《红楼梦》版本展开研究，写出了《红楼梦版本论》一书，成为红学研究中的重要论著。而后他又写出《红楼梦纵横谈》《红楼诗话》等专著，多侧面地对《红楼梦》进行解读，丰富和发展了红学研究。

这些"大师级"的作家，在人生和创作的道路上，却遇到意想不到的风雨和艰难，他们未必没有彷徨与疑虑，但凭借内心的强大和行动上的勇敢，最终获得成功。他们的作品得到读者的喜爱和信赖，经得住读者的评判、时间的洗礼和时代的考验。现在，他们都已经远去了，我们只能在他们留下的作品和足迹中去寻访他们，去触摸和感受他们所寄托的创作理想和精神向度。

三

"时运交移，质文代变"（语出《文心雕龙·时序》），文学在温州从来不是寂寞单行的涓涓细流，而是千百条川流汇聚成滔滔的瓯江，奔向开阔的东海。

党的十一届三中全会开启了改革开放的历史新时期，倡导思想解放和个性张扬，继承和发展了"五四"精神。温州是改革开放的一方热土，也是滋养文学事业不断成长、壮大的一方沃土。从20世纪80年代初以来，在改革开放的东风里，温州于1981年创办《文学青年》杂志，由茅盾题写刊名，全国公开发行，鼎盛时期发行八万份；1982年2月召开温州市第二次文学艺术工作者代表大会，吴军（1928—　）任主席；1983年举办文学函授班，面向全国招生，培育了一批文学写作的后续力量；1983年还创办了《园柳》杂志，以发表通俗文学为主，受到广大市民的喜欢；1989年5月，温州市文学工作者协会换届，改名为温州市作家协会……这些典型的文学事件，在《温州作家记忆》的"下篇"稿件中，有所提及。

唐湜、莫洛、金江，被温州文化界称为"三老"。他们是文学路上虔诚的求索者，以"三老"为代表的温州老一辈作家，其思想境界和艺术功力自不待言。林斤澜在20世纪80年代出版《满城飞花》《十年十癔》等多部小说集，是他致力于小说艺术探索的成果体现，小说集《矮凳桥风情》是以温州为背景的系列短篇小说，有着对世道人心的精湛刻画。他被誉为"短篇小说的圣手"，2007年，北京作协授予他"终身成就奖"。

20世纪80年代，尤文贵的创作处于一种"井喷式"的状态，《杀狗记》《张协状元》《仇大姑娘》等十六个剧本，将传统题材内涵的挖掘与现代生活的感受紧密地融合在一起。他获得第九届全国戏剧文化奖·戏曲编剧终身成就奖，成为全国首位获此殊荣的剧作家。

叶永烈已从科普、科幻写作转向以纪实文学为主的创作，孜孜不倦，笔耕不辍，频频有大部头作品面世，拥有一大批敬慕者和追随者。《红色的起点》《历史选择了毛泽东》等以宏大的叙事、生动的故事，披露许多鲜为人知的史实。《陈云全传》《马思聪传》等拷问生命，逼视生存，记述波澜壮阔的人生。《行走美国》《行走俄罗斯》等关注时代，烛照历史，对所见所闻进行深刻认知和理性反思。

长篇小说《东方华尔街》《海峡柔情》《邂逅美丽》合称"上海三部曲",其中《邂逅美丽》的故事开始于上海,结束于温州,浓墨重彩地描绘了20世纪40年代的瓯越风土和温州风貌,是一部寻根、怀乡之作。

出生在温州苍南的杨奔(1923—2003)和出生在温州乐清的许宗斌(1947—2015),都是散文家,一生坚持业余创作,践行着对文学深沉的热爱。杨奔有散文集《深红的野莓》《霜红居夜话》等,许宗斌有散文集《听蛙楼琐语》《雁荡山笔记》等,在他们的散文中,可以发现作者思想的印迹和生活的智慧。

出生于温州平阳的马允伦(1926—2011),从小就喜好文史与写作,在近半个世纪的教学生涯中,利用余暇辛勤笔耕,陆续出版了《古代军事家故事》《大义灭亲》《飞将军李广》《航海家郑和》等四十三本历史读物。他一生学历史、教历史、讲历史、写历史,并将历史与文学巧妙结合,在文学创作道路上开辟出了一片新天地。

此时,在温州作家群中,一批势头强劲的中坚力量活跃在中国文坛上,他们的笔下,出现了生动、逼真的生活,却又超越生活本身。在小说方面,渠川(1929—)、戈悟觉(1937—)、胡兆铮(1944—)、刘文起(1949—)等作家以创新精神突破以往小说创作中的禁锢与模式,构建了小说文本的多姿多彩和新鲜活泼的生命力。在诗歌方面,冯增荣(1925—)、叶坪(1944—)、贾丹华(1945—)等诗人带着新的诗作进入人们的视野,他们的作品充满着对真善美与自由的追求、对理想信念与人性人道的忧思。在戏剧方面,以张烈(1941—)、张思聪(1943—)等为代表的剧作家,处理好守望传统和不断创新的关系,以更为开阔的艺术手法创作传统剧、现代戏和影视作品。在报告文学方面,白晖华(1943—)、黄传会(1949—)等直面现实生活、体察人民愿望,表现出思想上的独立自主和书写上的从容自信。在寓言方面,徐强华(1927—)、瞿光辉(1939—)、张鹤鸣（1939—　）等把生命的经验在艺术的想象中融合、生长和升华，带给读者快乐的阅读。在民间文学方面，萧耘春（1942—　）、邱国鹰（1944—　）等创作的故事，来自传统、源于民间，既体现地域特色又彰显中华民族共同体意识。在文学研究方面，戏曲史学家叶长海（1944—　）等对家乡的文艺元素情有独钟，以毕生的努力成就学术的硕果，为新时代的中国文艺提供多角度的经验和启示。

到了20世纪90年代，特别是新世纪以来，温州文学事业更是迅速发展。伴随着改革开放成长起来的一代作家，以清醒的文学自觉和自我的个性追求，创作了大量文学作品，发表在《人民文学》《收获》《文艺报》《作家报》等文学类重要报刊；一批更加年轻的七〇后、八〇后温州作家，借助国际视野与文化交融，在创作上从青涩渐入佳境，出手不凡，创造出不少栩栩如生的艺术形象，成为中国有影响力的小说家。

近二十年，随着中国网络文学的崛起，温州成为网络文学创作活跃的城市。温州网络文学作家秉承温州人敢为天下先的精神，行动敏捷，顺势而为，纷纷创作出内容丰富、题材广泛、风格新颖的作品，契合青年一代的成长经历与生命体验，在网文圈广受好评。温州网络作家主动与读者、网站、IP改编方等多方面进行沟通，积极参与布局IP、激活关联、打通影视，把网络文学引向其他行业，在新的领域产生影响力，呈现了"网络文学的温州现象"（见2021年10月26日《文学报》的《在守正创新中构筑文学高地》一文）。

一代人有一代人的追求，一代人有一代人的使命。从"五四"运动至今，已经过去了一百零二年。一百零二年，在浩瀚的时空中，显得异常短暂，而面对百年以来的温州文学，留下的作品和作家们的奋斗史却是如此丰富、如此精彩。本文列举了部分新中国成立前出生的作家和他们的作品，限于篇幅，不少作品和作家还未介绍。新中国成立后出生的温籍作家和十一届三中全会后创作的作品，数量众多，一时难以道尽,关于这些作家和他们的作品,我们将另文介绍评说。《温州作家记忆》一书的编辑与出版,只是对一百年来温州文学的发展历程进行收集与梳理的开始。

今年,我们迎来了中国共产党成立一百周年。明年,党的二十大在北京召开。这一个个重大的历史节点,鼓舞着温籍作家创作出更多的优秀作品,去赢得人民群众的喜爱和欢迎。

写于2021年12月16日

目 录

上 篇
温州作家记忆

003　郑振铎：如椽之笔抒写温州情

009　夏承焘：一代词宗

017　朱维之：从温州走出的文学大家

026　王季思：斯人已远，风范长存

035　董每戡：风雨中的文化精魂

045　赵超构：《延安一月》激风雷

051　赵瑞蕻：追问生命的意义

062　莫洛：诗国的"流浪汉"

067　琦君：找寻梦中的故乡

074　郑伯永：壮志未酬三尺剑

081　唐湜：幻美的旅者

103　黄宗江：性格独特的文化老人

111　金江：他的心中只有寓言

118　林斤澜：上下求索

125　杨奔：师之大者

130　黄宗英："天马行空不拘一格"又何妨

136　彭文席：让小马过河

141　马允伦：一枝一叶总关情

147　何琼玮：艺术是他心中的永恒

152　尤文贵：凤凰涅槃，浴火重生

158　林冠夫：水到天边

166　叶永烈："请到上海图书馆找我"

下篇
温州文学记忆

177　当年温州笔会

183　全国作代会上的温州风

188　二十多年前的瑞安儿童文学

193　温州文学，让我不再是异乡人

198　来过温州的文学大咖们

205　一次文学讲座的意外收获

210　黄传会和张翎
　　　——苍南文学的独特风景

217　一根火柴
　　　——温州举办的"全国级"活动

223　诗人洛夫的温州之行

227　感恩《文学青年》

231　那时的文学如初恋
　　　　——《文学青年》函授班二三事

238　一个小县城的黄金时代
　　　　——文成县文学创作现象回眸

243　难忘那三场文学讲座

248　一个渔家女的文学缘

252　文学，从这里出发
　　　　——我与乐清文联

258　且借名家如椽笔　畅写百岛千般美

265　温州文学记忆

上篇 温州作家记忆

郑振铎：如椽之笔抒写温州情

紫 苏

瓯江晨曦，云雾缥缈，片片帆影，自远处迤逦而来。天色渐渐明朗，一个背着书包的少年，步伐坚定地行走在瓯江南岸华盖山的小道上。这位少年，就是后来成为中国现代文化界"全才大师"的郑振铎。在文学、史学、艺术学、编辑学、文献学等众多领域，先生都做出了开拓性的贡献。

郑振铎（1898—1958）

生于温州 长于温州

一百二十多年前，温州城是一个河网密布的水城，悠长的河道四通八达，低矮的房屋沿河而建，乌黑的小船穿行其间，犹如东方威尼斯。1898年12月19日，郑振铎就出生在温州城乘凉桥附近的老衙署"盐公堂"。郑振铎祖籍福建，"振铎"的名字是他在温州任盐官的祖父给起的，寓意摇铃发出号召，一呼百应，寄托了祖父对长孙未来成才的期盼。

郑振铎还有一个小名"木官",这个名字和温州的山水一起伴随他度过了童年。郑振铎十一二岁时,父亲病故,没过几年祖父也去世了,家庭骤然变得贫困。兄妹三人加上年迈的祖母,一家五口生活的重担全落在郑振铎母亲的肩上。她日夜做针线活,靠微薄的收入和亲友的接济过活,度日如年。但不论生活如何艰苦,母亲一定要供郑振铎读书。郑振铎先是在一家私塾念书,后来转入三官殿巷永嘉第一高等小学就读,费用全靠母亲东挪西借。上小学时,因家境贫寒,冬天里郑振铎也只穿单薄的衣衫,因此长期受冻得了慢性鼻炎,时不时挂下两行鼻涕,受到同学的嘲笑,不爱与他玩耍,郑振铎于是常默默坐在学校的角落里读书。

当时永嘉第一高等小学校长黄小泉兼教学校的国文课。黄校长虽然是旧式科举出身,却思想开明,对学生非常爱护。郑振铎最喜欢上小泉老师的课,小泉老师也对聪敏好学的郑振铎格外关心。学校附近的积谷山、春草池、飞霞洞等都是温州名胜,小泉老师不仅会带着郑振铎等学生去游玩,还乐于把自己的书刊借给郑振铎阅读。如此教导下,郑振铎的国文进步很快,不久便开始尝试写新式作文。后来,郑振铎还写过一篇《记黄小泉先生》,其中有"我永远不能忘记黄小泉先生,他是那样的和蔼,忠厚,热心,善诱""假如我对文章有什么一得之见的话,小泉先生便是我真正的启蒙先生,真正的指导者"等深情的句子。

今日之温州,高楼林立,商铺云集,大街小巷都是匆忙的行人和汽车。盐公堂和乘凉桥早已被拆除,郑振铎童年、少年活动的蝉街、沧河巷一带河道早已被填平,成了温州老城区的繁华地段。永嘉第一高等小学多次易名,校舍几经拆建,于1978年更名为温州市广场路小学至今。不过,乘凉桥作为温州市区的一个地名却保留了下来。2013年,温州有关部门根据郑振铎在"五四"时期永嘉新学会通信录的"住址"一栏中曾填写过"沧河巷",便选择在沧河巷金宅建成郑振铎纪念馆,这距离郑振铎1958年10月17日因飞机失事遇难已过去了五十五年。

说温州话 吃温州菜 交温州友

温州蕴含着丰富的瓯越文化,衍生了"敢为人先,特别能创业"的温州人精神,也造就了郑振铎奔走四方、敢想敢干的性格。

1917年春,郑振铎从浙江省立第十中学(今温州中学)毕业,1918年1月考入北京铁路管理学校(今北京交通大学)学习。1921年春郑振铎大学毕业,被分配到上海沪杭甬铁路管理局工作,同年5月,进入上海商务印书馆任编辑,不久便将母亲及家人接到上海生活,从此郑振铎便再没有回过温州。

喝着瓯江水长大的郑振铎熟悉温州话,也有一个"温州胃"。据郑振铎之子郑尔康回忆,无论在北京还是上海,凡家里有温州人来访,父亲总爱用温州话与他们交谈。与郑振铎常有往来的温州文化人中,有夏承焘、周予同、陈仲陶、夏鼐等。他们说着温州话,吃着温州菜,喝着杨梅酒,叙说着家乡事;他们的情谊像瓯江水,奔流不息,激起浪花朵朵。

被称为"一代词宗""词学宗师"的夏承焘比郑振铎小两岁,两人曾是同窗好友,少时是要好的玩伴。1978年,夏承焘怀念已经亡故二十周年的郑振铎,写下了《减字木兰花·有怀西谛学兄》一词,回忆两人七八岁时一同就学的情景:"峥嵘头角,犹记儿时初放学。池塘飞霞,梦路还应绕永嘉……"

郑振铎与中国经学史专家、复旦大学教授周予同同龄,关系密切。在《回过头去》一文中他这样描写周予同:"予同,我们同伴中的翩翩少年,春二三月,穿了那件湖色的纺绸长衫,头发新理过,又香又光亮,和风吹着他那件绸衫,风度是多么清俊呀。"而周予同则这样描述郑振铎："振铎是我们的朋友中生命力最充沛的一位""概括地说,他的学术范围包括文学、史学和考古学……但他的精力异常充沛,好像溢满出来似的,学术部门实在圈不住他"。

郑振铎在浙江省立第十中学读书时,最要好的同班同学叫陈召南。陈召南的父亲陈寿宸是清末举人,博学多才,当时正在第十中学教习国文。郑振铎还认识陈召南的三哥陈仲陶,陈仲陶办过刊物,组织过诗社、词社,精通诗词,为南社诗人。郑振铎与陈家父子特别亲近,陈家有很多藏书,郑振铎经常前去看书,时常看到忘我的境地。"五四"运动之后,郑振铎从北京回到温州,与陈仲陶等人一起在华盖山资福寺创办《救国讲演周刊》,传播新文化、新思想。1951年,时任文化部文学研究所所长的郑振铎,邀请陈仲陶赴京校编《宋诗选》,后陈仲陶因病未能成行。

考古学家、中国科学院院士夏鼐比郑振铎小十二岁。1949年11月,郑振铎担任文化部文物局局长兼任中国科学院考古研究所所长,力邀正在浙江大学当教授的夏鼐到北京主持考古工作。1950年7月,夏鼐应邀北上,担任中国科学院考古研究所副所长。此后两人共事八年,风雨同舟,情深谊厚。

如椽之笔抒写温州情

在温州,郑振铎度过了人生最初的二十年,后来,这二十年里的许多记忆幻化成了他笔下的文字,如小说《五老爹》《家庭的故事》,散文《宴之趣》《记黄小泉先生》等。

在短篇小说集《家庭的故事》序言中他写道:"我写这些故事,当然未免有几分眷恋……他们并不是我自己的回忆录,其中或未免有几分是旧事,却绝不是旧事的纪实……"集子里的小说,有的写于"五四"运动后,表现知识分子家庭生活的困惑与情趣;有的写于

郑振铎纪念馆

1927年他旅居巴黎时，反映了旧中国封建大家庭的状况与困惑，小说里人物的原型也大都生活在温州。郑振铎的舅公也被他写进了小说，舅公经常说"三国"故事给"小木官"听，培育了郑振铎最初的文学素养。

郑振铎在散文诗《雁荡山之顶》中写道："红的白的杜鹃花，随意在山径旁开着。我迎着淙淙的溪声，上了瀑布之顶——雁荡山之顶……"年少时游览温州雁荡山的经历给他留下了深刻的记忆。

1932年10月，郑振铎在北京大学作学术报告时曾说："回想儿时居乡，合村公请一盲者宣卷，远近咸至，返家竞相转述，当时情绪之激涨，今犹历历如在目前。"这反映了温州民间讲唱文学对郑振铎童年的诸多熏陶和影响。在他自己编著的《中国文学论集》序言中郑振铎还写道："年十三四时，读《聊斋志异》，便习写狐鬼之事。记得

郑振铎与妻子高君箴

尝作笔记盈半册，皆灯前月下闻之于前辈长者的记载。迄未敢出示友朋。人亦无知之者。几经播迁，皆荡为云烟矣。后随长者们作诗钟。方解平仄，乃亦喜赋咏物小词。随作随弃，也不复存稿。"所谓"随长者们"作诗钟，"长者"主要就是指陈寿宸先生。

郑振铎是中国文坛上的多面手，于文学艺术的许多门类都有杰出贡献。可以说，先生为中国的文化事业奉献了一生，是后来者的楷模。

"小燕子带了它的剪刀似的尾巴，在阳光满地时，斜飞于旷亮无比的天空，唧的一声，已由这里的稻田上，飞到那边的高柳下了。另有几只却在波光粼粼的湖面上横掠着，小燕子的翼尖或剪尾，偶尔沾了一下水面，那小圆晕便一圈一圈地荡漾开去……"这是郑振铎远离祖国，心中泛起乡愁时写下的传诵至今的经典文句。小燕子掠过波涛起伏的瓯江浪头，留下了永恒的印迹。

夏承焘：一代词宗

陈增杰

夏承焘先生，字瞿禅，晚号瞿髯，温州市区人。居宅邻近东山谢灵运春草池，故又别号谢邻。1918年浙江省第十师范学校（温州师范学校前身）毕业，后任杭州大学教授，曾兼任中国科学院文学研究所研究员、中国作家协会理事、浙江省作协副主席、中国韵文学会名誉会长。

夏承焘（1900—1986）

夏先生一生热爱祖国，追求进步。他禀性端正淳直，淡泊名利，将毕生精力投注于教育事业和学术研究，奉献社会。夏先生是一位桃李满天下的大教育家，他担任教职六十多年，先后在小学、中学、师范学院、综合大学和研究室执教，培养了大量教育和专业人才。他说："为人民教育工作，应有广阔之胸襟、纯洁之思想与美丽之希望。"他教书育人，"对弟子们的学业、心境、生活、健康，无不时时关怀"。他教育学生首先是学行一致的品格志向的陶冶，树立优良的学风。他胸怀坦荡，待人平易宽厚；他的爱心和灵慧，犹如光风霁月，给青年学生带来清新蓬勃的生机。他教学认真,又有极好的教学方法,常常引譬喻义,深入浅出,情趣横生,使学生在愉快的享受中获得知识,悟明事理;有时又引而不发,不断启迪思考,让学生反复玩味而终于心领神会。他虚怀若谷,谦逊善纳,曾以"南面教之、北面师之"为联题赠学生,深悟教学相长的真谛。他热心奖掖后进,鼓励学生的创造精神,希望青出于蓝而胜于蓝,曾引述清代学者戴震的话说:"第一流学问家培养不出第一流(学生),第二、三流才能培养第一流(学生)。"意思是说老师不以第一流"权威"自居,不以自己的学术框框限制学生,学生才能充分发挥自己的才性,有机会超越老师。

词学研究的开拓者

夏先生二十多岁起就攻治词学。他以攻坚的锐气,从被称为"绝学"的姜白石乐谱入手,连续在《燕京学报》发表了《白石歌曲旁谱辨》《白石歌曲斠律》《白石道人行实考》等重要论文,引起学术界的重视,以此成名。他得到近代词学大师朱孝臧(彊村)的称扬,又与著名词曲家吴梅、夏敬观、冒鹤亭、龙榆生等相切磋,学问益进。他一生著述繁富,其中词学著作即有二十余种。

夏先生在词学研究上的贡献,体现在以下几个方面:考证词人行实,倡扬谱牒之学,创为《唐宋词人年谱》,将"徵实"之史学长术带入词学领域,为治词史者开辟通衢。对词乐、词律和词的形式的考订笺解,全面研讨唐宋词声律问题(宫调、四声、协韵等),对词与音乐的关系做了十分深入的探索和精到考论,创获极多,论者称"前无古人"。他总结治词方法,致力于词的理论建设,从文学艺术和音乐声律两方面结合研究,继往开来,为建立新的完整的词学理论体系奠定基础。他对宋词名家李清照、辛弃疾、陈亮、陆游的评论,精确透辟深刻,极富启示意义。他提出编撰词学史、词学志、词学典、词学谱四书的构想，为之后词学研究规划了广远蓝图。《天风阁学词日记》记录了他一生治学历程与学术活动，"可以体认一代词宗超凡的思想"，具有重要的学术文献价值。

总而言之，夏先生以考信求实的精神，运用现代科学方法，在广阔的历史文化背景上研究词学，开拓了新的途径，革新了传统词学。由于他的突出贡献，今天的词学已扩展到对词乐、词律、词史和词的体性的全面研究，成为兼涉史学、文学和声学三个领域的一门独特学科。因此，他赢得了学术界的推崇和尊敬，被誉为"词学宗师"（胡乔木）。

诗词创作的成就

夏先生还是一位成就卓越的诗（词）人。早年就读师范时即擅长词笔，后师事词人林鹍翔（铁尊），与同里梅冷生、陈仲陶等结为"慎社""瓯社"。二十岁后出游，北临晋冀，西入长安，视野扩大，涉猎愈广。登长城所作"一丸吞海日，九点数齐烟"，西北漫游所作"足下千行来白雁，马头一线挂黄河"，皆称壮伟之句。其《北游》云："禹功不到水横流，大漠西驰我北游。归对邻翁诧吟境，秦时明月在胸头。"诧对广袤的北国山河，诗情涌发，充满历史的韵味。他目睹军阀混战，疮痍遍地，又多慷慨悲凉之音。《鹧鸪天·郑州阻兵》云："投死易，度生难，有谁忍泪问凋残。纸灰未扫军书到，阵阵哀鸿绕古关。"抗战时写的《抗敌歌》（为浙江抗敌后援会作）、《军歌四章》等，充满激昂的战斗热情。而《水龙吟·皂泡》《木兰花慢·题嫁杏图》等作，则指斥投靠敌伪的变节者，大义凛然。在民族存亡的危急关头，他以"湖海行藏""荷衣耐得风霜"（《惜黄花慢》），表明自己的态度；又以"珍重冰霜颜色，涉江人、手把芙蓉"（《扬州慢》）勉励诗友。新中国成立前夕，面对民生凋敝、祸难未已的残局，他于中秋舵楼对月，发出"镜影问嫦娥，不见山河,但积雪、层冰无际"(《洞仙歌》)的感叹;又借"凉波外,朱霞迢递"(《洞仙歌》)和"应信明朝春更好"(《玉楼春》)的词句期盼黎明时刻的到来。

《夏承焘集》

据《天风阁诗集》《天风阁词集前编》《天风阁词集后编》《瞿髯论词绝句》和《天风阁学词日记》等书所录,夏承焘的诗词总数已逾千首。他早年喜好黄景仁诗,中年后喜习二陈(师道、与义)律体,于古诗则效法韩、苏、黄,谓"于昌黎取其炼韵,于东坡取其波澜,于山谷取其造句"(《天风阁诗集·前言》);填词则欲"合嫁轩(辛弃疾)、白石(姜夔)、遗山(元好问)、碧山(王沂孙)于一家"(《天风阁词集前编·前言》),即谓取辛、元的骨格,姜、王的情韵,冶清空婉和、豪健跌宕于一炉,从平易中见奇崛,在激烈里含柔情。他以"肝肠如火,色笑如花"论辛词,正体现了他在创作中融合刚柔的艺术追崇。像《满江红·拟岳飞班师》《满江红·柴市谒文文山祠》《减字木兰花·秋日北京诸词友邀游西山》《水调歌头·承德避暑山庄》诸作,都能显示这一特点,广为被人们传诵。前一阕(1965年作)云:

万里腾秋,前锋报、黄龙城阙。喜照我、金杯无恙,秦时明月。白雁乌珠休战栗,单于冒顿俱飘忽。手挥归、护汝旧金瓯,同无缺。

班师诏,晴雷急;还朝路,啼鹃切。过望仙桥畔,龙泉频拭。百战艰难忠涅背,三言惨淡谗销骨。任黄尘、扑面鬓犹青，心如铁。

该词括写岳飞悲壮的一生，他的精忠报国和所遭受的奇冤，指斥南宋王朝的昏聩。笔墨坚炼，情慨郁勃，读来忠愤气填膺。

夏先生在创作中不断探索旧体诗词的出路，即传统形式如何融合现代社会的问题。他认为一方面应"吐弃凡近"，避免滑熟；但同时又不要过于古雅，力忌僻涩。其中最重要的是抒写新生活的感受，努力创造新的格调、新的境界。他认为好的作品，应该是用大家都看得懂的语句表现别人所想不到的情景意境。且看《玉楼春·陈毅同志枉顾京寓谈词》：

君家姓氏能惊座，
吟上层楼谁敢和？
苏辛望气定先惊，
温李传观防胆破。
灯前梦影奔腾过，
十万旌旗红似火。
草间小丑敢跳梁，
囊底阎罗头一颗。

夏承焘书《玉楼春·陈毅同志枉顾京寓谈词》

此词写于1963年，可以举为这方面的成功尝试。先生极重视，曾向笔者谈写作经过，后复书赠，题《京邸夜迎弘翁作玉楼春》，字句亦经反复修改，如初稿三句作"苏辛望气定心惊"、四句"歌"作"观"、五句作"灯前梦影奔腾过"、七句"海疆"作"草间"。全词有气魄，有境界，有韵味，读之又明白如话。下片熔铸陈毅《梅岭三章》"此去泉台招旧部，旌旗十万斩阎罗"的诗句，见出用事翻新的手腕和笔力。王季思先生称此作"为爱好诗词的同辈所叹服"。又如《临江仙·赠越南友人》：

  共咏《国殇》迎北客，南人战死犹雄。酒边鼓角话匆匆。任飞千劫火，不动八方风。

  欲问家声先掩口，域西豪杰俄空。烦君传语太平翁。莫凭遮日手，难挽亘天虹。（自注：宋人语云，秦桧称太平翁。）

  此词1965年作，《天风阁词集》前后编未见收录。先生曾书赠笔者，只可惜墨宝在"文革"中丢失了。该词咏国际时事。先生说，报载时有苏联政要访问越南，有感而赋。对于当时那一场家喻户晓的国际共产主义运动大论战（俗称"反修"斗争），现在自当另有认识和评价，可以置而不论。但词中所表现出来的歌颂越南人民抗美救国斗争的坚定信念和无畏精神，弥足珍贵，仍值得称道。通首气格劲拔，语近旨远，又朗朗上口，所以我至今还能一字不差牢牢记着。这也是一首旧形式与新内容和谐相融的佳作。

  我们读夏先生的诗词集，真是感到佳章隽句迭出，应接不暇。《广州别寅恪翁》云："万卷惟凭胸了了，九州共惜视茫茫。"对工而贴切（陈寅恪先生视盲）。《水调歌头·灵岩寺夜起看月》写雁山万峰雪玉相映的奇绝光景："谁种万朵莲，镵破一青天。天边看涌莲叶，云片各田田。"意境峭美，可谓想落天外。《追昔游六首》之三："百二山河岳影间，放翁无路梦函关。黄流九曲蟠胸次，七字看谁收华山。"又极矫健奇伟。早年（时年二十七）得意之作《浪淘沙·过七里泷》：

  万里挂空明，秋欲三更，短篷摇梦过江城。可惜层楼无铁笛，负我诗成。

杯酒劝长庚，高咏谁听？当头河汉任纵横。一雁未飞钟未动，只有滩声。

空灵之境，如布目前，启人遐想。正如琦君先生所言，先生之襟抱灵心，坦荡澄明亦如天际洗月星辰。

以诗笔写词史

《瞿髯论词绝句》初名《词问》，共一百首。夏先生承继杜甫、元好问、王士禛论诗绝句的传统，用以论词，纵论自唐以来各个时期的词风、词派和代表词家，表述了精到的见解，又富于艺术情趣。我们读它，犹如游历名山大川，得聆熟谙名胜掌故之长者指点形势，娓娓而谈，切中肯綮，领悟益深，更有进入胜境之感。略举数例：

北里才人记曲名，边关闾巷泪纵横。
青莲妍唱清平调，懊恼宫莺第一声。
（李　白）
雪堂绕枕大江声，入梦蛟龙气未平。
千载才流学豪放，心头庄释笔风霆。
（苏　轼）
扫除疆界望苏门，一脉诗词本不分。
绝代易安谁继起，渡江只手合黄秦。
（李清照）
唱和红箫兴未阑，棹歌鉴曲负三山。
山翁碧岳黄流梦，与子忘言晋宋间。
（姜　夔）

夏承焘晚年摄于北京

第一首说词本来源于民间小调，贴近生活，但晚唐词家多用以制朱门艳曲，李白的颂扬杨贵妃的《清平调词》（三首）实其滥觞。此首1973年写给笔者的书幅作《题飞卿词》，第三、四句作："为谁飞傍宫墙唱，懊恼黄鹂第一声。"原谓晚唐词人温庭筠多作艳歌，词风靡丽，改变了民间曲子词的清新情调，成为花间派的开创人物。但后来先生转变看法，认为探寻宫廷词的创作源流，还应上溯到李白的《清平调词》，所以做了修改。第二首说苏轼贬黄州后借词赋以吐块垒，他受庄子、佛家思想影响很深，他的作品常用豪放笔调来表达略带颓唐的情感。第三首说李清照（易安）提出"词别是一家"的口号，突破苏轼以诗为词的作风；她才华无两，能把黄庭坚和秦观的不同词风融为一体。第四首说姜夔浅斟低唱，放浪江湖，与以恢复中原为己任的陆游意趣相异，难怪他们之间没有交往。陆游晚年称"三山翁"，姜夔人称"襟期似晋宋间人"。忘言，无语可应酬。先生说，绍兴年间陆、姜同处杭州，而两家集里却无一语投赠，殆志行不同，迹近神疏。这些咏什，皆能发明精髓，揭概要义，而又措辞蕴藉，体调流便，令人回味无穷。

夏先生是随着时代的步伐前进的人。他的作品富于时代气息，以厚实的思想内容和才学兼备的艺术功力，把诗词的创作推向新的境地。他的胸襟、气概、情感，他的学力、才力、骨力，都足以落落自成大家。

朱维之：从温州走出的文学大家

胡芳芳

> 我五六岁时，就喜欢到大自然去寻找好玩的东西。高远的天空，广阔的大地，空中的浮云飞鸟，地上的走兽昆虫，林间的花草树木，水里的虾蟹游鱼……世界万物，不仅好玩，还让人沉思和遐想……大自然是一部看不完的大画册，是一本读不完的大书，里面有无穷的奥秘，无尽的乐趣。（《读不完的大书》，朱维之）

朱维之（1905—1999）

1905年3月，朱维之出生于平阳（今温州苍南县）仙居乡朱家岛村的一个种田人家。这位乡村小牧童，咬着草茎，用好奇的双眼观察着世界，多年后仍在《读不完的大书》中流露出年少时的兴味盎然。七岁时，朱维之先在推行新式教育的家塾，后在教会办的崇真小学上学，接触了新教育、新文化，开启了他一生的孜孜追求。

峥嵘岁月：进步青年投身《青年进步》

1919年，朱维之考入省立第十中学师范部，即现在的温州中学。那时，新文化运动思潮云涌，五四运动点燃了热血青年们的心，朱维之也如饥似渴地阅读着创造社的郭沫若、郁达夫，文学研究会的谢冰心、朱自清的作品。1923年，著名文学家朱自清来温教学，更是改变了朱维之的文学轨迹。当朱维之在教员名单上看到了仰慕已久的"朱自清"的名字时，高兴坏了。哪承想教务处偏偏没有安排他来教朱维之所在的班级。在班里年纪最小的他极力怂恿同学联名要求朱先生任课，结果竟然成功了。从此，他与朱自清结下了师生之谊。

刚刚毕业不久的朱自清上课还有点紧张，经常急得满头大汗，但这丝毫无损于同学们对他的爱戴。朱维之和苏渊雷、金溟若曾结伴到朱自清在四营巷的家中请教。朱自清告诉他们，写作要养成勤写的习惯，日积月累、积少成多。朱维之便积累了几本"诗集"和"散文集"，怀着忐忑的心交给先生批改。拿回来时，只见上面满是紫色墨水的批改和圈圈点点，不管是"诸作气势奔放，佳句络绎"，还是"惟题材太狭，宜扩大生活范围"，都满怀着先生的殷殷期盼和拳拳之心。朱维之在朱自清的带动与鼓励下，与蔡雄、金贯真、苏渊雷等同学组织文学社"血波社"，以文会友，抒发情怀。

中学毕业后，由于家境贫寒，为了不给家里增添负担，朱维之便选择进入免费的金陵神学院接受高等教育。在校期间，朱维之便将自己以前的思考和积累整理，试着投稿发表。1924年，他中学时写的《墨翟的人生哲学》在上海《青年进步》杂志发表了。自此，朱维之便成了《青年进步》杂志的特约撰稿人，先后在该杂志上发表了《中国最早的文学家屈原》《诗仙李白》等论文多篇。

《青年进步》创刊十周年之际，主编者问朱维之能不能写一写十年来的中国文学。朱维之结合平常的思考，交出了《十年来的中国文学》(《青年进步》1927年，第100期)，盘点了十年来中国文学观念的变迁，十年来中国诗歌、小品、散文、戏剧、文学评论等，数点了叶圣陶、郁达夫、冰心、鲁迅、夏丏尊等一批名家，成为我国较早一篇评论五四以来新文学的论著。同时他还写了《李卓吾论》《李卓吾与新文学》等，表现其个性解放和革命思想。

1927年，北伐军的革命风云席卷全国。他毅然决定投笔从戎，前往武汉加入北伐军总政治部工作。朱维之的上级就是邓演达和郭沫若，他被委派为第三军宣传科长。部队沿京广路北上，朱维之以车厢为办公室，不分昼夜编撰宣传资料，沿途分发。队伍进入开封与冯玉祥部会师后，他还当了教官，给士兵讲解《帝国主义》。两个月之后，革命失败。朱维之借翻译爱尔兰诗人叶芝的诗剧《心欲的国土》倾吐忧闷：

每当风在笑，在密语，在高歌，孤寂的心灵必要枯萎！
(《青年进步》，1928年，第117期)

此后，朱维之在上海青协书局书报部担任编译员。革命的经历给了他写作的动力，在这大约两年的编译生涯中，他在《文社月刊》《青年进步》《野声》等刊物上发表了相当多的文章，包括《戏剧之起源与宗教》《最近中国文学之变迁》等。他在编译之余还写了中篇小说《玛瑙一般的希望》，短篇小说《天堂里的烦恼》《天堂梦》《小丑波白》《不法的幽灵》《信条》，短剧《忏悔》等。

1929年初，福建协和大学校长林景润博士来上海招聘教师，当他读到朱维之的论文《十年来的中国文学》时，便对其大加赞赏，决定聘用他。二十四岁的青年朱维之就这样踏上了大学的讲坛。初为人师，面对台下的大学生，没有现成课本和备课件，他只能先用自己的论文当大纲授课。然而当时中国文坛新秀不断，佳作迭出，必须不停研究补充。朱维之不禁想起敬爱的朱自清先生,去信向他求助。此时的朱自清已是清华大学的名教授,于是乎,每过一段时间便有一个《清华讲义》邮包从北平寄给朱维之参考,这些讲义虽不是关于现代文学的,却使朱维之懂得了讲课的方法。

聘期满后,林景润校长认为朱维之勤勉认真,很有培养前途,就安排他赴日本早稻田大学和中央大学进修两年。在日本期间,他开始把文学思潮的变迁作为研究中国文学史的新道路。这段研究促使他后来写成了《中国文艺思潮史略》,打破以朝代为序的惯例,以思潮变迁为中心阐述中国文艺史。

1936年,他开始在沪江大学任教。面对国内的战争动乱,他以笔做剑:

一切的诽谤,在事实面前不过是排空的浊浪,打在洁白的磐石上。浪多自粉碎;磐石终无恙!(《实现的凯歌》,1941年发表于《真理与生命》)

他鼓励青年们爱国自强,为沪江大学民二十九年级作词的级歌中写道:

碧绿草原,自由天地,桃李芳菲,江潮漪媚。多士济济,潜心学识。乐园虽失,我侪深记,从此纯钢化成利器,于今再开自由天地。

其间他写成了《中国戏剧史》《中国民间文学》等,但都毁于战火。

学者生涯：学贯中西　著作等身

很多人接触朱维之是从他主编的大专院校的外国文学史教材开始的。自1954年在南开大学教授外国文学起，他便长期从事一线教学，积累了大量经验。经他发起倡议，联合京津及华北地区一批专业教师，主编的《外国文学史·欧美卷》《外国文学史·亚非卷》和《外国文学简编·欧美部分》《外国文学简编·亚非部分》相继出版。这套经典教材至今还在大学中沿用，惠及数百万学子，曾获国家教委优秀教材多个奖项。

朱维之精通英语、日语、俄语等多国语言，也翻译过一些英文、俄文著作，但他最著名的还是翻译弥尔顿的作品。弥尔顿是17世纪英国著名的诗人、思想家、政治家和政论家，为启蒙运动的到来吹响了号角。从20世纪40年代开始，朱维之立志要翻译弥尔顿的三大诗作《失乐园》《复乐园》《斗士参孙》。1951年，他完成了首部《复乐园》的中译本并出版。之后的两部却是命运多舛。1958年的"大跃进"及随之而来的"文革"中，朱维之率先受到冲击，被打成"牛鬼蛇神"。他坦然面对种种磨难，从不怨天尤人。白天在"牛棚"劳动改造，回家后悄悄写作，翻译弥尔顿的诗剧，从斗士参孙身上汲取力量。经历过抄家、重译、补译、修改、润饰，《失乐园》《斗士参孙》终于在二十多年后出版。

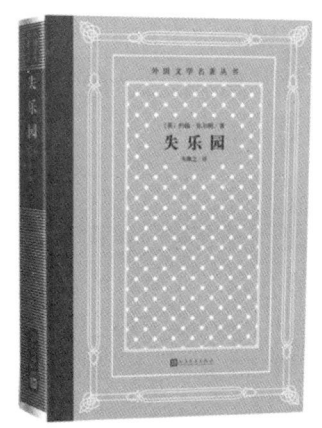

朱维之翻译作品

翻译要做到"信、达、雅"已不容易，而翻译诗歌比翻译文章要难得多，既要达意，又要符合其神韵。

这是一种难度较大的艺术工作，不但要把原著的字句翻译出来，更主要的是要把它的思想、精神传达出来，还要把作者的特殊风格表露出来。还要有适当的修辞之美，使人读了可以得到艺术上的享受。（朱维之《翻译与文学修养》）

因而，每一诗句都要推敲再三、字斟句酌，方可落笔。朱维之数十年呕心沥血，翻译、研究弥尔顿的诗歌作品，数量之多、质量之高，国内无人能够匹敌。其中皇皇巨著《失乐园》凡十二卷，一万多行，是国内最早的一部全译本。

对希伯来文学和《圣经》的研究则在朱维之少年时就已萌芽。出自基督教家庭的他自小就对《圣经》耳濡目染。《圣经》除了宗教性，其中很多的优美词句深深吸引着他。他中学时曾请教过朱自清，朱先生说《圣经》中有不少很好的文学作品，像《雅歌》等就很有文学价值，但谁也不注意《圣经》与文学的关系。自此朱维之便放心地把《圣经》当作文学书来研究，特别喜爱其中的诗歌，写出了《旧约中民歌》《歌中的雅歌》《希伯来民歌》等论文。

他认为：

希伯来文化原是东方文化的一个具有特色的部分。从地理上看，它处于欧亚两洲的中心，从历史上看，它向东西两方面扩大影响，遍及世界各地。它的文献——《圣经》《次经》《伪经》和《死海古卷》都富于感情、哲理和美丽的想象，是情文并茂的文学宝藏。（《希伯来文化和世界文学》）

抗战时期，上海成了"孤岛"，生活极不安定，朱维之家搬了三次，最后搬到了租界的一幢三楼通楼单元，上面有个亭子间，他就在斗室里写作。每天从学校回来后晚上还写到很迟，写成了《基督教与文学》（上海青年协会书局1941年出版）。被认为是我国首次系统论述基督教文化和《圣经》对世界文学的重大贡献，被誉为"空前的第一部著作"。新中国成立后，他还出版了《文艺宗教论集》《圣经文学故事选》《希伯来文化》等多部作品。90岁高龄时还受季羡林之邀编写《古犹太文化史》。

朱维之一生积极倡导比较文学，重视中国传统的文学比较研究法，先后担任天津比较文学研究会首任会长、中国比较文学学会顾问。1983年6月，在天津召开的第一次全国性比较文学学术会议上，他做了题为《比较文学中国学派的回顾与展望》的报告："我国古来虽然没有'比较文学'这个名称，但早就有了这门学问。从两千多年前孔丘选辑诗三百篇开始。"当时比较文学刚在中国兴起，他的观点在参会的全国代表中引起了轰动。他认为，中国的比较文学应当显示出鲜明的中国特色、中国气派，中国学者应当在吸收、借鉴国外比较文学的先进理论和实战经验的基础上，走自己的路。

不教之教：一门三杰　桃李天下

20世纪20年代末，朱维之与范德莹女士成婚，相携共度一生。范德莹出生于平阳鳌江的大户人家，娘家开鱼行。她年轻时先后就读于宁波女子中学和宁波妇产科护士学校。朱维之忙于做学问、教书，家中的事务均由妻子承担。他们感情甚笃，共育有两子，长子朱鸣海，次子朱明武，均为我国科技专家，在各自的领域里做出了突出贡献，父子三人均获得国务院的特殊津贴。他的孙辈也多为各大院校教授。

朱维之的教育秘诀就是不教之教，即言传身教。朱维之对孩子的教育，不论是学习上还是精神上，都没有压力，使他们轻松愉快地度过青少年时期。在两兄弟的眼里，他是一个最慈祥的父亲，一个最善良的益友。长子朱鸣海说："我们的人格形成深受父母的影响，他们给我们的最大影响就是身教重于言教。他们以自己的行动为我们树立

朱维之家庭合影

了为人正派诚实、热爱学习、忠于职守的榜样。我们可以自豪地说，我们继承了父母的品德，这是父母留给我们的最好遗产。"

　　上海文艺出版社原社长兼总编辑丁景唐，在九十一岁高龄时还念念不忘恩师朱维之不顾个人安危的掩护之情。1948年，朱维之任沪江大学中文系主任，他得知学生丁景唐因参与地下党活动被反动派列入黑名单而流亡香港，于是写信要他回沪，聘任他为助教，负责大一国文E班课程。师母范德莹听说丁景唐妻子即将临产，还亲手缝制一件五颜六色的百衲衣给他。他就这样在老师和师母的关怀下，隐居在沪江大学，躲过了敌人的魔爪。他还曾帮助从事地下党革命活动的故乡友人陈再华，推荐他到美国人办的广州培正中学教书，掩护他的共产党员身份。对待他的学生和后辈，他始终谦和平等，从无半点居高临下之气，让学子后生们在宽松的环境中放开手脚。

岁暮乡思切，炉火正黯然。手握旧时卷，每诵不盈篇。投卷起徘徊，忽来锦字笺。寥寥数十语，一字一珠帘，置诸怀袖中，乐子意难宣。语长心郑重，千里如相传。（朱维之《诗录：答友人》）

从温州走出的这位大家，为文为学笔耕不辍、治学严谨，做人做事宽容大度、谦虚朴实。他留在人间的不仅有文学馨香不散，更有德范长存。

王季思：斯人已远，风范长存

曹凌云

王季思（1906—1996）

　　20世纪八九十年代，我与九叶派诗人唐湜先生有过频繁交往。当时我在温州市龙湾区工作，唐湜多次说：我二舅王季思也可以说是龙湾人。就这样，我开始关注王季思先生的文史著作和生平故事。上个月，我通过微信视频，与远在新西兰的王则椿先生进行长时间的交谈，话题自然离不开他的父亲王季思。纵观王季思先生的一生，他热爱文学，倾力教学，呵护学生，为人师表，在中国古典戏曲的世界里更是不断跋涉、耕耘和求索，正如作家、翻译家赵瑞蕻先生对他的评价，"钻研古戏文犹如钻研严峻的人生"。

一、"治曲当从元曲入手"

　　王季思是如何与戏曲结缘的？这得从他的家乡温州说起。

温州是宋元南戏的发源地，在中国戏曲曲艺史上有着崇高的地位。戏曲在温州民间繁衍兴盛，流行昆剧、瓯剧、越剧以及和剧、高腔、木偶戏等。元末明初，温州剧作家高则诚潜心创作的《琵琶记》问世后蜚声剧坛，达到"演习梨园，几半天下"的盛况，代表了南戏艺术的最高成就。明清时期，由南戏演变而出的各种声腔剧种，传遍大江南北。在温州更是戏文不断，逢年过节、求神祭祀，甚至老人大寿、婴儿满月，常有戏班上台尽情演绎，营造氛围，余音绕梁。

光绪三十二年（1906），王季思出生在温州老城东郊的上田村。据唐湜先生说，季思舅舅祖籍在龙湾永中的永昌堡，家境殷实，祖父和父亲都是秀才；他谱名国棡，学名王起，字季思。他从小就爱看戏，戏班在村里演戏的日子，就是他的节日，夜空、明月、树影，煤气灯闪闪亮亮、大幕后吹吹打打、演员们进进出出，都能让他兴奋。小小年纪的他，已纠结于戏台剧情的跌宕起伏和小生小姐的悲欢离合，懂得了憎恨嫌贫爱富的员外相公、同情守节尽孝的善良妇女。在没有戏看的日子里，他和小伙伴一起用竹枝做刀枪，插菖蒲做翎子，模仿演员来一场武打戏，那一招一式也像模像样。戏以载道，寓教于乐，这些延续在乡野民间的剧目给他留下深刻的印象。

民国十四年（1925），他用王起、王国棡两个名字报考了两所大学，结果被南京东南大学录取。离家读书，却没有离开戏剧，他在大学里遇到同样爱看戏的词曲大师吴梅。王季思在《自传》中写道："主讲《词选》《曲选》课的吴梅先生，是辛亥革命前后的文学团体南社的成员，多才多艺，会填词、写戏，还会唱戏、订谱，收藏戏曲史料丰富，在当时国内首屈一指。"吴梅善于发现学生的长处，对学生鼓励多于批评，教学上很是严谨，他的词曲选修课，吸引许多外系的学生来选修，如院系调整前任清华大学中文系主任的浦江清，当时是外语系的学生，由于选修了吴梅的词曲课，与王季思结为好友。四年的大学生涯，王季思汲取了丰富的古典戏曲精华，在品性、学养、见识方面都得到提升。

　　大学毕业后他先后在浙江、安徽、上海教学，并开始研究中国古代戏曲。他利用课余时间阅读了部分元剧和吴梅、王国维的著作，得其精髓，又加上他年少时看过大量社戏，有了研究的基础和灵感。在动荡的生活中，他坚守信仰，勤奋写作，每天晚上，在冒着青烟的菜油灯下钻研到深夜。"治曲当从元曲入手"（吴梅语），他确定研究校注王实甫的《西厢记》。可是，《西厢记》曲文有大量典故，曲白中夹杂着北方各地的方言、俗语。他毫不吝啬时间，对《西厢记》的几种版本进行校勘，根据所积累的元人杂剧、散曲的语言资料，对《西厢记》的文字语言做了详细的疏注，并对金圣叹批注的版本做了若干修正。王季思还广泛阅读元人杂剧、散曲、歌谣、笔记小说，遇到不懂的词句硬下功夫，抠通了才罢休。他一点一滴地储备、积累、丰厚资料，来互相参照对证，进行注释。经过十余年的艰辛努力，1944年他的第一本戏曲研究专著《西厢五剧注》在浙江龙吟书屋出版。当时正值抗战，纸张奇缺，该书用福建南平毛边纸印刷，出版数量不多。接着，他又广泛收集前人对《西厢记》的眉批和总批，加以精选，1948年由上海开明书店出版了《集评校注〈西厢记〉》。由于这两本书基本恢复了剧本的原貌，又适应读者的水平和阅读习惯，逐渐受到学术界的重视和读者的欢迎。新中国

王季思在讲课

成立后,《西厢五剧注》更名《西厢记校注》,由上海古籍出版社出版,学术界反响很大,此后多次再版,发行总量达一百多万册。

《西厢记》全剧叙写了书生张君瑞与相国小姐崔莺莺的爱情故事。该剧"稀罕"之处,主要在"草桥惊梦"一场戏里,作者花费了第四折的几乎整整一折情节篇幅,来陈述男女主人公在月夜下的幽会及其性爱行为,因而一直被视为"诲淫"之作。王季思在"校注"中引用恩格斯的著作《家庭、私有制和国家的起源》,对于男女私通,"不仅要问:它是结婚的还是私通的,而且要问:是不是由于爱情,由于相互的爱而发生的?"进而倡导人们追求爱情自由与幸福生活,反对封建礼教对青年男女的束缚,"愿天下有情的都成了眷属"(出自《西厢记》)。

在王季思看来,元代戏曲作家关汉卿,写有剧本六十多个,但大多散佚。他的杂剧有悲剧有喜剧,题材广阔,佳作频出,《窦娥冤》《蝴蝶梦》《鲁斋郎》等都是脍炙人口的作品,深刻揭露了元代腐朽黑暗的社会现实,犹如一篇篇声讨统治者的檄文。王季思认为关汉卿是中国戏剧史上的巨匠,成就最大的作家。1954年,王季思的论文《关汉卿和他的杂剧》在《人民文学》发表,称关汉卿的剧作"内容包含的丰富和艺术创作上的造就,确是达到了空前的高度;不但使与他同时的马致远、白仁甫为之黯然失色;即明清两代的南戏传奇作者,也没有人能够全面超越过他的成就的"。在学术界,王季思带头阐明了关汉卿的伟大,给他应有的历史地位。

二、"王老虎"其实是个超级"暖男"

抗战时期,浙江大学为了躲避战火,把本部迁往贵州办学,同时在龙泉坊下设分校。坊下是僻静的山村,很少受敌机干扰,浙大师生习惯称它作"芳野"。当时在浙大任教的王季思与同事夏承焘、任铭善、徐声越等同住在一座用毛竹搭建的教工宿舍楼里，四边是茂密的松林，风雨来临时便松涛阵阵，大家给这座竹楼取名"风雨龙吟楼"。

有一次，爱好体育的王季思在操场上踢足球踢累了，回到"风雨龙吟楼"自己的房间里，趴在桌子上小憩，此时正好有斜阳映照进来，把他的身影投射在板壁上。同住一室的老乡夏承焘见状，拿粉笔把他的影子轮廓勾勒下来，结果像一头老虎，夏承焘又在板壁上加了"睡虎图"三字。由于王季思平时不苟言笑，举止严肃认真，好与人争执论理，"王老虎"的绰号就在同学中传开了。

王季思对待工作一丝不苟、事必躬亲，对待学生宽厚仁爱、关怀备至，他收藏的图书、资料，随便让学生翻检，要借阅签个名就行，他把自己多年积累的卡片、笔记提供给学生，便于他们完成作业和论著。遇到什么开心事，他常请学生吃蟹喝酒。他的家乡温州有绵长的海岸线，盛产江蟹、蝤蠓，不管他身处何地，都想着那嫩玉红脂的螃蟹。他爱喝黄酒，喜欢持螯把盏，娓娓而谈，却也酝酿了乡愁。在师生们的记忆里，王季思与人为善、热心诚恳。

王季思在浙大龙泉分校除任课教学外，还指导学生排练话剧，组织演出。对学生，他有一句口头禅是"水涨船高"，意思是学生有出息了，老师也沾光。他还担任学校的训导主任、国民党区分部委员会委员。抗战时期学生运动兴起，有学生高喊口号"打倒王季思"，在这种情况下，王季思经手开除过个别学生，但他在开除学生的同时给予介绍信，帮助学生转学到厦门大学继续学业，不断学生的求学之路。他还组织流亡学生在龙泉城区开办大众食堂，以解决他们的生活困难。

抗战结束后，国共矛盾再次激化，1946年演变为内战，进而改变了国内局势。1947年暑假，浙大进步学生薛天祀和夏文俊在杭州被国民党逮捕，王季思和夏承焘得知消息后不顾自身安危，奔走营救，王季思的妻子徐碧霞还在家里准备了一桌好菜，请国民党官员、温州行政专员等人吃饭，两位学生才获释出狱。1949年，王季思在广州中山

王季思在家中与研究生讨论

大学任教，7月，中大学生赖春泉被捕，国民党秘密判处他死刑。地下党派人找到王季思，请他出面保释营救，他亲自到国民党警备司令部为赖春泉办理保释手续。

革命家陆定一的夫人严怀瑾（后改名严慰冰）和她妹妹严仲昭（后改名严昭）也是王季思的学生。1934年，姐妹俩在江苏松江女中读书，王季思给她们上国文和历史课。到了"文革"时期，姐妹俩遭到林彪、叶群夫妇的残酷迫害，王季思闻讯后一直为她们担忧。1980年，他出差北京，见到已经白发苍苍的严怀瑾和严仲昭，忙从背包里拿出从广州带来的加应子，说："我上了年纪，带不动多的东西，这加应子北京没有，姊妹俩分着吃吧。"严怀瑾和严仲昭非常感动，铭记在心，著文记之。对待学生，他就是这样温和体贴，超级暖心。

三、中山大学的"一面旗帜"

1948年夏天,四十二岁的王季思经老乡、历史学家刘节介绍,千里迢迢从杭州南下广州,到中山大学任教,一任就是四十二年,可谓落地生根,无怨无悔。在这漫长的岁月里,他随着时代大潮时起时伏,但几乎没有停止学术研究的步伐。他发表论文,出版专著,享誉海内外,成为中国古代文学史论和古典戏曲研究的名家。

王季思是新中国成立后中山大学第一届中文系主任,他带领学生成立"泥土社",鼓励学生多创作文学作品。"泥土社"的寓意即为文学来源于生活、植根于泥土、立足于大地。

1962年,王季思受教育部之聘到了北京大学,参与编写新中国成立后的第一部《中国文学史》,负责宋、元、明、清部分,一同主编的还有文学史家游国恩、季镇淮、萧涤非等,他们经常在一起讨论学术问题,各抒己见。经过三年编辑,《中国文学史》由人民文学出版社出版,为教育部推荐教材,被全国高校普遍采用三十年之久。

正在王季思的事业如日中天之时,"文革"爆发,已回中山大学的他不得不中断手头的工作。校园里安放不得一张平静的书桌,到处是大字报,高音喇叭整天响个不停。他的一位学生写了一张大字报,拿给他签字,他就签上了,此后就挨了整,住进了"牛棚"。1968年深秋,在一次批斗中,王季思被失去了理智的红卫兵打断了两根肋骨,当场昏倒在地,病情十分危急,他被抬到中山医学院抢救,院长亲自动刀,把他从死亡线上救了回来。殴打他的红卫兵当中,竟有几个是他喜爱的学生。"文革"结束后,整他打他的学生向他道歉,他笑笑说:"是那个疯狂的年代害了你们。大家向前看就好,重要的是把失去的时间夺回来。"

20世纪80年代初,王季思受教育部委托,在中山大学主持举办全国高校中青年教师古代戏曲研讨班,为全国高校培养一批研究古代戏

纪念王季思先生从教七十周年庆祝会

曲的骨干教师。他还被国务院学位办批准为全国首批博士生导师之一，中山大学中文系也成为全国首批古代文学的博士点之一。他同时还带领一批中青年学者编纂出版了《中国十大古典悲剧集》《中国十大古典喜剧集》等书籍。

1985年，时年七十九岁高龄的王季思依然保持向前的姿势，有着使不完的劲儿，他领衔编校《全元戏曲》。他不做挂名主编，与十几位不同年龄的编辑一起，从事定本、选目、标点、校勘、注释、眉批以及撰写题解等工作。他每天清晨起床，坐在书桌前看稿、编稿，忙个不休，全书所有的稿件他都逐页批阅，圈圈点点，纠正错讹。几年后，他的手开始颤抖，口水也控制不住，为了避免弄脏书稿，他戴着大口罩伏案工作。1999年，十二卷本的厚重之作《全元戏曲》出齐，这是中国古典戏曲事业上的又一巨作。这期间，王季思的许多学术论文也陆续结集出版。以心为笔，以血为墨，几十载潜心钻研，几十载耕耘不歇，他出版的书稿达三百万字。

王季思在中山大学播下了戏曲研究的种子，一批中青年学者逐步成长，出现研究的学术梯队，中山大学也成了中国戏曲研究的中心之一。正在牵头编辑《全明戏曲》的中山大学中文系教授、博士生导师黄天骥，就是王季思在20世纪五六十年代培养起来的学者之一。王季思先生，无疑是中山大学中国古代戏曲研究的一面旗帜。

2005年1月，由他的长子王兆凯（原名王则椿）主编的《王季思全集》六卷本由河北教育出版社出版发行，受到海内外同行的关注，这时离王季思先生逝世已近十年。斯人已去，风范长存，王季思先生的一生，经历了大动荡、大变革的时代，而他率真执着的品格，就像家乡的瓯江之水，滔滔长流，他丰富的人生和浩瀚的精神世界值得我们仰望和探究。

董每戡：风雨中的文化精魂

周吉敏

董每戡，温州瓯海人，我国著名的戏剧史研究专家、戏剧理论家、剧作家，中山大学教授。董每戡除戏剧学术研究成果丰硕外，创作领域还涉及散文、评论、剧本、诗词等。不同题材的书写，让后人看到董每戡从东南一隅一个小村子里爱看戏的顽童成长为革命的文艺战士、中国话剧运动先驱、剧史研究专家的人生轨迹。这些于时代风云中写下的文字，更见一个中国文人的精魂。

董每戡（1907—1980）

一、会文学社的文学少年

董每戡出生地潘桥横屿头村是散布在温州西南面河网平原和丘陵间的许多村庄中的一个。这个小村子，有二百来户、八百多人，因坐落在俗称横屿的小山西北端而得名。小村离温州城区二十多里路。村里有小河通大河，到城区，再从瓯江走，可以到达宁波、杭州、上海。

董每戡原名董国清，读书时叫董华，六岁入私塾，九岁时父亲亡故，十四岁进入温州城区教会办的艺文中学读书。

董每戡成长之初有一事不能绕过。1922年6月18日，永嘉县会昌区的几个进步学者和教师发起成立了"会文学社"，董每戡是学社首批十四位社员之一。学社的宗旨是"联络感情、砥砺学行、改良社会"，以举办平民学校履行"改良社会"，印行社刊以"砥砺学行"。《会文学社刊》的创刊词中说："我们这个社刊，除了以研究批评的精神去求真理外，难道还有别的目的。"这是一批进步青年理想的高蹈。董每戡在学社三年，先被推举为捐款负责人，而后先后担任交际员、干事、交际部部长兼研究部部长。这个温州市郊会昌河畔的"会文学社"是轰轰烈烈的"新文化运动"飞溅到东海一隅的一粒火星子，点燃了少年的血。

1925年1月印行的《会文学社刊》的创刊号《研究》栏目里有董每戡的《丝竹源流考》，《小说》栏目里有《柳下》，《文苑》栏目里有传统诗歌《贵妃沐浴》《黛玉葬花》和新诗《骤雨》《凄风》《海坦山上桃花》《可爱的弦琴》，均署名董华。诗歌《海坦山上桃花》后半节写道——"啊！桃花哟！／你明年春天能够还你这副妖艳的脸孔／桃花啊！／请不要悲伤笑嘻嘻地／同我们做一个挚好的朋友？／桃花啊！／你不要悲伤罢"，少年诗人敏感、细腻、真挚、热情的内心世界在诗行里已清晰可感。董家少年的传统文化修养对新文化的稚嫩表达，以及对不同文学题材的把握能力，在一册创刊号里展现得淋漓尽致。

那篇《丝竹源流考》引证了《左传》《新论》《礼》《国史纂论》《风俗通》《因话录》《格致镜原》《史记》八种典籍的内容，少年阅读之旨趣、涉猎知识之广博可见一斑。而笔触之老到、问学态度之谦逊，已初见为学之品。这是董每戡学术研究之发端，为日后的

1950年摄于上海，全家福

戏剧学术研究埋下了伏笔。

"会文学社"是董每戡人生成长期第一个展示才华、锻炼能力的平台，是培育董每戡进步思想的沃土。其后，这位董家少年一直在"会文学社"的十二字宗旨——"联络感情、砥砺学行、改良社会"的引导下前行。

1925年的秋天，十七岁的董每戡从横屿山脚的河埠头登上舟船，去往上海大学中文系读书。这位曾骑在牛背上的董家少年，要学乡间的萤火虫，去点亮黑暗。

二、从《C夫人肖像》到《敌》

1932年的一个冬日，上海顺昌路上海美专学校的剧场舞台正在上演话剧《C夫人肖像》，台下观众都是美专的教师和学生。演的是美术界的事，剧中某些批判和讽刺的言论刺得台下的当事人如坐针毡，有些人不敢看，中途就逃走了。

据赵铭彝在《悼念董每戡同志》一文回忆，《C夫人肖像》是田汉同志拟写而未写的题目，董每戡三天不到就完成了。剧中的画家张小石气质浪漫，正直善良，在山河破碎的关头毅然告别往昔的生活融入抗争的洪流，糅合了剧作家自己的影子。

此剧烙下了20世纪30年代前期上海的苍茫与上海青年的凄迷。当时还是上海美专学生的赵丹因主演此剧崭露头角。此后，该剧迅速被上海和内地的一些剧团上演，剧本初版的千册在短时间内售罄，因不断有内地剧团来信讨要剧本，董每戡"只好借钱来再版"以满足各地的需要。

《C夫人肖像》演出成功，二十五岁的董每戡终于成名。这位南方的年轻人终于牢牢握住了时代强劲的脉搏，找到了与他的一腔热血最合拍的表达方式——"干戏"报国。此前所有的尝试和表达，所有的追寻和探索在此刻显出意义来。看看董每戡此前的情况：

1926年，在上海大学中文系读书的董每戡，在宣中华的介绍下加入中国共产党。1927年即被委任为北伐军第16军政治部宣传科科长，11月被派往家乡温州从事地下工作，因叛徒出卖，遭当局追捕而避入当地深山古寺。1928年春，潜赴上海，与大多数到上海的文艺青年一样，办刊物搞出版，创办了"时代书店"，出版文艺月刊《未明》，撰写独幕剧《频伽》和小说《鼻涕阿媛的梦》。同年8月，流亡日本，在东京日本大学文学院选择了攻读戏剧，于年底回国。1929年春，成立了"引擎社"，创办《引擎》月刊，只出了创刊号，就被当局查禁。1930年2月，与胡也频去济南中学教书。1932年，考入中国公学高中部任教。同时加入"左翼戏剧家联盟"，追随田汉工作。

1928年至1934年期间，董每戡还在《申报》上发表了《雪》《雪夜》《除夜》《细雨湿流光》《秋》《归途》等多篇散文。这些思念故乡亲人和感慨时光流逝的文字，让我们看到了青年董每戡在故乡与他乡、理想与现实之间经历的彷徨和凄苦,人之常情中更见其顽强的意志。此时的董每戡已是沪上崭露头角的文学新锐。

董每戡对词学也很有造诣。1928年6月,暨南大学《中国语言文学系期刊》(创刊号)上发表了董每戡诗词研究论文《龚定庵的词》,跟着发表的还有他的七首词。这七首词记录了1927年那一次生死逃亡躲入青山合围如铜墙铁壁的深山的"愁心"——"韶华休在辜负,还仗浇愁借酒,消磨羁旅""琴剑飘零人未老,独听悲笳""两度蟾圆空独对,思家忍洒疏疏泪",长长短短都是作者彷徨凄迷的心绪。也可见,二十岁的董每戡,诗词造诣已受学界重视了。

董每戡在中国公学教授宋词期间,还结集了著作《永嘉长短句》,里面的辞章应是为教学所需而作。董每戡在课上教授自己创作的诗词也是他的师者风范之一。十年后,也就是1943年,董每戡到内迁三台的东北大学教授辞章。据他的学生王廷润回忆,董每戡课上讲授自己创作的诗词时,社会人士来旁听者如墙堵,可见其诗词造诣,以及社会的认可度。董每戡1977年4月5日给任世评信中说道,"我二十四岁专于词,曾有《永嘉长短句》,柳亚子先生为我作序,郁达夫先生为我写跋,后不拟印,日久就失去;可是三表弟爱我词,代抄下来,解放后拿来抄了一份,1966年又失去,终于不留一阕"。其实,

1933年1月12日,《温州新报》副刊,刊登了永嘉长短句《浣溪沙》,同时还刊登了《与柳亚子论词书》续篇1

《永嘉长短句》并不是"终于不留一阕",还是有踪可寻。1933年1月至2月之间,《温州新报》副刊连载了董每戡的十一阕词。同时还转载了郁达夫为《永嘉长短句》写的序。郁达夫1932年6月写于上海的"跋",对董每戡的词作给予极高的评价:

  自半塘蕙风诸人逝后,长短句就少有人做了。胡适之氏选词,侧重在苏辛豪放一派,未为公允……所以我觉得学问,总该在不粗不细之间,以能唱出自己的情绪为大道,《永嘉长短句》,庶几乎近是了……永嘉原是风流的渊薮,浦江佳处……卢祖皋殁后八百余年,先生其努力追随,好"传得西林一派清"也。

  时局的动荡不允许董每戡继续低吟浅唱,时代的使命也不允许他在诗词中多费思量。内忧外患之际,国恨家仇当头,董每戡选择了戏剧抗战报国。其"诗人"的本色并未褪色,在抗战剧运的烽火中,在天涯羁旅的颠沛流离中,诗词成为董每戡表达心境的最好方式。

  1934年,上海滩"白色恐怖"更甚,董每戡再次去了日本。1937年"七七事变"爆发,他随即回国,而后赶赴长沙,与许多志同道合者一起站在抗战剧运的第一线。1938年到1943年,是一段腥风血雨的岁月。董每戡组建剧团、带队演出,身兼戏剧行政、导演、脚本创作、戏剧批评数职,撰写宣传抗战剧运的文稿,筹办刊物,出版著作,行程随着抗战形势辗转长沙、武汉、成都、贵阳等地,创作了《最后的吼声》《新女店主》《天罗地网》等几十部剧本,一定程度上缓解了抗战剧运的脚本荒,其中影响力重大的是三幕剧《敌》。

  1938年年初,董每戡就写出了话剧《敌》,交"一致剧社"排练,4月公演,三日六场,场场满座。《敌》的原稿随董每戡辗转到桂林,住艾青公寓时遇敌人轰炸,董每戡所有的书、稿及衣物全烧光，其中就包括《敌》的原稿。6月，上海救亡演剧第十一队邀请了董每戡的弟弟董辛名排练《敌》，在汉口中华戏院招待留日同学演了一次，而后在各地连续公演。7月，故乡温州的"永嘉战时青年服务团剧社"请董辛名导演《敌》，在中央大戏院公演。董每戡在任神鹰剧团编导期间，排演了《敌》，在成都共演了十四场，创作了著名的话剧《保卫领空》，先后被西南各省乃至浙东等地剧社搬演。

其间写出的《我所望于文抗会者》《起来，剧作家们！》《"演剧""胡闹"》《关于脚本荒》等五十多篇时评感言，不论是言辞激烈直陈文抗会怠工行为，还是语词恳切激励剧作家多写话剧，其宗旨和方向只有一个，那就是——"寇深矣！赶快用戏剧的武器来救亡啊！"

"董每戡的经历，在全国戏剧界范围看，已可跻身前驱之列。"陆键东在《历史的忧伤——董每戡的最后二十四年》中如是说。

三、从《中国戏剧简史》到《琵琶记简说》

1943年8月，时年三十六岁的董每戡应邀到内迁四川三台的东北大学中文系任教授，开启了后半生戏剧学术研究之路。时代的"岩浆"已熔炼了董每戡的戏剧观、戏剧编导艺术和戏剧的领悟力，为他转向剧史研究积累了丰厚的"戏剧资本"。

时局动荡，谋生不易。1943至1953年，董每戡辗转多个院校授课，但一直没有放弃学术研究，先后出版了《西洋诗歌简史》《西洋戏剧简史》《中国戏剧简史》《戏剧欣赏与写作》《说剧》。其中，《中国戏剧简史》就是董每戡下决心要解决一个历史难题——继王国维以来，剧史研究一直没有突破"独重曲词、独重元剧"的樊篱根基的实践范本，为我国戏曲史写下"本体"回归的第一页。这些研究成果，奠定了董每戡在学术界的地位。

1953年秋，董每戡带着成熟的"中国戏剧史"教学体系进入南方学术重地中山大学。在中大五年，董每戡在繁忙的教学之余，用一双饱受病痛的手"推写"了《三国演义试论》《琵琶记简说》两部站在时代理论前沿的论著，已然从剧史体系研究进入了剧作体系研究。

完稿于1955年的《琵琶记简说》，是我国第一部具有开创意义的"剧作研究"的论著。此后的《五大名剧论》就是这一研究的延伸和扩展。1956年6月，中国戏剧家协会邀请全国各地专家学者来北京举行盛大的古典剧本《琵琶记》讨论会。先后举行的七次讨论会，董每戡发言了八次，还做了一次"学术性专题报告"。他率先提出的"就戏论戏"说，在20世纪50年代中期，为我国文学界、戏曲界在"如何评价《琵琶记》"的疑惑和困境中，提供了肯定《琵琶记》的思想意义与学术价值的全新理论依据。

《琵琶记》讨论会结束后，董每戡即从北京返温探亲。他已三十年未做故乡行了。回到故乡，董每戡受当时温州市图书馆梅冷生馆长邀请，在中山公园中山纪念堂举行《琵琶记》专题讲座。此时，董每戡在学术界的声望正如日中天。不料，一场时代的飓风，挟裹着他从高巅跌入深谷。

1958年，被划为"右派"的董每戡举家迁往长沙。居所简陋不堪，三餐粥饭难继，除手病外，风湿病、肺心病、胃病相继侵蚀身体。在如此困厄的环境下，董每戡并没有放弃著述，先后写出了六十万字的《中国戏剧发展史》、二十万字的《李笠翁曲话论释》、二十万字的《三国演义试论》、五十万字的《五大名剧论》。动荡中除《五大名剧论》塞进灶膛（取出后已被老鼠啃噬），《说剧》和《李笠翁曲话论释》初稿寄往外地侥幸留存以外，百十万字的手稿连同十箱书籍均遗失散落。等形势稍缓后，董每戡又以一双病手开始修补残稿。恶劣的生存条件却成为董每戡精神的沃土，他顽强地攀上学术的高峰，摘下星辰一般的果实。

董每戡长沙二十一年闭门诂戏，作诗成了他治学之外排解心情的

1979年6月中山大学，董每戡（左三）与他的弟子黄天骥等合影

方式，他谓之"打油"。这些"打油诗"大都附在给亲友的信中，自己并不保存。1973年写给任世评信中抄了两首诗，其一：

> 八亿人中一戏迷，独尊小道志难移。
> 穷原索委通今古，究底寻根辩是非。
> 日食三餐甘粝藿，身衣百结胜轻肥。
> 偷生为国存元气，菩萨低眉我亦低。

董每戡身处逆境仍保持一贯的乐观积极的心态，以及不放弃学术报国的治学精神，让人动容。在董每戡一百多首诗词中，看到了一个南方文人立于时代风云之下的风致和精神。在董每戡那么多的称谓里，诗人应是他最心仪的。

董每戡以超强的意志，熬过人生的寒冬。1979年5月4日，落实政策后，董每戡回到中山大学。随即制订下宏伟的写作计划：重写《中国戏剧发展史》，接着再写《明清传奇选论》，最后写一部反映1949年之后戏剧发展的《新华铺绣录》。无奈，天不遂人愿。1980年2月13日下午3时，董每戡因肺心病在中山大学医学院附属第二医院辞世。"各有心期，报国还凭笔一枝"，《减字木兰花》里这一句，为董每戡的一生做了最好的归纳，也是他赤子情怀最好的写照。

董每戡对故乡温州一直念念不忘。1976年，他写下三首《乡思》，抒发对故乡山水、景物、亲情的思念。其中一首写道：

> 谢池春草年年绿，月夜花朝入梦频。
> 我亦有家归未得，痛心追悔负慈亲。

自1956年回乡，又整整20年未归。故乡最终未能成行，一树繁花，零落岭南，留下的怀乡诗让故乡人感念至今。

董每戡的遗作历来受学界的重视。先后出版了《说剧》增补版，《五大名剧论》《〈三国演义〉试论》增改本，三卷本《董每戡文集》《〈笠翁曲话〉拔萃论释》，五卷本《董每戡集》《永远的南戏乡亲》《董每戡手稿精粹集》《董每戡书信辑存》等。2019年，《中国戏剧简史》《西洋戏剧简史》《〈三国演义〉试论》收入国家新闻广电总局向全国推荐二百四十四部中华优秀传统普及图书"大家小书"丛书，由北京出版社出版。

赵超构：《延安一月》激风雷

富晓春

赵超构，笔名林放，浙江省文成县人，是我国杰出的新闻工作者、著名杂文家、社会活动家。这位耳朵几乎失聪、学历平平的温州人，最终却成为"新闻史不可或缺的开拓者"，人谓"三不朽"：参加中外记者团访问延安，写出了媲美埃德加·斯诺《西行漫记》的《延安一月》；创办新中国第一张晚报《新民晚报》，恰似"燕子"归来，飞入寻常百姓家；手执如椽之笔为民立言，撰写时评杂论万余篇，世间罕见……

赵超构（1910—1992）

1944年夏，赵超构作为《新民报》特派员，在陕甘宁边区前后共逗留四十三天，其中在延安活动长达一个月。他写的报告文学《延安一月》，客观公正地反映了革命根据地的实际情况，冲破了国民党的新闻封锁，用事实驳斥了国民党对共产党和解放区的攻击与诬蔑，让国统区民众了解到真相。被中央领导称之为"中国记者写的《西行漫记》"，"在重庆这个地方发表这样的文章，作者的胆识是可贵的"。

阴差阳错促成行

1944年，抗日战争的炮火弥漫在中华大地上。中共军队积极主动接应美英同盟军，驻重庆的外国记者团对陕甘宁边区充满了好奇，多次提出采访的要求，但均被国民党当局以各种理由阻拦。国民党军在豫湘桂战役中遭到惨败后，引起了盟国的强烈不满，要求国民党军队从陕甘宁边区布防圈撤出，并允许外国记者团访问延安。国民党当局迫于当时的形势，表面上只好勉强同意，暗地里却百般刁难，改"延安采访团"为"西北参观团"，规定外国记者不能单独前往，须中国记者一同参与。

作为民间报的《新民报》，也分得一个难得的采访名额。当时的采访部主任浦熙修成了报社推选前往采访的不争人选。报社将名单报上后，却被刷了下来。原因是浦熙修思想进步，与中共方面关系过于密切，她的弟弟与妹妹都在延安闹革命，妹妹浦安修还是中共要员彭德怀的夫人。当时浦熙修夫妻不和，恰好在闹离婚，她丈夫袁子英三天两头跑到报社阻止，不愿意她赴延安。

报社只好另派人选，起初还轮不上赵超构。赵超构虽已是主笔，但在报社还属小字辈，且他主攻的方向是短论，与外勤采访似乎不太沾边。"三张"中的老大哥张恨水资历老，报社便推荐他去。可临行前又出了状况，张恨水家人暴病，他"不忍离开，只得临时退出"。在这个节骨眼上，报社与国民党方面紧急磋商，匆促之余，最后以"特派员"的名义派赵超构参加记者参观团。对国民党而言，这位三十三岁的主笔堪称"绝佳人选"：年轻不经世事，又是初次外出采访，山高路远人地生疏；两耳重听，生性木讷，说一腔难懂的温州方言，绝对有交际障碍。国民党当局甚至将此当作笑话。

赵超构在毫无思想准备的情况下，突然间便要迈上延安的"神秘之旅"。由于国民党长期的封锁政策，人们对当时的陕甘宁边区还存在着诸如"共产共妻"等负面的猜测。因此，对于赵超构此行，有人庆幸也有人担忧。赵超构父亲赵标生千叮咛万嘱咐："路上务必小心谨慎，多看少说，更不要写文章。你们只是参观团嘛！"

"文人群像"觅真相

在延安，赵超构还提出要见文化界人士的请求。吴玉章、周扬、丁玲、陈波儿、陈学昭、成仿吾、柯仲平、范文澜、李初莉、萧三、艾思奇……这些大后方读者关心的文化人他都要一一访问，一探究竟。

在王家坪朱德将军的招待会上，赵超构向邓颖超正式提出见丁玲的请求。延安方面马上做出反应，在边区政府的宴会上，有意将赵超构与丁玲安排在同一席。可之后的宴席上始终不见丁玲的身影，这更增添了赵超构内心的不解与疑惑。在随后召开的文艺界座谈会上，赵超构终于见到了丁玲。丁玲解释说，因为下雨水涨，过不了河，故而没来出席宴会。

丁玲独特的个性与生活经历引起了赵超构浓厚的采访兴趣。端午节那天，赵超构在柯仲平的陪同下专门访问了丁玲，还参观了她的住所。赵超构请丁玲说一说战地生活，她略作思索，就用说书的语调娓娓道来。她介绍了边区文艺运动的概况，一口气讲了好几个战地故事。

这次访问，匆匆一晤，未及深谈，双方都觉意犹未尽。过后的一天，他们又相约"干几杯"。这次，赵超构拉上另一位记者同行，四个人来到新市场"大众合

赵超构从延安带回的羊毛垫子

作社"。这是延安最大的酒楼。其实,全延安只有两家馆子,另外一家叫"醉仙楼"。此前,赵超构在"醉仙楼"吃过饭,菜的好坏且不说,那"停留在菜刀上的苍蝇,多到好像铺上一层黑布",赵超构便不敢再去领教了。

几杯老酒下肚,宾客双方谈兴大增,天南地北,漫无边际。酒添了好几回,茶也添了好几回,话题接着一桩又一桩。最后,话题停留在写作上,他们竟借着酒兴激烈地争论起来。赵超构望着丁玲高谈阔论的样子,想起沿途听到的关于丁玲的传言,不禁哑然。

赵超构要访问的是在延安的文化人,虽有些人并未深谈,只是"三言两语",但留给赵超构的印象却刻骨铭心,难以忘怀。最重要的是,通过对延安文化人的访问,消除了他过去的疑惑,逐渐了解到了延安文化人生存现状真实的一面。

《延安一月》激风雷

《延安一月》书影

赵超构访问陕甘宁边区写出了十三万字的长篇报告文学《延安一月》。他是记者参观团中最勤快的一位,从重庆启程仅三天,就从西安发回了第一篇文章《西京情调》,离开古城西安到达临潼时,又发出了《临潼小驻》。从延安回到重庆,正是酷热难当的大伏天,他将自己关在简陋的房间里,挥汗如雨,日夜伏案,奋笔疾书。

当时,大后方的民主运动正在蓬勃兴起,国民党新闻检查处向赵超构施压:"文章可以写,但不准对比。"为了应付国民党的新闻检查,赵超构巧妙地与新闻官周旋，打"障眼法"，采用"曲笔"法写作。为此他"每天在编辑室候至深夜，等送检小样取回，斟酌修加""虽被删扣之处甚多，因作者处理手法巧妙，仍保留下主要部分"（方奈何：《张恨水和〈新民报〉》）。其中有篇《延安青年》，终被国民党当局扣压，未能见报。

《延安一月》在重庆、成都两地的《新民报》前后连载81天。一开始每天只刊登七八百字，后来应读者强烈要求，每天增加版面刊登两千多字。在报上连载完毕后，随即结集出版单行本，成为读者竞购的畅销书。五个月内再版三次，发行数万册，抗战胜利后又在上海出了两版。这期间，全国各地的书商还竞相盗版印刷，有些地方甚至出现了手抄本油印本。

《新民报》创始人陈铭德、著名作家张恨水分别为《延安一月》撰写序言。全书分为两个篇章，即"西京——延安间"和"延安一月"，共计四十七篇文章。内容包括经济、社会、文化三大类。其中用平视的角度撰写的《毛泽东先生访问记》，后来成为经典之作。

《延安一月》为世界打开了一扇了解陕甘宁边区的窗口，澄清了外界关于延安的种种猜测与传言。赵超构在书的结尾《写完了〈延安一月〉》中说："我所能够告诉读者的，不过是我所见的延安，只要我不指鹿为马，不颠倒黑白，在我就算尽职了，我不能勉强别人必须同意我的看法，也不能为了别人的喜欢或不喜欢而牺牲自己的观点。"

当时，在重庆、成都两地的一些书店沿街的橱窗里，都陈列着新出版的《延安一月》，《新民报》借助《延安一月》销量大增。1946年，此书在刘尊棋、谢爽秋推介下，还在日本出版了日文版。日本读者推崇它是继《西行漫记》后，又一本介绍中国共产党的书籍。

《延安一月》就像一盏明灯，指引一批又一批热血青年从迷茫中觉醒，有人甚至怀揣《延安一月》直奔延安解放区。著名翻译家杨静远当年在武汉大学上学，她在《让庐日记：1941—1945》中谈到《延安一月》:"从胡钟达处借到《延安一月》,看得非常有兴趣。赵超构以一种旁观者的冷静态度托出共产党内幕(也许该说外幕),时时加上他个人主观的感想。他供给我许多想知道而没法知道的东西。我相信和我同样情形的读者都从他那里找到一个苦寻久觅的谜底。"据《吴敬琏风雨八十年》记载,当时还是学生的吴敬琏,就是读《延安一月》而看到了中国的希望所在,"仿佛打开了通向另一个世界的窗口",并将"中国共产党视为中国的未来之星"。

当时的中共机关报《新华日报》,特地购买了两千册《延安一月》送到延安,受到了解放区读者的欢迎。这一切引起了国民党的警觉,他们怎么也没想到,处心积虑安排的"西北之旅",最后竟"坏"在了这个"聋哑记者"的身上。他们对赵超构进行调查,处处施压,说他在"为匪张目",当了"共产党的传声筒"。

访问延安,对于赵超构而言是他人生路上一个重要的转折点。它使名不见经传的赵超构一举成名,也奠定了他在中国新闻史上不可替代的重要位置。

赵瑞蕻：追问生命的意义

曹凌云

在百年温州文学史上，赵瑞蕻先生是不能遗漏的。他毕生钟情于诗歌创作，致力于翻译事业，在比较文学领域有着精深的造诣。可以说，赵瑞蕻先生在中国现代文学史上的地位是客观存在的，是温州文学史上一位重要的作家。

赵瑞蕻（1915—1999）

一、峥嵘岁月，青葱年华

赵瑞蕻出生在温州老城区一个商人家庭。父亲赵承孝做茶叶生意起家，克勤克俭，后来成为一家茶行的经理，平时读一些古书，写得一手好字；母亲林繁是家庭妇女，识字不多，却喜欢古诗词；家里两个哥哥和三个姐姐，都受到良好的新式教育，爱好文学。在这种家风熏染下，赵瑞蕻小小年纪就发奋读书，接触文学艺术，学习英文，积极投身爱国运动。

1929年夏季，早慧的赵瑞蕻以优异的成绩毕业于浙江省立第十中学（温州中学前身）附属小学（又名模范小学），并被保送到第十中学初中部读书。初中部校舍在温州老城区积谷山西麓的春草池之畔，教育设施和师资力量都不弱，教国文的老师就是后来成为著名戏曲专家的王季思先生。当时，二十三岁的王季思从中央大学中文系毕业不久，脑子里是开放民主的思想和现代科学知识，尊重学生的个性，加强学生的特长培养，很受学生喜欢。就是在王季思的指导下，赵瑞蕻开始新诗写作，文学才华崭露头角。

　　那时的进步学生不再是"两耳不闻窗外事，一心只读圣贤书"，他们带着现实的问题去读书，并走出"象牙塔"，走出校门，走进社会与民众的生活，走进形形色色的大千世界。好山水、好游玩的赵瑞蕻在课余时间经常约上同学去城里的东公廨、窦妇桥、落霞潭、九山湖、松台山等地寻迹访胜。东公廨的老宅、窦妇桥的传说、落霞潭的夕照、九山湖的绿柳、松台山的古塔都给他们留下美好的印象，他们热爱温州山水，也从山水之恋到达诗歌之恋。但同时，东公廨一带众多衣衫褴褛的江北逃荒人、窦妇桥两岸许多困在婚姻枷锁里的青春女子、落霞潭边一个个与他们同龄的小乞丐、九山湖上那些头戴白帽坐着木船的修女、松台山脚下一批批被国民党屠杀的革命者，更是让他们的内心极度忧伤和愤慨。他们思考，怎样去拯救这个哀鸿遍地、民不聊生的时代和遭受侵略、危难深重的中华民族？

　　1932年夏天，十七岁的赵瑞蕻考入第十中学高中部，这里的许多老师更加开明爱国，具有强烈的反帝反封建精神。语文老师陈逸人宣扬科学民主，提倡白话文，决心把革命薪火传递给学生；历史老师吴文祺熟练掌握马克思主义思想，对学生进行历史唯物主义、经济学基础等教育；英文老师夏翼天教学生西方文论和法国文学，还利用星期天开展课外活动，带着学生乘坐舢板船渡江去江心屿，坐在沙滩上看潮涨潮落，给学生讲法国小说《红与黑》的故事。那段时间，赵瑞蕻激情满怀地写下了《雷雨》和《爝火献辞》，这是他现存最早的两首诗歌。

峥嵘岁月，青葱年华。1933年新年刚过，赵瑞蕻和校内外几位学生在吴文祺的带领下，创办了宣传革命的杂志《前路》，吴文祺亲自撰写发刊词。《前路》出版了两期就引起了国民党县党部的不满，被迫停刊，赵瑞蕻的父母趁着夜色把未发行的四百本杂志烧毁在镬灶间。那年5月，浙江省立第十中学改名浙江省立温州中学，赵瑞蕻与同班六名同学在吴文祺的指导下，发起成立野火读书会，组织同学学习、研讨新文化，反对旧礼教，开展抗日救亡工作，点燃了20世纪30年代初期部分温州青年心中的革命火种，其中有高中一年级的马骅、胡景瑊和还在初中部就读的唐湜。马骅、胡景瑊、唐湜都是朝气蓬勃、血气方刚、追求理想的青年才俊，他们一起阅读进步书刊，关心民族兴亡，纵论天下大势，旗帜鲜明地宣传抗日救国，宣传马克思主义和反帝反封建思想，他们也从此开始了密切的合作与长期的交往。赵瑞蕻起草《野火宣言》和《工作纲领》，印成小册子进行分发，越来越多的青年学生聚集到野火读书会，形成了一股强大的进步力量。那年秋，赵瑞蕻被学校推选为学生自治会学术股长，主编综合性校刊《明天》创刊号，陈逸人和夏翼天亲自为创刊号撰稿，赵瑞蕻翻译了英国作家狄更斯的短篇小说《星的梦》，这是他最早的翻译作品。

第二年冬天，温州中学成立中国文学研究会，陈逸人主编大型学术刊物《中国文学》，大型学术刊物在那个年代极为稀罕。赵瑞蕻、胡景瑊等纷纷撰写论文。《中国文学》出版过两期，发表有赵瑞蕻最初的两篇论文《江西诗派与永嘉四灵》和《建立科学的中国文学史刍议》。

1935年，又一个骄阳似火的夏季，赵瑞蕻高中毕业了，他年轻的心飞向了远方，考入上海的一所私立大学——大夏大学，读中文系。在上海，他的爱国热情更是高涨，频繁地参加革命活动。那年12月9日，北平（北京）大中学生数千人举行抗日救国示威游行，史称

"一二·九"运动,上海学生积极响应,游行、示威、罢课、抵制日货,学潮一浪高过一浪。那一年,赵瑞蕻与同学秘密出版刊物《中国青年行进》,还送给鲁迅先生两期,当面请教于他。次年夏,赵瑞蕻转入山东大学外文系,他以浓厚的兴趣学习英文和法文,汲取西学文化的新风与锐气,让青春和梦想一起飞扬。

可是日机轰鸣,炮火纷飞,国难当头,民族危急。1937年"七七事变"爆发,抗日烽火燃遍大江南北。赵瑞蕻接到温州共产党组织的来信,要求他回家乡参加抗日救亡工作。他旋即收拾行装,踏上了归家的路途。

赵瑞蕻到温州后,与吴文祺、胡景瑊、马骅、唐湜等会合,商定组建永嘉(温州)青年战时服务团(简称"战青团")。在共产党领导下,战青团于当年8月21日在九山河畔的籀园图书馆成立,成员们以一种与国家民族同生死、共患难的英雄气概,开展抗日救亡运动,担负起宣传、救护、检查敌货和除奸反谍等任务,先后编辑出版了《救亡小丛书》《战时报》《生线》《游击》等多种刊物,以各种形式号召广大青年学生团结起来抗日救国。10月19日,战青团组织召开"鲁迅先生逝世一周年纪念大会",会后举行大规模的示威游行,赵瑞蕻进行了演讲。战青团不断壮大,全盛时团员达八千五百余人,成为温州地区抗日救亡的中坚力量和影响最大的抗日救亡团体。

1937年10月底,赵瑞蕻得知北京、清华、南开三所大学迁到长沙后联合组成长沙临时大学(简称"临大")的消息,便又背起行囊,含泪作别亲友,与两个同乡同学从温州沿瓯江上溯到达丽水,转道金华,再到南昌,前往长沙。不料这一走,他与家乡阔别了二十五年之久,直到1962年才再回温州。

二、兵荒马乱，难忘师情

赵瑞蕻到长沙后，经甄别考试转入临大文学院外文系二年级读书。但日寇南侵，长沙并不平静，兵荒马乱，一些官员、士绅和商人各寻门路撤离奔逃。1938年元旦后，临大奉命西迁昆明。

八百多名临大师生心怀悲愤的情绪，又以飒爽的英姿，分成三路赶赴昆明。他们顾不得早春的瑟瑟寒风和路途上弥漫的烟尘，经过四十多天长途跋涉，最后会集昆明，完成了中国历史上空前的知识分子集体大迁移，并组建国立西南联合大学。

昆明三面环山，南濒滇池，气候温和，风光绮丽，称为春城，却因内地战事不断，大量难民蜂拥而入，致使房舍紧缺，校舍不够，文、法两学院暂时在滇南小城蒙自落脚。蒙自靠近红河，水运可通安南（今越南），是一个草木繁茂、古朴清幽的地方。文学院坐落在城外南湖边。南湖是师生们课余的休闲场所，湖水碧波荡漾，在星月交辉的夜晚，更是波光潋滟；湖中堆有土山，建成蓬莱、瀛洲等景观；湖堤上的轻烟柳影，更是一绝。可是，蒙自雨天接连不断，城外荒草丛生，蚊蝇乱飞，群蛇出没，令人望而生畏。约半年后，文、法学院搬往昆明，西南联大才算安顿下来。

西南联大（包括之前的临大）会集了中国一大批最优秀的知识分子，赵瑞蕻也有幸得到许多著名教授的教诲和关心。记忆力惊人的吴宓先生，一位负有盛名的诗人和国学大师，他讲欧洲文学史，讲柏拉图，生动有趣，吸引着赵瑞蕻。言行稳当利落的朱自清先生，在浙江省立第十中学教过书，得知赵瑞蕻是温州人时，询问了许多关于温州的情况，后来多次谈到籀园和温州仙岩梅雨潭。慷慨激昂的闻一多先生，大谈田间、艾青的作品，赞扬高尔基、马雅可夫斯基所走的文学之路，让赵瑞蕻听得如痴如醉。说话轻声细语的沈从文先生，讲中国现代文学，讲散文写作，如拉家常，又常有妙语，他还多次推

20世纪90年代，昔日的学生赵瑞蕻（右）、杨苡（左）在恩师沈从文北京寓所

荐发表赵瑞蕻的诗作。总喜欢穿一袭蓝布大褂的冯友兰先生，个子较高，一把短胡子，慢悠悠地讲课，有一种处世哲学，更有一种人生境界。博学多才的钱钟书先生，是外文系最年轻的教授，他是"天才加勤奋"，精通英、德、法、意等多种文字，学贯中西。精力充沛的钱穆先生，讲授《中国通史》课程，既对史实详尽描述，又发表自己独到见解，被学界尊为"一代宗师"。朴实沉静的冯至先生，既研究歌德，又研究杜甫，课余时间创作的十四行诗，有耐人沉思的哲理。善于以史观今的陈寅恪先生，史学研究领域甚广，且对史料穷本溯源，核定确切。英国诗人、学者燕卜荪先生，饮食起居随随便便，讲起课来却一丝不苟，说到莎士比亚、塞万提斯、波德莱尔等作家的生平与逸事，滔滔不绝，如数家珍。这些教授的治学精神和做人品德深深影响着赵瑞蕻，也凸显了"刚毅、坚卓"的西南联大精神。

在那个边陲小镇蒙自，赵瑞蕻与查良铮（穆旦）等十五名爱好诗歌的同学成立了南湖诗社，聘请闻一多、朱自清两位教授为导师。诗社提倡创作和研究新诗，也不反对旧体诗，这是西南联大第一个文学社团。社员们不定期出版诗歌壁报《南湖诗刊》，说是出版，其实就是贴在学校的墙壁上；不定期举办诗歌座谈会，讨论诗歌创作、前途、动向等问题。赵瑞蕻写了一首描绘落霞潭风光、思念故乡与亲人的抒情长诗《永嘉籀园之梦》，也贴在墙壁上。朱自清认真阅读诗社交给他的每篇稿子，并给予点评。他读了《永嘉籀园之梦》，在一次诗社聚会时说："这是一首力作。"目光中透着殷切的期望。赵瑞蕻激动得心里怦怦直跳，却只说："谢谢朱先生。"学院搬回昆明后，诗社更名为高原文学社，社员达到四十多人，每两周进行一次活动。

在昆明的西南联大师生们，平静安定的日子没过多久，日寇的飞机飞抵昆明上空，1938年9月28日首次投下炸弹，从此以后时常骚扰、投弹，持续到1943年年底。其间，联大的图书馆、教室、饭堂和宿舍都被炸毁过，师生和家属伤亡约二十人。由于西南联大校舍位于郊区，师生们听到警报后方便往周边田野山园躲藏，并积累了"跑警报"的经验，故未受到重创。赵瑞蕻写下了长诗《一九三九年春在昆明》，记录日机空袭昆明、师生跑警报的情景，控诉日本帝国主义的罪行。

1940年盛夏，赵瑞蕻从西南联大毕业，先在美籍教授温德主持的基本英语学会任职，而后在昆明南菁中学高中部教英语，开始了长达半个世纪的教学生涯。那年8月13日，赵瑞蕻和杨苡在滇池岸边的风景名胜区大观楼结婚。杨苡是安徽盱眙（今属江苏淮安）人，在西南联大外文系就读时，在一次学校的文艺晚会上与赵瑞蕻认识，两人志同道合。杨苡后来成为著名的翻译家，翻译有《呼啸山庄》《俄罗斯性格》《天真与经验之歌》等文学名著，哥哥杨宪益也是著名的翻译家，她与巴金、萧珊夫妇交谊深厚。1941年，赵瑞蕻、杨苡夫妇先后告别了昆明，前往重庆，开始了新的征程。

三、风雨征程，弦歌不辍

清晨，天已经亮了，赵瑞蕻肩背铺盖、手提日常用品和书籍，在重庆松林坡下渡口，乘坐一只狭长的小篷船，沿嘉陵江北上。青绿色的江水起伏不定，浪拍船底发出汨汨的声音。船行一段水路，江水已经碧蓝，两岸江滩的大小石子明净不凡。船遇浅滩和急流，船夫就急用撑篙，有时还跳下船背起纤索，拉船前行。船慢慢过了浅滩和急流，到深潭时船夫则荡桨，小篷船终于到达目的地柏溪。

抗战时期，日寇步步进犯，原在南京的国立中央大学辗转迁至重庆，办在松林坡，随着转学而来的学生日益增多，校舍拥挤不堪，中央大学就在重庆郊外的柏溪征得一百五十亩土地，创办了分校。校方安排了小篷船，每天来往校本部和分校一次。1942年冬，赵瑞蕻经西南联大外文系老师柳无忌先生推荐，认识了时任中央大学外文系主任范存忠先生。在范存忠的安排下，赵瑞蕻到中央大学柏溪分校任教，在外语系教英文。

柏溪是一个小山村，依山傍水，竹木挺秀，薄雾如纱，每当朝阳或落日把山村镀成金色，更是美不胜收。这个清寂村庄给赵瑞蕻带来不少创作灵感。除教学外，他写出了不少现代诗，如《阿虹的诗》《金色的橙子》等，发表在月刊《时与潮文艺》。他用散文化的笔调翻译了法国作家司汤达的不朽名著《红与黑》，这是第一个中译本，1944年作为世界古典文学丛书之一，由作家书屋出版，赢得了中国读者的喜爱，在我国新文学翻译史中有着重要的地位。他还翻译了法国作家梅里美的小说《卡门》（一名《嘉尔曼》）、法国诗人兰波的名篇《醉舟》和英美作家的一些作品。

1945年8月，中国抗战胜利，重庆举城欢庆。第二年，赵瑞蕻一家随中央大学迁至南京，从此定居南京。赵瑞蕻在柏溪的四年里，生活异常清苦，常用红薯充饥，房屋墙壁用灰泥涂抹，冬季采用烤炭取暖，但他的心情始终愉悦。村民的善良纯朴、老师间的彼此信任、与学生建立的深厚友谊，都令他难忘。

赵瑞蕻到南京后，依然兢兢业业地教学和写作，又翻译了司汤达的短篇小说集《爱的毁灭》，由正风出版社出版。但时局依然动荡，人心惶惶，国民党用八十万大军大举进攻解放区，对国统区的民主运动进行疯狂镇压，使南京这座本来舒适安详的城市淹没在嘈杂的喧嚣中。1946年7月15日，爱国主义诗人闻一多被国民党暗杀。赵瑞蕻听到消息后，含泪写下诗歌《遥祭》，既是满腔怒火的喷射，也寄托了深切的哀思。1947年5月20日，北平、上海、杭州等地几千名学生聚集在南京，举行"挽救教育危机联合大游行"，学生高喊"反饥饿、反迫害、反内战"口号，史称"五二〇"学生运动。赵瑞蕻、杨苡、杨宪益毅然走上街头，为学生签名、捐款。凶悍的国民党军警用水龙冲击、用棍棒毒打游行的学生，爱国学生的鲜血染红了南京街头巷尾。赵瑞蕻、杨苡、杨宪益穿梭在滚滚人流中，抢救和慰问受伤的学生。苍山如海，残阳如血，他们期盼共产党胜利的旗帜卷过长江，插上紫金山的主峰。

中华民族迎来了浴火重生的曙光。1949年10月1日，中华人民共和国诞生，一个贫穷落后的东方古国发生了翻天覆地的变化，开始走向繁荣与强盛。中央大学改名南京大学，赵瑞蕻任教于中文系，摆在他面前的任务更加艰巨，目标更加远大。他以炽热的爱国之心，为"土改"抒写了《土地上的光》，为抗美援朝抒写了《三个美国兵》，来赞颂新时代，歌唱新生活。他翻译、出版了苏联诗人马雅可夫斯基的经典长诗《列宁》，翻译、出版了《马雅可夫斯基研究》。在1953年这个明媚的春天，赵瑞蕻开始致力于新兴的比较文学研究，在南京大学中文系创建了比较文学与世界文学专业，培养出一批批比较文学硕士研究生。

1953年，赵瑞蕻被教育部高等教育司派往民主德国，在莱比锡大

晚年的赵瑞蕻在南京北京西路2号新村寓所门前

学（也称卡尔·马克思大学）东亚学系任客座教授四年，讲中国现代文学史、鲁迅研究等课。1981年秋，赵瑞蕻接受莱比锡大学的邀请，参加该校纪念东亚学系建立三十周年学术研讨会，并到柏林洪堡大学汉学系做学术报告。另外，他还前往苏联、波兰、捷克、印度等国家进行学术访问和讲学。

20世纪八九十年代，是我国改革开放后学术研究和文艺创作蓬勃发展的时代，进入花甲之年的赵瑞蕻依然孜孜不怠，求知、思考、探索，在全力推动比较文学学科发展的同时，深入"鲁迅与外国文学关系""巴金与外国文学关系"等课题的研究，发表了数十篇有影响的论文。1982年，他的专著《鲁迅〈摩罗诗力说〉注释·今译·解说》在天津人民出版社出版，注释有五百多条，将原著深奥的文言文译成现代汉语，还提出了"1907年是中国比较文学真正起步的一年""鲁迅是我国最早最杰出的比较文学家"等观点，条分缕析，要言不烦，得到中外有关学者的好评，1990年，该书获得全国比较文学图书奖"荣誉奖"。赵瑞蕻还以丰富的情感和奔流的意象，创作了大量的诗歌、散文，诗集《梅雨潭的新绿》《诗的随想录——八行新诗习作150首》和散文集《离乱弦歌忆旧游》等相继出版。在他八十岁高龄那年，用饱满的豪情，创作了长诗《八十放歌》，凝合了他一生的感遇，是他作为学者、诗人的厚重之作。

在写作此文的两天里，我眼前时时浮现赵瑞蕻先生在一个秋日的午后给我们举办讲座的场景。那是1989年10月13日，我就读的温州市第十五中学迎来了赵先生的讲座。因为慕名听讲座的师生太多，把原计划在阶梯教室的地点改到大操场。我还记得赵先生说："人的一生，中学阶段起着决定性作用，所以，同学们心中要藏着一个问号，就是追问生命的意义。为了这个'问号'，老师认真教导，同学勤奋学习，从课堂到图书馆，到一切课外活动，去了解社会、深入生活、不断实践……"讲座后，赵先生与几个写作尖子座谈，他又说，"祖国需要多少人才，多少知识分子，多少有着崇高奋斗目标的后代子孙，就可以看出文化教育、特别是中学生教育的艰巨任务了。"我聆听着赵先生的每一句话语，也一直仔细打量着他。他已是年逾古稀的老人了，却身材挺拔，声音洪亮，思路敏捷，还显得那么庄重、宽厚和慈祥。赵先生回南京后不久，为我主编的校刊《龙腾》寄来题词。

在写作此文的两天里，我再次采访了与赵瑞蕻先生交情甚笃的温州作家瞿光辉先生，向他询问了一些细节，他解答了我的一些疑问。我还多次与赵先生的长女赵苡老师微信联系。我说：我想去南京拜访杨苡先生，想跟她聊聊赵先生，想表达对她和赵先生的崇敬。赵苡老师说：我母亲毕竟是一百零二岁的老者，不便打扰，我再征求一下她的意见，但愿她能同意，给你带去佳音。

莫洛：诗国的"流浪汉"

马小予

莫洛（1916—2011）

莫洛，原名马骅，浙江温州人。

诗，是莫洛的生命，也是他理想的生存方式。在莫洛心目中，生活本应富有诗意；写诗就是追寻爱，播撒爱，并通过爱探求真善美。

莫洛经历过血雨腥风的年代。作为一位爱国热血青年，他把自己与国家、民族的命运紧紧结合在一起，义无反顾地投身抗日救亡运动：领导学生风潮，创办进步刊物，组织战时青年服务团，奔赴苏北抗日前线……在这同时，又总能看到，诗歌始终陪伴着莫洛。诗的灵光照耀着他，诗的理想鼓舞着他，诗成为他人生历程的真实写照。莫洛同时生活于现实和诗这两个世界：他脚踏实地参与到现实的斗争中，沉稳坚实地做着救亡工作。在工作之余，在行旅间隙，在片刻的休憩之时，另一个诗的世界又展现在他眼前。在莫洛的一生中，两个世界是相互支撑、相互辉映的。他以诗的理想和境界来对照、勉励人生，又切实地将人生体验融入诗的世界，从而成就了他富有意义的人生之路和独特的诗歌创作。

苏北抗日根据地之行给诗人留下不可磨灭的印记。这次险情四伏、历尽磨难的旅行，同时也是他的精神之旅、理想之旅，激发起诗人蓬勃的创作激情。《枪与蔷薇》《晨颂曲》《陈毅同志》《炊事员》《战马》，长诗《渡运河》《山店》《母亲》，组诗《月亮照在江南》《我们渡过长江》《风雨三月》等诗篇，均取材于这一经历。

在长诗《渡运河》中，抒情主人公"我"出于爱和热情，燃烧着青春烈焰奔向运河。这不是为了探访运河古老的故事，也不是为了倾听怨愤的诉说。运河作为祖国和人民的象征，与"我"的命运休戚相关，"我"理应为涤除耻辱、捍卫运河而战。诗人以丰沛的感情，依次展开了"奔向运河""运河边上""早安呵，运河""渡运河""在运河彼岸""离运河"六个乐章，交织成一首气势磅礴的英雄史诗，凸现出抒情主人公"我"和运河的丰满形象：

冬夜，"我"来到运河边上，像"病瘦的老猫"孤独地蹲在堤边的茅舍里，"火油灯缭绕着黑烟/混搅着羊骚的气味"，被惊醒的女人抱着孩子，挤在男人中间，"用胆怯而畏缩的目光/凝看我这生疏的远客"；而亲热的笑声顷刻间融化了隔阂，"在兴奋的谈话里/他们已经向我/亲切地称呼'同志'了……"

清晨，"我"踏上运河的堤岸，"我伸手在水里/试探河水的温凉/像抚摸少女的面颊/河水漾起波纹/张开娇美的感激的眼睛/她亲切地，嫣然地/笑了……"

诗人深深扎根于现实，他将一腔的热爱凝缩于细腻的感觉，将浩荡的激情熔铸于生动的现实图景和烂漫的想象之中，升华结晶为诗的意境；记载着久远历史、驮负着深重灾难的运河，又赋予诗作以历史的厚重感和阔大的象征意蕴，构成了现实与历史、写实与象征、有限与无限的交响。《渡运河》是一种纯情的抒写，尽管长达六百余行,却浑然天成、深厚纯朴,在中国现代文学史上理应有着不可忽视的独特价值。长诗写成于1941年4月8日盐城袁家河,据诗人莫洛回忆,当时一气呵成,几乎没做改动。它真正面世则是在1948年5月,收入"森林诗丛",由星群出版社出版。后入选瑞典汉学家马悦然(Goran Malmqvist)主编的《中国文学选读指南(1900—1949)》。

纵观诗人整个创作生涯,前期显然以抒情诗为主,其后逐渐转向散文诗创作。时代风潮的荡涤冲击、传奇生活的强力吸引和投身斗争激流的切身经历,都使莫洛不能不以诗歌来抒发炽烈、绵长的情思。1942年之后,由于身陷沦陷区与直接的战斗相隔绝,孤寂苦闷的生活让他有更充裕的时间和更迫切的愿望来审视和拷问内心,于是,散文诗创作也就显得更得心应手了。散文诗善于捕捉心灵的微动并做智慧的哲思,与莫洛的天性更为吻合,因此散文诗逐渐成为诗人主要的抒情方式。

在莫洛的散文诗中,有跣脚蓬头,把自己血红的心埋进土穴,播撒爱的种子的"播种者";有背着"责任"的行囊,风霜雪雨永不休止地走向不可知的远方的"投宿者";有站在神秘的门外,固执地拷问灵魂的"诘问者";有穿行在荒凉的夜野,求取点燃思想"火种"的"取火者"……一个个生动的形象,凝聚着诗人对人的价值和生活意义的思考。

散文诗组诗《叶丽雅》和《黎纳蒙》写于1947年年初。其时,《浙江日报》因抗战胜利自丽水迁至杭州后被当局接管,担任副刊编辑的莫洛失业。一家八口蜗居在六平方米的小屋里,每当夜深人静,莫洛才能在昏暗的灯下开始写作。窘迫的生活并不能拘囿思想的飞翔,甚至催生了叶丽雅这一春光灿烂的少女形象:"雪已经融化,太阳已经出来,叶丽雅,天色不会再阴黯无光。出来走走,叶丽雅,把你的脸朝向阳光,把你的心朝向阳光,像那些初春的花木一样,把你的喜悦洒向阳光。"诗人热情召唤阳光般纯净的少女,领她走进春阳铺洒的晴野，去领悟自然的生命启示。在诗人笔下，叶丽雅就是"我"，就是初春的大自然，是生命，是爱，是人生理想。

这是纯情的自然流泻，是无技巧的技巧，它不事雕琢地将生命化入一个整体象征之中。很难想象，在靠食粥度日的潦倒困窘中，竟能孕育出如此明丽、舒展的诗篇。在组诗《叶丽雅》写了几篇后，莫洛开始构思创作另一组散文诗《黎纳蒙》。叶丽雅太纯真了，诗人不忍心将过分阴暗的人生和沉重的思考加诸她身上；而黎纳蒙是深沉、忧郁的，他无情剖露出一代知识分子深刻的内心矛盾。

青年莫洛

20世纪80年代初，在沉寂了三十年后，莫洛又回到那个属于他的世界。"一天，我独坐室内，双目微闭，呼吸平匀，浮动的思想慢慢沉淀下来。这时，我在似梦非梦之中，出现了幻觉，仿佛觉得诗精灵突然重来访我。我一觉惊起，失去的幻觉仍历历在目。于是我便把这幻觉，用文字描在纸上。"复归文坛后的莫洛，第一首散文诗就是《幻觉》：

一个春雨过后的黎明，披着雾般薄纱的诗精灵无声地来了。"她好像要对我说什么话，然而却没有说出来；又好像要对我唱什么歌，然而却没有发出歌声。"三十年的漫漫岁月足以抹去人的记忆，令歌喉喑哑，令诗情熄灭，而莫洛却终于重新开始了他的歌唱。

莫洛的心胸是开阔的。他关爱着麦田里劳倦而安谧的"吹麦笛老人"；赞美着按心灵的节拍，教孩子诵读诗歌的"山村女教师"；同情又鞭挞那扮演着帝王、将军、学者、慈善家、骗子等各种角色，在灵魂离开肉体后都不再认得自己的"假面演员";甚至是草木虫鸟,都能拨动莫洛的心弦,引发绚烂、邈远的诗思。他思考着:什么是富有,什么是满足,什么是真理,什么是幸与不幸;他倾听着生命的微语和自己灵魂的沉吟;他歌唱着暮年情歌并怀念着初恋的记忆;他叩响沉睡的窗口,努力唤醒酣梦中的人们……是的,在"季节交替的时刻",莫洛是个辛勤的耕种者,他的心是一片孕育诗篇的"沃土"。

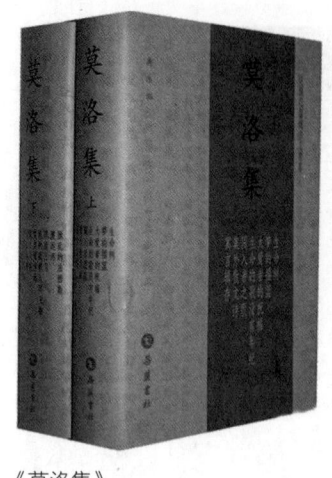

《莫洛集》

诗人已出版的诗集有《叛乱的法西斯》《渡运河》《风雨三月》《我的歌朝人间飞翔》《莫洛短诗选》(中英对照本),散文诗集有《生命树》《梦的摇篮》《大爱者的祝福》《生命的歌没有年纪》《闯入者之歌》,诗歌、散文诗合集《莫洛集》,文艺史料集《陨落的星辰》等。多篇诗歌、散文诗入选吴奔星主编《中国新诗鉴赏大辞典》,臧克家主编《中国抗日战争时期大后方文学书系》《中国新文学大系》(1937—1949)等多种选本及中学教材。

1999年莫洛获浙江省作协授予的"浙江当代作家50杰"称号,2002年获浙江省文联授予的"浙江省有突出贡献的老文艺家"称号。

莫洛自称"诗国的流浪汉"。他的衣袋中空无一物,背囊里仅有一卷诗、一束稿、一支破笔。可他又是最富有的人,享有无边无垠的金色王国。他那些写在"绿叶上的诗",仍将自晨至暮,自春至冬,经受着春阳、夏雨、秋风、冬雪……

琦君：找寻梦中的故乡

章方松

温州籍作家琦君，原名潘希真，出生于温州市瓯海区泽雅庙后，卒于中国台湾台北市，享寿九十岁。

琦君周岁时，父亲潘国康病逝，四岁时母亲卓氏病逝，为伯父潘国纲（潘鉴宗）、伯母叶梦兰夫妇收养，幼居瞿溪镇潘宅大院。伯父母视同己出，聘乡贤叶巨雄，启蒙古典四书五经。琦君幼受庭训，悟识国学，犹喜文学。1929年，随伯父迁居杭州，入杭州弘道女中读书。1936年考入杭州之江大学中文系，师从词学宗师夏承焘。抗战爆发后，1942年返乡受邀于永嘉中学任教。1949年5月，离大陆居台湾，任台湾"高检处司法行政部"编审科长等职。同年发表散文《金盒子》，刊于台湾"中央日报"副刊。1977年，因丈夫李唐基赴美国任职，全家旅居美国新泽西州。2004年，因年迈回台北淡水乡，安度晚年，直至谢世。

琦君（1917—2006）

纵观琦君一生的文学创作，小说、散文、诗歌、剧本、童话均有成就，内涵丰富，底蕴深厚，并被译成英文、日文、韩文诸多文字，深受海内外读者推崇。她的文学作品，在台湾一版再版，被称为台湾"文坛恒星"。改革开放后，琦君的文学作品在大陆也成为畅销书。

琦君的小说以生活体悟与渊博学识、丰富的想象力，构成多维度、多层次的内心世界，从而创造了具有东方人性格特质的世界。她的诗词创作借助物化审美意态，以温柔敦厚、婉约细腻的情感，表述了思人怀乡的惆怅情绪。她的文学作品犹以散文取胜，其散文以中国词学境界，表达东方人性人道之情感，蕴意瓯越文化之内涵，体现中国清雅疏淡、意味厚醇之人文精神，受海内外名流评价甚高。

国际文化学者夏志清赞之：

> 琦君的散文和李后主、李清照的词属于同一传统，但她的成就、她的境界都比二李高。
>
> 我真为中国当代文学感到骄傲。我想，琦君有好多篇散文，是应该传世的。（《夏志清谈琦君》，隐地编《琦君的世界》，尔雅丛书）

琦君一生信仰佛教，慈爱仁善，通识儒学，敦厚崇礼。然其人生苦难，幼时父母早亡、兄长病逝，青年伯父母离世，无所依托。世事幻化，漂泊他乡，流离颠沛，然心系故乡。乡愁为之心结，是以其写作天赋、文学创作皆以悲悯仁慈为怀，恋乡思亲为旨。她并以此为散文创作的主题方向。从此出发，概括琦君的散文，具有瓯越文化地域性、中国文化乡愁性、人类文化情感性的特点。

瓯越文化地域性

琦君怀乡文学作品的取材，主要来源于她少年时代生活的故乡浙江温州。琦君在家乡温州瞿溪生活过十二年，后来跟随父亲（琦君笔下的父亲即她得伯父）到杭州读书，中间曾回温州永嘉中学执教过一段时间。尽管琦君在家乡生活的时段只是少年时代，但她有影响的文学作品取材大都来自这段时光。

温州历史悠久，人文鼎盛，隶属古瓯越之地。瓯越礼制文化，充满人文意味的祭祀、礼仪、民俗，与民众起居习俗、审美思维诸方面价值观念，使琦君的文学创作，感悟与思辨中，表述出温州人文化情感、生活习俗、人生价值观念诸多人文精神架构。特别是她的散文体现温州节日文化所表现人文情感符号的春节、祭祖、端午、祭灶、除夕等习俗，都蕴含着温州人深层次的生息文化心理与遵循自然秩序的人文理念。

现代植物学家为研究植物的遗传基因，必须探寻它的基因故乡。读琦君的文学作品，使人自然会想到从她的文学作品里，寻找瓯越文化基因的奥秘。

一个对瓯越文化有所了解的人，读琦君的散文作品，会感到非常浓厚的文化穿透力与亲和力。琦君的文学作品之所以能够填补老人至小孩子的不同文化层次和不同年龄审美的心灵空间，就在于她的作品具有地域文化的亲和力。她写童年生活的祭灶神、看社戏、拜佛，以及吃灰汤粽、杨梅、八宝酒、桂花卤等，都具有温州地域特色的民俗风情。

中国文化乡愁性

乡愁文学不是一种地域的圈定，而是一种文化的圈定，是一种在全球文化情感的同构之中所具有的地域文化的情感特征。在中国文学史上，都能读到历代诗人令人感怀的乡愁文化诗篇。琦君的乡愁文化情感，有着中国农耕文明和儒家文化意识的深刻烙印，散发着中国诗情惆怅的淡淡哀伤。琦君的文学作品不仅表述了她本人的一种深沉的乡愁情感，而且也表达了她所处的那个时代和她那一辈人的文化乡愁。

　　由于战争和政治诸多因素影响，1949年，大批生于大陆长于大陆的人从大陆漂泊到台湾。他们离开了家乡和朝思暮想的亲人，为此，失落了精神的寄托，成为无根的浮萍，在痛苦中徘徊、彷徨。这一种乡愁，是整整半个世纪的乡愁，是几代人的乡愁。琦君就是其中一位具有代表性的刻骨铭心的乡愁者！正是命运不幸，却幸运地使琦君的散文具有强烈的中国文化乡愁性，影响了几代台湾读者。

人类文化情感性

　　作为使用语言和具有丰富情感的人类，情感审美构成了人类的共性。人类情感有着丰富的人文性，使文艺作品产生人类审美的"共感效应"。琦君经过战争、灾难、亲人离别的种种痛苦遭遇，她的文学作品所表述的乡愁、母爱、人性、人情、人伦、人道等，正是具有人类情感永恒主题的共性。她的文学作品也因此引起国内外广大读者的关注和喜爱。

　　琦君饱经战乱之苦，漂泊之难，亲人离别之痛，她将负载着一代人的苦难和忧患，深深地隐含心灵之中，以纯情、淳朴、善良的感情，传达真、善、美的思想，表述积极向上的人文主义精神。

　　琦君的散文作品，主要题材表现为故乡、亲人师友、童年。正如她所说：

　　　　像树木花草一样，谁能没有一个根呢？我常常想，我若能忘掉故乡，忘掉亲人师友，忘掉童年，我宁愿搁下笔，此生永不再写。

2001年秋天，琦君与丈夫李唐基回故乡温州，参加亲友叙谈会

2001年，琦君与丈夫李唐基回故乡，和瞿溪中学生举行座谈会

琦君文学创作之"根",是指故乡、亲人师友、童年。这根既是琦君文化生命之根,也是文化情感之根。她最好的散文作品,都维系在这条根上。离开了这条根,琦君的文学情感也就无从谈起了。然而,这条根的文化源泉,也就来自她生存的阳光(思想)、雨露(情感)、土壤(乡土文化)。读琦君的散文《灯景旧情怀》《粽子里的乡愁》《故乡的婚礼》《压岁钱》《小仙童》《尝新》等,有一种亲近感,使读者心灵产生协同审美感应——民俗风情在人的心灵上起到了情感共鸣的体验,达到审美体验的同感。

琦君深受传统美学影响,在她的文学作品中,自觉或不自觉地流露出"物化"审美的意识。这种"物化"审美,来自恩师夏承焘从小就教育她"一花一木耐温存"的潜移默化。琦君的"物化"审美,也有着地域文化特征。在她笔下的瓯柑、杨梅、白玉兰、桂花,有着温州自然季候与地域人文的特色。特别是她写雨,既写出了雨的文化情感,又写出了温州的雨的神韵。她通过这些"物化"的审美,传递着乡恋的情怀,寄寓着乡愁的情感。除此之外,琦君的"物化"审美,还体现在"乡愁在味蕾上"。她笔下的"八宝粥""灰汤粽""龟脚""桂花酒"等都有着温州味道的文化特点,带着温州地域文化的深刻印记,仿佛与生俱来的胎记。

作家按图索骥,寻找到自己情感的慰藉和满足。梦中的故乡是琦君心灵中寄托着无限思恋的精神家园。她曾在散文《乡思》中写道:

> 故乡是离永嘉县城三十里的小村庄,不是名胜,没有古迹,只有合抱的青山,潺潺的溪水,与那一望无际的绿野平畴。我爱那一份平凡与寂静,更怀念在那儿度过的十四年儿时生活。

琦君是中国五四新文化运动之后,以白话文写作最成功的女作家之一。她处于强烈的西风浸润的文化环境中，却依然坚持以中国文化精神写作。她无论写散文或者小说，总是将中国古典词学的境界融入作品形式与内容。她的散文有着强烈的中国古典词学的惆怅与无奈，表达乡愁的文化情感；她的小说创作也是以词境的自然宇宙物象与心境来表达主人公的情感和故事情节。以小说《梅花的踪迹》为例，用她自己的话来说，是受到外国电影《珍妮的画像》的影响。其实，小说所描述的姑娘对梅花的痴爱，深蕴着中国古典词学境界和梅花品格的文化意味。小姑娘的消失在主人公的心灵中仍然有着一种深刻追忆热恋的情怀，自然使人想起古人"花非花，雾非雾"的诗境。

从这个角度来认识琦君文学创作的小说、散文、诗词所表现的丰富情感与心灵世界和自然生态的寓意，就会深深地感受到一种词的韵味。阅读、理解、感悟琦君每一篇作品，都有着仿如读一阕词的奇妙审美感应。这正如琦君自己所说的，现代人陶醉于西方的意识流创作，其实，这在我们中国古典诗词里面早已有过表现。琦君以词境来表现丰富的文化内涵之外，还把词境融入白话文之中，使其语言既具有清醇淡雅、流畅自然的特色，又具有浓厚的词文语言的韵味，达到水乳交融、清淡自在的境界。这是琦君文学语言艺术的成就。

郑伯永：壮志未酬三尺剑

紫 苏

在当今的温州文艺界，郑伯永这个名字似乎没有多少人知道，但他是一位值得我们缅怀和尊敬的革命者、好作家，为浙江的文艺事业做出过杰出的贡献。

郑伯永（1919—1962）

"温中"起程寻"新路"

郑伯永的文学素质和进步思想是在温州中学萌芽的。

浙江省温州中学创办于1902年，初名"温州府学堂"，后历经"温州府中学堂""浙江省立温州中学""浙江省温州市第一中学"等时期，1985年更名为"浙江省温州中学"，简称"温中"。百年温中，孕育了无数精英才子，走出了许多仁人志士。

回溯到1934年秋天，年仅十五岁的少年郑伯永离开浙江乐清白溪朴头村，就读于浙江省立温州中学，他最初的想法是好好读书，学有所成，报效慈母的养育之恩。可在1935年12月，北平各大中学校的爱国学生六千余人涌上街头，振臂高呼"打倒日本帝国主义""立即停止内战"，爆发了"一二·九"抗日救亡运动。郑伯永得知消息后热血沸腾，和温州中学的爱国学生一起，冲出校门，举行了抗日救国示威游行。他还在集会上演说，呼吁抵制日货，反对国民党政府的妥协政策，勇敢地投入进步的学生运动中。

当时温州中学高中部学生马骅，与同学一起组织野火读书会，负责编辑《野火壁报》，郑伯永是《野火壁报》的热心读者，两人因此认识、相熟，成了好朋友。许多同学喜欢《野火壁报》上的文章，认为张贴后收起来，无法再读，很是可惜，建议每两期油印合订成一本，由同学们订阅，初中部订阅的事就由郑伯永等学生负责。

1936年下学期，郑伯永担任了温州中学学生会进步刊物《新路》的主编，该校刊宣传抗日救亡，传播革命思想，激励师生斗志。郑伯永在刊物创刊号上发表题为《开拓新路》的署名文章："黑暗的尽处有光明的世界，痛苦的尽处有幸福的乐园；朋友，让我们携起手来，前进吧！毁灭了黑暗的世界，杀出了一条新的大路！""我们为了自己，为了社会，为了千万人的生存。快拿起我们的武器，奋斗，努力，努力开拓新路！"这篇短文尽显郑伯永在学生时代的革命理想。

作为学生运动的骨干和活跃分子，1936年，郑伯永被迫离开学校，这引起社会舆论的强烈谴责和学生家长的联名控告，学校迫于压力，只好改变决定，郑伯永等四十八名爱国学生才得以复学。

战斗的号角响彻温中校园，郑伯永义无反顾，怀着赤子之心，以笔为矛，冲锋陷阵，开始走上革命的道路。

烽烟中迸发创作激情

郑伯永的文艺才华，在革命战争年代初露锋芒。

2020年夏天，笔者为了写作此文，拜访了与郑伯永在中共浙南特别委员会共过事的洪水平老人。老人今年九十六岁，思路清晰，性格爽朗，十分健谈。据他回忆，郑伯永在浙南特委任宣传部副部长，洪水平任干事，他们是上下级关系。1947年5月，郑伯永等人牵头创办了《时事周报》，这是长江以南地区由共产党领导的最早的地方机关报（后改名《浙南周报》《浙南日报》，为《温州日报》的前身），洪水平是主要编辑之一，他们俩仍然为上下级关系，互相支持，彼此尊重，两人都喜欢文艺，热爱文学。

洪水平老人靠在藤椅上闭着眼睛，往事便涌上心头。他说：伯永同志的鼻尖上有一点天生的红晕，有人叫他"老红"，他并不忌讳，甚至写文章时署名"红鼻子"。他能文能武，带兵作战，不管面临什么复杂、危险的处境，都能镇定地布置和分派工作，看上去丝毫不紧张、不慌乱；他给士兵上理论课，深入浅出，娓娓道来，讲很多有意思的故事，大家都喜欢听。革命战争时期，浙南特委的官兵生活在洞宫、括苍和雁荡山脉的崇山峻岭之中，没有文艺活动。伯永同志为了丰富大家的精神生活，就把附近村子里的唱词人（唱温州鼓词）请到宣传部驻地来，唱《陈十四娘娘》《十二红》《乔太守乱点鸳鸯谱》等，大家围坐在一起津津有味地听着，觉得很有趣，幽深的山坳里也有了阵阵欢笑声。

郑伯永在浙南特委宣传部副部长的任上工作繁忙，每天都要处理大量事务，还负责"两刊一报"，两刊为《新民主》半月刊和《浙南月刊》，一报为《浙南周报》，他亲自撰写各种新闻报道和革命故事，干着总编兼记者的事。他还是文学征途上虔诚的跋涉者，在百忙之中挤出时间从事文学创作，有两篇颇有分量的报告文学以夷夫为笔名发表在当时中共在香港出版的《群众》杂志上，其中一篇揭露国民党括苍绥靖办事处主任吴万玉在楠溪"清乡"的血腥恶行，引起较大反响。他一手毛笔字秀丽浑厚，下笔千言，文章一气呵成。冬天山上寒冷，晚上他要写作，就向村民借来一只泥盆或一个破缸头，放入木炭，生火取暖。郑伯永长期在浙南山区工作，知晓地方上的事；常年生活在老百姓中间，了解民间疾苦，这都是他文学创作的源泉。他与干部、战士、学生、士绅、商人以及国民党各乡（镇）长、保长有密切接触，因此他脑子里活跃着社会上各种人物的形象。他的作品风格朴实清新，语言雅俗共赏，善用群众口语。

新中国成立后，温州地区百废待兴，时任温州地委宣传部部长兼《浙南日报》社长的郑伯永，为了建设和繁荣温州的宣传和文艺事业，披星戴月，殚精竭虑。同时，新社会的一切激荡着他心底的创作热情，他计划把浙南革命根据地的人民生活和斗争经历用文学形式反映出来。1951年，他创作了短篇小说《染血遗书》等，在《人民文学》上发表。

1953年5月，郑伯永主动放弃一切行政职务，调到在上海的中国作家协会华东分会，从事专业文学创作，成为全国为数不多的有着革命斗争经验的专业作家。

无痕的丰碑：《十五贯》

在中国作家协会华东分会的两年里，郑伯永集中精力从事文学创作。

要写的题材实在太多。浙南革命根据地火热的斗争生活和那些可歌可泣的人和事，总是时刻呼唤着他的心灵，丰富生动的革命故事和许多人物形象，潮水般涌上他的心头，浮现在他的眼前。他夜以继日，笔耕不辍，把写作看成了一项新的战斗任务。大约一年后，他写出了《高振友》《我的"舅妈"》等中短篇小说，都是反映游击生活的。后来结集由上海文艺出版社出版发行，其中反映游击队战斗故事的《高振友》等短篇小说在社会上引起广泛反响。

今天重读郑伯永的文学作品，我们可以体会到那些洋溢着泥土芬芳的文字，真实而细致地描述了浙南农民向往革命的淳朴感情，以及

《十五贯》画作

《十五贯》剧照

革命者在敌人统治区秘密工作的惊险，不由得钦佩他的文学才华。

1955年，因工作需要，郑伯永调回浙江，在省委文教部担任文艺处长兼省文联秘书长。他是个责任心、事业心很强的人，回到浙江工作后，贯彻"百花齐放，百家争鸣"的方针，牵头创办了文学月刊《东海》，主持召开全省文学青年创作会议，创建东海文艺出版社，吸引和团结了一批省内外作家，培养和扶植了青年作者，出版了许多反映抗日和解放战争的文学作品，开创了浙江省文学工作的新局面。

这一年的11月，时任浙江省委宣传部（后改文教部）副部长兼文化局长的黄源，决定组织力量改编《十五贯》。黄源原名黄河清，作家、编辑家、翻译家，对郑伯永很是赏识，就把他作为自己的副手。黄源曾说："要改编《十五贯》，我第一个想到的就是郑伯永。"于是，黄源、郑伯永分别担任"《十五贯》整理小组"正、副组长。

《十五贯》又名《双熊记》，是清初戏曲作家朱㿥（朱素臣）的传奇作品，昆剧代表作，该剧用熊氏兄弟各遭冤案、双双被判死刑的故事，揭露批判了主观臆断和循规蹈矩的官僚作风，歌颂实事求是的精神。郑伯永与黄源等人商议改写《十五贯》的主题思想和改编方案，认为要保留原作中的积极因素，故事情节要进行删减，须改"双线"为"单线"，把全剧定为"鼠祸""受嫌""被冤""判斩""见都""疑鼠""访鼠""审鼠"八出。改编方案确立后，郑伯永作为具体工作的执行者与组织联络者，和剧作家、演职人员一起合作奋战，他们边改编、边彩排、边修改，反复打磨，精益求精，让崭新的《十五贯》主题更加鲜明突出，情节更加离奇曲折，表演更加精彩诙谐，唱腔更加优美婉约。

1956年，《十五贯》在杭州、上海、北京等地公演后，获得巨大成功，形成了"满城争说《十五贯》"的盛况，还进了中南海演出，《人民日报》发表《从"一出戏救活一个剧种"谈起》的社论，使昆曲这一濒临绝境的古老艺术重获新生；因为它的成功，还使得大量传统剧目回归舞台，戏剧演出市场得以复苏。

　　作家汪曾祺曾说，整理传统戏最成功的一部是昆剧《十五贯》，"它所达到的水平，比《将相和》《杨门女将》更高一些，因为它写了况钟这样一个人物，写得那样具体，那样丰富，不带一点概念化和主题先行的痕迹"。1998年10月，郑伯永去世三十七年后，黄源在纪念郑伯永的文章中写道："《十五贯》的改编成功，归功于郑伯永同志。"

　　令人惋惜的是，牵头改编整理《十五贯》成为郑伯永文艺创作生涯中最后的丰碑。1957年，在"反右"的风暴中，郑伯永被错划为"右派"分子，并被污蔑为"浙江文艺界的右派主将"，下放原籍乐清县农村监督劳动，干起耕田、养猪等重活。遭受了迫害与折磨，他贫病交迫，因肝病于1962年5月辞世，年仅四十二岁。据说，他在灾难的岁月中，把一部写了四十万字还未修改完成的、反映浙南革命斗争史的长篇小说《太阳初升》书稿付之一炬。

　　1979年2月，郑伯永得到平反。同年10月，浙江人民出版社出版了他的小说集《我的"舅妈"》，作为对他的纪念。

小说集《我的"舅妈"》书影

唐湜：幻美的旅者

曹凌云

唐湜先生是著名的九叶派诗人、评论家和剧作家，一生历尽坎坷与不测，对文学有着近乎偏执的痴迷，少有搁下歌唱和抗争的诗笔。我作为与他有过颇多交往的晚辈，想用记录他在惊心动魄的历史年代里的人生悲歌，来感受他的旷世才华和生命重量。

唐湜（1920—2005）

一

20世纪40年代，唐湜开启了诗歌之旅，醉心于诗歌创作，写出了《山谷与海滩》《水磨坊的日子》《荒凉的、骚动的城》等诗歌，在上海出版了处女作诗集《骚动的城》，得到作家李健吾和诗人臧克家的赞赏。他笔下热情蒸腾，虎虎生风，又完成了长诗《森林的太阳与月亮》的创作，改题为《英雄的草原》，也在上海出版，这预示着将伴随唐湜从此之后人生的"幻美之旅"。

1947年7月,还在浙江大学外语系读书的唐湜收到臧克家和诗人曹辛之的来信,说要创办诗刊《诗创造》和出版一套《创造诗丛》,约唐湜参加。唐湜欣然前往上海,参与臧克家主持的一些工作,在处理日常事务上耐心细致。第二年,曹辛之与诗歌观念较为相近的唐湜等人另行创建了一份诗刊,取名《中国新诗》,这一年唐湜也大学毕业,编订了评论集《意度集》、诗集《飞扬的歌》等,还由巴金、李健吾介绍参加中华全国文学文艺工作者协会(简称"全国文协")。唐湜在诗歌创作和诗刊编辑中,除曹辛之外,还与同为诗人的辛笛、陈敬容、唐祈、穆旦、杜运燮、郑敏、袁可嘉渐渐有了较多的往来,他们以"接受了新诗的现实主义传统,采用欧美现代派的表现技巧,刻画了经过战争大动乱之后的社会现象"(艾青语)的艺术风格,逐渐形成并奠定了独具一格的"九叶诗派"。

新中国成立后,唐湜在温州第二中学教书。1951年年底,唐湜接巴金来信,邀他去上海文协工作,他告别了二中的师生和妻儿,只身来到上海,与翻译家周煦良等一起在上海文协外国文学组翻译苏联短篇小说,集体翻译并出版了《苏联卫国战争小说集》,他个人翻译并出版了《坡道克之歌》(安东诺夫作)。而后,再回温州教书。

1952年春天,唐湜收到诗友唐祈的来信,时任人民文学杂志社小说散文组组长的唐祈,邀请他去北京人民文学杂志社一起工作。唐湜喜出望外,告别家人,前往北京。可当时书信往来和车马速度都很慢,待唐湜到达北京时,唐祈所说的位置已经有人了,他只得在北京找了一个中学教书,也给报刊写些稿子。

第二年深秋,唐湜遇到久别的文友李诃。1954年年初,唐湜经时任《剧本》月刊编辑部主任的李诃介绍,进入了《剧本》编辑部工作。正在那时,《戏剧报》(月刊)创刊,缺少人手,负责人到《剧本》借用人员,就把唐湜借去了。

《戏剧报》是中国戏剧家协会的机关刊物,社长是著名剧作家田汉。由于他担任文化部戏曲改进局、艺术局局长和中国戏剧家协会主席，工作繁忙，不大过问《戏剧报》的具体工作。唐湜到了《戏剧报》，被分派在戏曲组，任编辑兼记者。唐湜去北京的初衷是从事诗歌创作，但他熟悉中国戏剧艺术，对外国戏剧也素有研究，就放下诗笔，专事戏剧工作。那年又适逢戏剧界几件盛事，如莎士比亚冥诞纪念活动、华东戏曲会演等，他都积极参加。唐湜白天阅稿、采访，晚上写稿、看戏，干得得心应手，心情也很欢快。他在报刊上发表了许多文章，约稿也越来越多。

华东戏曲会演在上海举行，展演华东各省市的地方戏，精彩纷呈，唐湜看了一个月，大开了眼界。有一天，来上海观看会演的田汉把唐湜叫到自己的房间，递给他一大沓剧本、参考书，口授简单的提纲，让他起草一篇纪念古希腊早期喜剧代表作家阿里斯多芬的文章，期限是一个星期。唐湜不再去看戏，把自己关在房间里，一个星期后，交给田汉两万字的稿子，田汉看了稿子后表示满意，做了几处修改后让秘书拿去打印，不久，这篇文章发表在《人民日报》和《文艺报》上。

此后，田汉还多次交代唐湜撰写各种文章，如关于挪威戏剧家易卜生和爱尔兰剧作家萧伯纳的论文，都得到田汉的肯定和赞赏，还有意让唐湜做他的秘书。1955年4月，唐湜担任"梅兰芳、周信芳舞台生活五十年纪念大会"宣传组与研究组的秘书，给文化部副部长夏衍和中央戏剧学院院长欧阳予倩起草大会讲话稿。后来夏衍的讲话稿发表在《戏剧报》，他把所得稿费转给唐湜。能和田汉这样的文化大家一道工作，唐湜自然感到无比幸福，但他不喜欢秘书工作，心中还念念不忘诗歌创作。

20世纪50年代，中国文联和下属各协会的宿舍大院建在朝阳区西部的芳草地。唐湜刚到《戏剧报》工作时，住在王佐胡同（单位租用民房），他把在老家的妻子陈爱秋和三个孩子接到北京一起生活。不久，一家人搬到了芳草地中国剧协的宿舍，在芳草地，唐湜的小儿子

唐湜与妻子陈爱秋

降生，这样，一家六口在芳草地度过许多美好的时光。

　　据唐湜的大女儿唐洛中回忆，芳草地一带旧时是布满乱葬岗子的荒郊野外，到他们居住在芳草地时，已是一派热气腾腾的市井生活景象，一排排红瓦平房还给人一种气势感。唐洛中当时是十来岁的小女孩，每天早晨醒来，能感受到院子里的鸟语花香，如果是风和日丽的天气，她吃了早餐就找小伙伴在平房区里追逐嬉闹，大院里回荡着他们的欢声笑语。下午临近日落时，夕阳擦过屋顶斜照在院子里，她就站在家门口等待自行车的铃声，在晚饭前，她总能听到那熟悉的铃声，便欢叫起来：爸爸回来啦。刹车声刚落，爸爸的身影就出现在余晖中，显得挺拔、高大，他的头差点顶住了门框。兄弟姐妹见爸爸手拿几串冰糖葫芦，顿时欢呼雀跃，抢着要尝那甜甜酸酸的味道。晚上，刚刚蹒跚学步的弟弟吵着要骑马，爸爸趴在床上，让弟弟当马骑，房间里不时传出弟弟细碎的说笑声。那段时光里的那些场景，像一块块温润发光的玉石，永久保存在唐洛中的心里。

唐湜在《戏剧报》工作起来如鱼得水，却依然孜孜以求，精进不止。唐湜多次访问著名京剧表演艺术家、戏曲教育家萧长华，写了三篇独特的演剧理论文章在《戏剧报》发表；他写了《京剧舞台上的赤壁之战》《卢胜奎论》《侯永奎与〈刀会〉》等，发表在《人民日报》《解放军文艺》等报刊，引起较大反响，收到许多读者来信。同时，他又写出了十七万字的《戏曲论集》，翻译了多部泰戈尔诗剧，汇编了一本自己的莎士比亚研究文集，取名《莎士比亚在中国》。这些书稿进入了出版程序，有的即将交付印刷。

唐湜从小爱好昆曲，在《戏剧报》工作时，参加了北京昆曲研习社，这是一个昆曲票友组织，唐湜因此结识了散文家、红学家俞平伯和他的夫人许宝驯，与"张家四姐妹"中的"二姐"张允和、昆剧表演艺术家俞振飞、袁敏宣都有交往。有一次中元节，唐湜在北海放湖灯、唱昆曲，虽然嗓子一般，兴致却高。唐湜还多次与票友一起去颐和园雇一艘大船，一边游船一边唱昆曲，心情愉悦而舒畅。颐和园里和风送暖，水波荡漾，长堤缀绿，是唐湜在北京时最爱去的地方。

这一切，留给唐湜最美好、最幸福的记忆。不料好景不长，1955年春夏之交，坦诚忠厚、醉心事业的唐湜，却掉进了历史的大波涛大漩涡之中，翻卷沉浮。

二

20世纪80年代我还是一个中学生，认识了唐湜先生，90年代我参加工作，开始文学写作，以他为师，有过多次深谈，成了忘年交。他气质儒雅，语调平缓，也不掩饰自己的观点，坦率直言文坛上的人与事。

1955年北京的初夏有点闷热，草木在烈日下垂头丧气。唐湜听到胡风、梅志夫妇被捕的消息,又见全国掀起声讨"胡风反党集团"运动,异常吃惊。有一天,唐湜在回家的路上不经意看到邻居、作家刘雪苇被公安人员带走,心想,刘雪苇与胡风交往密切,肯定牵涉到"胡风集团"的案件中。

唐湜一家住在芳草地,四个孩子日渐长大,房子越显窄小。刘雪苇被捕的第二天,唐湜听说大院里有人举家搬走,房子较大,就去看房子,遇到作家路翎,打过招呼,路翎邀请唐湜到家里坐坐,唐湜对他一向有好感,爽快地答应了。路翎二十岁前后创作了大量的作品,年纪轻轻就已成名,1948年唐湜读了路翎的小说集《求爱》,钦佩作者的才华,写了一篇评论发表在《文艺复兴》上。那天唐湜和路翎谈了许多话,唐湜还说:最近形势紧张,刘雪苇被捕,你要小心,做好思想准备。

其时,全国上下正在彻底清查"胡风集团"的"底细",路翎作为胡风的得意门生,已被监视。许多人远远地躲开了路翎,而唐湜却浑然不觉地在他家里待了将近一个小时,被线人作为重大情报报给上级领导。很快,路翎被抄家和逮捕,唐湜被领导在大会上指为"通风报信"。于是,唐湜被停职反省,正在出版的书籍中止出版,老实交代与"胡风集团"的关系。

唐湜交代:我与路翎没有什么交往,只因认为他是有成绩的作家,曾为他的小说写过评论,又因久慕其名,那天交谈时话题较多。认识胡风是在抗战胜利第二年夏天,我把一篇散文寄给他主编的刊物《希望》,不久就收到他的来信,说散文已发表并要我去他家领取稿费。我找到了他家,与他认识了。后来偶有去他家里,谈些文坛上的事情。新中国成立后我与他没有来往。在文艺理论上,我与胡风更是毫无瓜葛,我大学在外文系就读,受西方文学影响深刻,追求民主自由和个性解放,而胡风是围绕现实主义的原则、实践及其发展展开的,对他的理论主张我有不同意见,持批评态度。

可是，不管唐湜如何申辩和自剖，就是过不了关，他被实施"疲劳轰炸"，交代到深夜才能回家，疲惫不堪的唐湜一躺到床上，鼾声就如巨浪翻腾。

炎热憋闷的夏天终于过去，唐湜总算与"胡风集团"撇清了关系，恢复了工作，但下降两级工资。

唐湜是一位勤奋的作家，当他又可以像常人一样工作和生活时，马上爆发出创作的激情，他拿起枯涩的笔，在稿纸上漫步，写成了二十万字的戏曲评论集《论三国戏》，又有了一次新的突破。

三

1957年春天，春和景明，柳莺花燕，党中央提出"百花齐放，百家争鸣"的文艺方针，号召"大鸣大放"，"鸣"与"放"即是百家争鸣、百花齐放的简称。

《戏剧报》紧跟形势，发表了《大胆揭露矛盾，贯彻百家争鸣》等社论，编辑部还派记者到上海、武汉等地采访，把当地"鸣放"情况反映上来。唐湜在北京，马不停蹄，采访了京剧老生雷喜福、京剧武生孙玉堃和京剧净角侯喜瑞，写了三篇访问记，反映了戏曲界老艺人饱受辛酸、从不懈怠、忠于艺术、赢得观众，以及他们的真实思想和对党提出的意见。访问记很快被编发。

大鸣、大放形成了大辩论、大字报的局面，简称"四大自由"。有一天晚上，唐湜和家人刚刚吃过晚饭，一位科室负责人敲开他的家门，来动员他写一张大字报，可揭露可诉苦。唐湜一听很是踌躇，说考虑考虑。科室负责人走后，陈爱秋劝唐湜不要写大字报，息事宁人、躲开风浪为好。唐湜说：那就不写吧。可是第二天，科室负责人又在办公室做唐湜的思想工作，并说：大字报你写我也写，我先贴你后贴，出什么事我挡着。这位负责人熟悉文艺政策，很有亲和力，受同事尊重。唐湜见她这样讲，想起自己在胡风事件中受到的迫害，心中淤积不快，按捺不住，就将自己所受的伤害写下来，与科室负责人的大字报一起贴了出来。有人看了唐湜写的大字报，跑到唐家跟陈爱秋说：你家唐先生的文章真是华采飞扬，大家看了他写的大字报深受感动。陈爱秋这才知道丈夫还是忍不住写了大字报，又埋怨又担心。

接着，唐湜和作家杜高合写了一张大字报，矛头直指剧作家赵寻。那一年，赵寻把一篇苏联童话改编成儿童剧《小苍蝇是怎样变成大象的》，发表在自己主持的《剧本》杂志，后又获得《剧本》主办的大奖。唐湜找杜高说：赵寻这样做，是自己当运动员自己做裁判，很不公平，我们可以写一张大字报表达对他的不满。唐湜的意见正中杜高下怀。当时，赵寻、蓝光夫妇认为杜高有重大政治问题，正在批判他。

事情来得如此突兀，当文艺界正在深入开展党内整风运动时，"反右"运动骤起，且波澜壮阔，使得许多文艺家晕头转向，不知所措，被政治的旋涡所吞噬。

一向秩序井然的《戏剧报》也陷入混乱，尖厉狂暴的喇叭声，铺天盖地的大字报，严厉声讨的各种会议……中国戏剧家协会召开全体人员大会，动员"反右"斗争，批判对象有唐湜、李诃、杜高等人。唐湜的主要"罪行"是：以《戏剧报》记者的名义撰写文章，煽动艺人鸣放，进行反党活动，在全国造成恶劣影响。在"打倒、砸烂"的叫嚣声中，唐湜又气愤又沮丧，当灾难和屈辱倾泻到他身上时，他无力反抗，一个生命是很轻易落到软弱无助的境地的。

据唐湜《戏剧报》同事阮文涛的回忆文章，1958年4月18日上午10点，中国剧协党组把阮文涛、唐湜、杜高、汪明、戴再民召集到秘书长室，负责"反右"的秘书长向他们宣布了每人的政治结论，摁了手印，承认了这个结论。五人都被划为一类"右派"分子（"右派"处理分六个等级，"一类"是最高等级），开除公职，即日起送劳动教养所进行改造。五人办完手续后，被另一房间待命的警察押走。当他们走过文联大楼长长的过道时，两边办公室没有一个人与他们打招呼，更没有人对他们表示怜惜。警察把他们押到楼下，押上停在院子里的卡车。当卡车开动时，文联大楼各个临街窗口挤满了观望的人，远远看去，一个个沉着脸，不作声，个别人向他们挥手。大街上的阳光异常刺眼。

他们被关进了北京市劳动教养收容所，唐湜显然没有思想准备，非常惊慌和焦急，喃喃地说：我家里人还在等我回家吃午饭。

四

1958年6月9日，月黑风高的夜晚，唐湜和众多劳教人员一起，扛着铺盖卷，在全副武装的士兵押送下，坐带篷卡车前往火车站，再乘上一列前不见头后不见尾的火车离开北京，向东北方向驰去。唐湜木然地看着窗外，火车绕过村庄，跨过江河，穿过树林，行走在一片空旷的平原上。

唐湜想起自己在收容所的数月里，忍饥挨饿，学习大好形势和劳教政策，进行了自首坦白和忏悔认罪，他已经怀疑自己的所作所为，没有对抗情绪。"我有罪，我要改造"，这是时刻不能忘记的。其间，妻子来探望了一次，送给他一包生活用品和几本心爱的书，虽然她尽量掩饰内心的痛苦，却还是泣不成声，泪流满面，令唐湜心碎。听妻子说，他被定为"右派"后，她去求过田汉，田汉也为他说过情，但没有效果。唐湜看见自己映在车窗上那张困倦茫然的脸，仿佛在一场噩梦里。

列车咔嗒咔嗒日夜运行，从黑夜冲向黑夜，过长春奔向哈尔滨，停在了黑龙江省东南角的密山县城。劳教人员每人分到两个大面包，就被士兵押进一所中学，学校里站满荷枪实弹的军警，戒备森严，大家在教室里铺好的芦苇上休息。地处密山县的兴凯湖农场领导与北京市劳动教养收容所带队负责人办理了移交手续。这一天，唐湜第一次吃到北大荒窝窝头。

两天后的凌晨，劳教人员被押上汽车，到达兴凯湖湖岸下车，改乘由汽船拉动的木船。船儿在兴凯湖上缓慢行驶，湖水在船沿边漾起层层縠纹，又被阳光一照，好似满湖碎金。兴凯湖是黑龙江流域最大的湖泊，中苏边界上的浅水湖，盛产鱼类，环湖多丘陵、山林和沼泽地。唐湜他们乘坐的船只傍晚时到达内陆码头，薄雾轻纱一般笼罩在湖面上，兴凯湖显得那么平静、温柔。

兴凯湖农场有总场和分场，唐湜被编在第八分场，位置在内陆码头北面几十里外一处叫荒岗的丘陵地，这些丘陵荒野都是北大荒的宝地，一些经营多年的农场，已开垦出肥沃的黑土地。唐湜和其他劳教人员在大帆布帐篷里住下，共有八百余人。

五

在兴凯湖的那些日日夜夜，晚年唐湜很少回忆，在著述中也少有提及。唐湜在那片祖国的边缘之地，不，在那个黑暗而巨大的深渊里，一定有我们无法想象的哀痛和恐惧，让他不忍回忆，不敢触及。人的自我保护天性会把极度痛苦的经历推进遗忘之海。下面的内容，我是根据他的只言片语和与他一同劳教的难友讲述而形成。

尽管舟车劳顿，唐湜和其他劳教人员在到达兴凯湖的第二天就出工劳动了，在种了大豆的地里拔草。拔草这事看似容易，劳动强度不大，但长时间九十度弯腰、脑袋朝下，就会腰酸背痛，头昏脑涨；如果不小心把豆苗当草拔了，会以破坏生产论处，轻者挨批评、记过，重者关小号、加刑。唐湜双膝跪在地里，一声不吭，卖力干活。

接着是修筑导流堤。这是一项规模宏大的水利土方工程，底宽八十来米，高十多米，规划是修筑完成后堤面汽车对开，还铺上铁轨，直通密山县城。唐湜参加导流堤定型劳动，拿铁锹或镐头挖泥土，又与同伴抬土筑堤，他的手掌和肩膀常被磨破，渗着鲜血。

在荒野之地开垦农田，先要砍树烧荒，这是危险的工作，个别劳教人员是身揣遗书参加的。有些树木砍（锯）透了仍然直挺挺地立着，乘砍树者不备之时，突然呼啦啦地倒下去；烧荒时，烈火借着风势迅速蔓延，火柱东奔西窜，浓烟滚滚，难以把握，唐湜不知自己何时会死于非命。

兴凯湖深秋时进入冬眠期，到了冬天，湖面冰封千里，玲珑的冰柱、晶莹的冰墙、闪亮的冰排，组成了迷人的景色。在零下四十多摄氏度的严寒中，当地老百姓早就进入农闲期，而劳教人员不能休闲，他们到湖边运苇子、背干草。唐湜戴着狗皮帽，穿着笨重的棉袄、棉裤和胶鞋，拉着木爬犁运芦苇，有时参加劳动竞赛，他拉着装载得满满沉沉的木爬犁在湖面冰道上奔跑。干草是烧炕用的，从荒草甸子背到农场有六十里路，每天要两个来回，如此高强度的劳动累瘫了唐湜，他躺在白茫茫的雪地上喘气，看到了浅蓝色的天幕上有几片薄薄的白云在飘荡，唐湜想，它们飘向何方？

夏季是农活最集中的时节，温度高、雨量多、白天长，最适宜庄稼生长。可是，兴凯湖的夏天，蚊子多得可怕，草丛、树林里的蚊子滚成球，田地里的蚊子一窝蜂似的涌动，人们外出干活时必须戴好防蚊帽，用厚布把脸包起来，把袖口、裤管扎实。有一种细小的蚊子，比蚜虫还小，叫拟蚊蠓，俗称"小咬"，会一团团飞扑而来，防不胜防。大家被蚊子折磨得痛苦不堪，兴凯湖有人活活被蚊子叮死。

劳教人员是有工资的，出工一天得0.8元，每月结算，扣除统一分发的饭食和衣物的钱，没有剩余。他们劳动强度大，需求热量也大，农场定量的饭食总是不够，每人都食不果腹。1960年春天，雨下个不停，在春播的四十多天里，劳教人员冒雨从早上天未亮干到晚上天墨黑，他们饥肠辘辘，又寒冷难当，一些人在劳动过程中倒下去就再也起不来。唐湜出现双脚浮肿、眼睛凹陷、胸闷心悸的症状，被诊断为水肿病。农场里出现大量的水肿病患者，引起农场领导的高度重视，进行了有效的救治。

劳教人员中有作家、画家、翻译家、音乐家、演员，他们本来追求自由和独立，在各自的领域里施展才华，成就事业，命运却将他们拴在一起，在残酷无情的岁月里等待死神的召唤或者与之抗争。其中让唐湜最难忘的是音乐家莫桂新，他原本英俊潇洒、幽默风趣，与妻子张权一起先在北京人民艺术剧院、后在中央实验歌剧院工作，夫妻俩以精湛的艺术造诣和高超的歌唱水平赢得观众的好评，演出轰动京城。1958年莫桂新被打成"历史反革命兼右派"后，与唐湜一起在兴凯湖农场劳动，彼此惺惺相惜。1960年夏天，莫桂新在稻田里干活时口渴难耐，喝了稻田里的水中毒身亡。

死神一次次逼近唐湜，现实可以让他的生命窒息，他自救的办法是偷一点时间看书，他视妻子带给他的几本书为珍宝，每每翻上几页，就能减轻内心的痛苦。他最爱阅读莎士比亚的剧本，这位文艺复兴时期最杰出的戏剧家，其剧作的人物塑造、结构编排、语言特色都达到几近完美的地步，让唐湜深为慰藉。可是，唐湜看书的"美事"被农场里喜欢打"小报告"的劳教人员和刑事犯举报了，管理人员唾骂唐湜，没收了书籍，用于食堂烧饭点煤球炉时的引火。

1960年10月，东北已经入冬，兴凯湖农场接到上级指示，调离三百多名"右派"分子和部分刑事罪犯。10月21日晚上，调离对象在兴凯湖吃了"最后的晚餐"，扛起铺盖卷，在全副武装的士兵押送下启程。天空没有星月，他们迎着刺骨的夜风渡过兴凯湖，再乘坐汽车到达密山火车站，坐上了西去的火车。天渐渐亮了，车窗外闪过的树木都掉光了叶子，枝条向着一个方向飘动，似乎有很大的风。唐湜暗暗算了算自己在兴凯湖的时间，二十八个月。世事无常，命运难测，他不知道自己的下一站在哪里。

六

唐湜被送去劳改后，陈爱秋心中的悲苦难以言表，她带着四个孩子住在中国文联宿舍，靠着中国剧协每月50元的生活费，过着动荡不安的日子，温暖的小家已充盈着凄惨的泪水。

今后的生活怎么过？前途渺茫。陈爱秋考虑再三，决定带着孩子回温州，毕竟在老家会有亲人帮助，也可逃离北京痛苦的阴影。行色匆匆，在中国剧协同志的帮助下，陈爱秋怀揣安家费，拖儿带女登上了回家的火车。这一路，陈爱秋有说不出的哀伤与怆然；这一别，她不知一家人何时才能再来北京。

也有人劝说陈爱秋离婚，她说她不干这种事，唐湜已是一个离开家庭就不知如何生活的人，况且，离婚对子女成长不利。她要对唐湜和孩子们负责到底。

1961年初秋的一天早晨，陈爱秋正在给孩子做早餐，听到楼下有人在喊她的名字，唐洛中从楼上跑下来，一看，站在眼前的好像是爸爸，定睛再看，果真是爸爸。陈爱秋也紧跟着下楼来，她顿时惊呆了，别离了将近三年半的丈夫，居然骨瘦如柴、衣衫褴褛、满脸憔悴，笔挺挺地站在那里，与在北京《戏剧报》时的英武潇洒、踌躇满志、虎背熊腰的唐湜简直判若两人，忽然，她痛楚地双手抱着丈夫，低声地哽咽了起来。

唐湜从兴凯湖农场转到天津茶淀的清湖农场，由于长期营养不良、劳倦过度，他患了水肿病，开始是足胫浮肿，后来蔓延到全身，并出现腹部膨胀、胸闷心悸。农场里成批成批的劳改对象患上这种病，引起场方的重视和救治。可水肿消退后，皮包骨头的瘦弱同样可怕，死亡的绞索一次次地在唐湜的头顶垂下，又一次次地提离，到了

1961年夏秋之交，清湖农场准许唐湜"戴帽离场"。现在一家人得以团聚，给身心遭受摧残和侮辱多年的唐湜带来极大的慰藉，精神面貌和身体健康也逐渐好转。

唐湜遭受牢狱之灾回到温州，处于贫病交加的困境之中，他没有及时提起诗笔，他想过逃离或者抵抗，但事实上是插翅难飞。唐湜还为了缓解内心的痛苦和焦虑，在自家走廊上栽种了一盆盆小花木，他还会在翠绿的仙人掌上嫁接一个红艳艳的仙人球，称之为"绯牡丹"，每天浇水、施肥，在侍弄花草时常把走廊弄得很脏，惹来妻子的数落。一位年轻的诗友瞿光辉看到这一切，心里就一阵阵酸楚，对唐湜说：您的诗那么灵动，总像一束束光，照亮无数人的心灵，何不继续写下去，用诗的光照彻眼前的阴霾。唐湜听后叹息了一声，没有回答。

1962年正月初一，唐湜踏过街头巷尾的鞭炮屑，来到了瞿光辉的家里。瞿光辉回忆起当时的情景，仍然历历在目。瞿光辉说：唐湜先生郑重其事地递给我一张白纸，上头有蝇头小字。我一看，是一首小诗，题目是《断诗》，副标题是"赠k"，诗中有"瞧，这忽儿是青葱似的春天，/小蜂儿采集了最好的花液，/该来酿最芳烈醉人的花蜜；/瞧，这忽儿是茴香似的春天，/珠贝满孕着季节的痛苦，/该吐出彩云样光耀的珍珠"等句子。"k"是"光辉"一词罗马拼音的头一个字母。可见，他这首诗是赠给我的，意思是回答我，他那冰凉的心已被我的热情感染了，又开始写诗了。不写我的姓名，是因为他考虑到自己是"右派"，担心连累到我。他对我说：你说得对，对于我，也许只有写诗这条路还有希望。果然，唐先生的诗泉又开始喷涌了，陆续写出了《清晨之献》《西窗商籁》等。

对于唐湜来说，无论是风来压倒他，还是风过再挺起，他始终珍惜生命珍惜光阴，把苦恼和悲愤化作了精美的诗行。

七

温州家乡没有给唐湜带来安全感,却有种种荒谬让他难以喘息。最大的焦虑是他一家六口人没有经济来源,怎么生活下去?他写信求助,终于在时任中国剧协秘书长李超和温州地委宣传部副部长董锐的帮助下,于1962年春被安排到永嘉昆剧团工作,任临时编剧,创作了十多个剧本。但在1963年夏初,永嘉县委以"纯洁文艺队伍"为由,责令剧团"解雇"唐湜,把他撵回了家。

唐湜没有了工作,赋闲在家,开始创作风土故事长诗《泪瀑》,取材于温州民间传说,写渔郎、渔郎妻和海公主的故事,形式上自由奔放,意境上空灵质朴,写到最后,渔郎被海公主沉入海底,渔郎妻发出凄厉的抗议和诅咒,使诗歌达到一种悲剧的庄严感。同时,他还进行十四行诗的幻美追求。

唐湜常常挤在吵闹的孩子中间写作。可是,家里一贫如洗,已到了没米下锅的地步,几个孩子已渐渐长大,学费无法支付,无计可施的陈爱秋看着醉心创作的丈夫,叹息一声说:家里可卖的东西已经卖光,东借西凑也无路可走,你都没有想想该怎么办啊?唐湜抬头看了一眼妻子,笑了一笑,又低头写着他的诗句。

为了赚点钱,唐湜只得在家里私下带了几个学生教授古文、英语,收几元学费家用。1964年夏天,唐湜接受温州洪殿黎明大队"黎二夜校"创办人的邀请,前去教英语和语文。

在这样的人生低谷中,唐湜依然温文尔雅,善良敦厚,旷达乐观,眼睛看人时有锐利的光芒,从文学里能获得无穷的乐趣。他受到了学生的尊重和钦佩,引作楷模,视为偶像,有的还慕名而来,成为他的学生。

唐湜口才不好,讲课时声调不高,语速较慢,笨嘴拙舌。从教学的角度来说,他不是一个好老师,一些学生上讲台都要教得比他好。

但唐湜给予学生最大的教益是人格魅力，一种精神上的滋养，就像他的诗歌一样，是直抵人心的一种艺术。他教给学生如何面对苦难，如何遵从信念，怎样保存纯真、热情和希望。一些在文学方面有悟性的学生常围着唐湜问这问那，写一些文学作品给唐湜修改。在唐湜的影响下，许多学生爱好文学与英语。在他潜移默化的影响下，学生的学识、思想、境界都得到了提高，大家热爱学习，珍惜光阴，对未来有信心，后来走上不同的成功之路。

1966年"文革"开始，唐湜离开了"黎二夜校"，"黎二夜校"也很快停办。唐湜经学生介绍，到温州市房管所下属的建筑材料预制厂，干杂工。

不料在"文革"中，"两派"武斗不断升级，唐湜居住的楼房四周，枪声时断时续，有一段时间，子弹在唐湜的屋顶上飞来飞去，射到瓦背上发出啪啪的声响。在枪林弹雨中为防不测，一家人躲在盖有两层棉被的四方桌子底下，唐湜还是不放下手中的笔，创作自如。陈爱秋见唐湜总是夜以继日、不顾生死地赶写稿子，没好气地说：你这样争分夺秒地写，有人等你的约稿吗？唐湜抬眼看一看妻子，虽是嘲笑话，也不生气，苦笑了一声继续低头写作。

唐湜"黎二夜校"的学生温锋听到消息后，带着唐湜一家，拉上一板车生活用品、书籍诗稿等，逃奔到市郊杨府山，住到温锋舅舅的房子里。这是一栋七间单层的老房子，温锋舅舅去香港后一直空置。大家七手八脚整理修缮一番后，居住起来很是舒适宽敞。房子周边是油绿的田地，树木生机勃勃，出门不远就是瓯江。唐湜每天早起，推开窗门，鸟鸣喧喧，在丝丝缕缕的江雾中阳光恍若银色的梦幻。他每去瓯江边，面对亘古奔流的江流和对岸的青山，总是凝神和浮想。一家人在这里居住了近半年，他时常躺在屋旁的稻草上，顶着阳光创作，完成了由近百首变体的十四行诗组成的历史叙事诗《海陵王》。

《海陵王》塑造了金朝第四代皇帝海陵王完颜亮的形象，一个骁勇善战、桀骜不驯的女真大可汗，结局是海陵王与他的爱妃珍哥儿，双双刎颈自尽，有一种不以成败论英雄的历史辩证法。这可以说是一部小史诗，但唐湜并没有完全依据历史去写，他"只是凭自己的记忆率尔构思，率尔抒写"。

谁也不知唐湜这些作品的命运如何，能否有面世的一天，但陈爱秋从来不反对丈夫写作，她知道文学和写作，是他的生命中最重要的一部分，同时让他没有在逆境中放弃自己。唐湜惜时如金地读书和写作，居然在"文革"初期迎来了创作上的喷发期，家里文稿成堆，有诗歌、剧本、翻译、评论。唐湜没有钱买稿纸，就捡用十六开的白报纸，压平、叠齐、装订，整理成一本本。

1968年夏天，先是黑云压城，紧张的气氛笼罩着整个天空，接着，"破四旧"如狂风暴雨席卷温州城乡，许多家庭被抄，唐湜的心顿时像灌了铅一样。果然没过几天，戴红袖章的红卫兵以"破四旧"的名义冲进唐湜的家里，翻箱倒柜，除了事先藏到天花板上的文稿躲过一劫，还没有藏好的部分手稿和书籍以及一些文友赠送的字画被抄了去，装在一辆板车上，与其他家庭抄过来的东西一起，拉到人民广场，一把火全都烧成了灰。

有一天，有风声传来，说下午有红卫兵造反派来唐湜家中进行第二次抄家，唐湜的精神紧张到了极点，如果藏在天花板上的文稿被抄走，已经受尽折磨的唐湜肯定难逃更大的厄运，整个家便也进入了"世界末日"。

那怎么办？万般无奈中，唐湜与妻子商量后做出决定：销毁家中的全部文稿。唐湜不忍心动手，陈爱秋的心也滴着血，她吩咐四个孩子，把浸透着父亲心血的文稿一本本拆开，撕成细条，放在厨房的煤球炉里焚烧，又不敢多烧，厨房是利用走廊的木条搭建的，留有许多缝隙，加快一点进度，火焰就大，邻居容易看到火光，闻到焦味。焚烧速度太慢，又容易暴露他们在消灭"罪证"。于是，他们把文稿放入脚盆里用水浸泡，想泡成纸浆后再倒出去，可在短时间内文稿根本无法泡烂。陈爱秋把浸湿的文稿捏成团，盛到一个方形竹篮里，见竹篮子不断滴水，她又盖上几件刚洗的衣服做掩护，吩咐小儿子唐彦中提着竹篮子倒在附近积谷山山脚的春草池里。

还有十来本诗稿没有销毁。当晚，唐湜趁着夜色，去找学生温锋，要求温锋帮忙保存一下。温锋见到唐先生双眉紧蹙、脸色苍白、艰难凄苦的样子，心中不禁涌起一腔伤悲，没有犹豫地答应了。过了两个小时，唐湜摸黑送来十来本厚厚的诗稿，交给温锋后就急匆匆地回去了。温锋草草翻看了一下诗稿，都是唐先生本人的手稿，誊写得工工整整，字迹细细小小，自成一体，流畅舒展。

温锋回忆：我当时住在温州老城区一间单层、木结构的老房子里，在这窄小的空间里找一处隐蔽之地并非易事。我看来看去，最后选择被报纸糊着的屋顶。我先把报纸挖下来，再把天花板撬下来，然后把书稿放在屋梁和椽子之间的空隙里，又重新钉上木板，糊上报纸。这过程说起来只有一两句话，做起来却是一个不大不小的工程，而且只能点豆大的灯，不能弄出惊动邻居的声音，我的精神处于高度紧张状态，时刻留意门外家犬的吠叫声。我从半夜三更忙到清晨东方露出鱼肚白，总算完工，我松了一口气，才发现全身被瓦片上的尘土弄得黑不溜秋，脸上和背上瘙痒难忍。我当时还是学生，父母都是普通市民，不会被抄家，却担心屋顶那又薄又软的木板承受不了那些厚重的书稿，如果哪一天塌下来，书稿被人发现，窝藏之罪也是不轻的。遇到风雨天气，我就更加煎熬，担心屋顶漏雨，书稿被打湿。就这样到了20世纪70年代初，"文革"出现了"两派斗争"进入武斗阶段，没有人去"破四旧"或关注文学作品是"香花"还是"毒草"，我也算是完成了使命，便把保存多年的书稿还给了唐先生。爱诗如命的唐先生看到自己完好如初的书稿，激动得喃喃自语，我已忘记了他说些什么，而他那双捧着书稿颤抖着的手，我记忆犹新。

唐湜在书房

苦难把岁月拉得很长。两年后，温锋工作了，建立了家庭，生活改善了，他记挂着唐湜的生存境况，几次去建筑材料预制厂看望他。预制厂在市区九山湖附近的清明桥边，面积不到两亩地，主要生产水泥预制板，俗称五孔板，多做房屋之间的隔层板。唐湜见到温锋来看他，喜出望外，赶忙摘下草帽，放下裤腿，找僻静的角落聊天。唐湜胖嘟嘟的脸颊是黝黑的，双手是粗糙的，但精神锐气未曾磨灭，话语轻松而愉快，眼睛依然有锐利的光芒。唐湜说自己在预制厂工作并不劳累，二十来位工人都很朴素、善良，照顾着他，关心着他，搅拌与浇灌混凝土，运输预制板到建设工地，大家都抢着帮助他。工友们有空时爱听他高谈阔论，他讲地方戏里的故事，讲莎士比亚和高则诚，有些内容工友们一知半解，却听得津津有味。工友们懂得学问的珍贵，懂得对知识的尊重。唐湜与温锋坐在厂房一角聊了好一会儿，清风从院墙外吹了进来，拂在他们的脸上。这里真是一处奇妙之地，有一种互爱的温暖，又可以躲避外面的风浪。唐湜说，只是工资偏低，开始月薪二十多元，后来加到三十多元，因家庭负担重，还是入不敷出。温锋每次与唐湜告别时，都会塞给他五元钱。

唐湜一路走来，百般曲折，万分艰难，到了这里，进入一个避风的港湾，还有一份宽松、自由的工作。按照上面的要求，唐湜有时劳动要穿黄马甲，要被工人开批斗会，不过都是走走程序，点到为止。自由是唐湜生命中的活水，稍得滋润，心田里就会抽出绿芽，胸中的壮志就会苏醒过来，他念念不忘的还是写作，虽然写作给他带来一些苦难。他白天一边劳动，一边构思创作，到了夜晚，往往一觉醒来，灵感被激活，就在床上倚枕下笔，直到晨曦微露。

就这样，他写出了组诗《夜中吟》，他在诗中缅怀古昔，恋念往日生涯，但更多的是对未来光辉前景的展望。他写出了历史叙事诗《萨保与摩敦》，萨保是北周初期权臣宇文护的乳名，摩敦是鲜卑语"母亲"，诗是从宇文护夜读母亲来信写起，整个诗篇有着史诗的波澜壮阔。他写出了历史叙事诗《敕勒人，悲歌的一代》，这首长诗的故事上接《萨保与摩敦》，作者对游牧人能拥立自己的君王十分向往，但他只能尊重历史，写南北朝时期的六镇起义，写宫廷中的争权夺位和野蛮残杀，写匈奴后裔的敕勒人斛律金率兵迎敌……最后写成了一篇慷慨激昂的悲剧史诗。他还写出了许多与友人一起游山玩水的忆念之作。他没有囿于一己悲欢来强调个人的蜗角之情，而是用大情怀来抒写沉重的心灵之音和时代之声。

人生逆水行舟，时间顺流而下，到了1976年，"文革"终于结束，不久，唐湜离开了整整干了十年的预制厂。在这十年中，他以连续五十多首十四行诗，来书写一代知识分子的历史性悲歌，组成了《幻美之旅》。虽然写的是"历史悲歌"，但作者在创作中却经历了一次真正的精神之旅，有了一次彻底的心灵释放。

在这十年中，唐湜创作了数量可观的历史传说叙事诗。他抒写了激情又缠绵的爱情故事《划手周鹿之歌》，故事取材于温州飞云江流域的民间传说。周鹿是一个美少年，既是南方水车的制造者，又是砍森林、划木排的能手，迷倒了好几个少女，在幽婉的抒情诗句中，满溢着单纯的牧歌式的情感。唐湜为自己，也为一代受难的知识分子写下了《春江花月夜》《桐琴歌》《边城》等，历史人物蔡伯喈、张若虚、陆游等，都是受难者的典型，他们满腹经纶、为人正直、胸怀宇宙意识，却命运坎坷、遭遇不平。这些长诗或气魄雄伟或柔情似水，有着强烈的现实针对性，可谓心理现实主义之佳作。

八

1978年金秋十月，颠倒了的历史被拨正，唐湜的右派问题得到改正。他恢复公职，前去北京，到《戏剧报》报到。经办人说：现在北京户口、住房都紧张，我们单位压力大，如果你一家人都来北京更难解决，最好你在老家找个单位落实。唐湜一听，没说什么，回到温州，到温州市文化局文艺研究所工作。

五十八岁的唐湜在创作上依然焕发着青春，他歌唱黎明，江河泛舟，自酿蜜酒，春瓮生香，写出了大量新妍的诗歌，陆续出版了十四行诗集《遐思：诗与美》《蓝色的十四行》，抒情诗选《霞楼梦笛》，诗歌理论集《新意度集》，散文集《翠羽集》等。他还在故纸堆里搜集资料，进行南戏研究。他复出后硕果累累，令人瞩目。

更让人高兴的是，他与许多文坛老友见面了，特别在1979年，他和二十世纪四十年代的诗友杜运燮、王辛笛、陈敬容、郑敏、唐祈、袁可嘉到北京曹辛之家里见面，他们说起已于1977年2月去世的诗友穆旦，哀叹不已；他们商讨出版一本诗歌合集，取名《九叶集》。1981年，《九叶集》由江苏人民出版社出版，在文坛上产生了巨大的影响，这九位诗人被研究者命名为"九叶派"或"中国新诗派"。《九叶集》也呼应了当时正在兴起的朦胧诗派。

上世纪八十年代，唐湜撰写了大量论述"九叶诗人"作品的评论文章，推动了文学界对"九叶诗人"的认识和肯定，他们的诗学思想和创作实践对中国新诗现代化产生了深远的影响。在"九叶诗人"中，唐湜是创作十四行诗最多、评论文章最有影响、长篇叙事诗最丰富的一位诗人。他凭借自己的刻苦和执着的追求，在中国文坛上确立了应有的地位。

2000年开始，上了耄耋之年的唐湜加快了衰老的速度，腿脚无力，行走不便，极少外出，他更加珍惜时间，不顾年迈体衰，笔耕不断，出版了《一叶诗谈》《九叶诗人："中国新诗"的中兴》等书籍。在人生的晚年，在夕阳西下、余晖残照的生命尽处，唐湜看到了自己的作品一部接一部地问世，听到了世人对自己文学成就的充分肯定和高度评价，深感呕心沥血总算没有白费。对于一个视写作为生命的老作家，还有什么比这些书籍和赞赏更让他感到欣慰呢？

2005年元旦，唐湜感冒后卧床不起，不思饮食，被子女送到医院救治，又患上肺炎，十分虚弱的病体越发不支，死神在他身边徘徊。那年1月28日，九叶诗人唐湜，带着一生的征尘与伤痕，奏着起伏跌宕的生命乐章，在家乡与世长辞，享年八十五岁。

人生有限，文章千秋，唐湜先生作为一个天才的诗人、评论家和剧作家，留给这个世界丰厚的文化遗产，并将随着时间的流逝越发弥足珍贵。唐湜先生在《幻美之旅》中，有这样的诗句："要找寻自己渴望着的美／要找寻自己渴望的诗之美／要找寻崇高的生命交响乐／要找寻高贵的思想的贝叶"。"幻美之旅"，正是唐湜先生对自己生命历程的概括，也是他一生热爱文学、热爱诗歌的真实写照。事实上，唐湜先生的抒情诗、十四行诗、叙事诗、诗歌评论以及剧本，恰似一朵朵姹紫嫣红的幻美之花，开放在中国文学的大花园里。

黄宗江：性格独特的文化老人

韦 泱

与黄宗江生前虽只有一面之缘，却让我终生难忘。这是一个心底坦荡、性格独特、富有情趣的老人。

北京相见无芥蒂

宗江前辈与我分住京沪两地，本无什么交集。只因他非常爱惜的大名鼎鼎的妹妹黄宗英也在上海，所以建立了联系。

黄宗江（1920—2005）

十五年前，我在旧书摊淘书时，忽见一册民国土纸本旧籍，叫《春天的喜剧》，取在手上一看，译者是黄宗江，这应该就是黄宗英常跟我讲起的哥哥吧。无论如何，民国年间的出版物正是我感兴趣的，于是立即收入囊中。

我按照黄宗英给的地址，把书寄往北京八一电影厂住宅区。我等啊等，等来了一封黄宗江的信，篇幅不长，照录如下：

韦泱兄：

　　见《春喜》喜出望外，这本书是冯亦代为我出的，已阔别60载。我原以为你是送我的，再读贵札，方知是让我题签的。那么就让给我吧，奉上刚出笼的《自述》交换，如何？如此强谢了。

　　撰安，冬喜！

宗江
2005.11.7

黄宗江信札

　　这里，他把原书名简写成《春喜》。随信寄来一书，就是信中讲到的《自述》，书的全名是《我的坦白书——黄宗江自述》，当时的定价是三十八元。

　　接读此信，我想，也不能说是"横刀夺爱"，毕竟是我"自投罗网"，于是马上回信，表示《春天的喜剧》请他留下。任何书，应该给到最需要的人手里，使它有个合适的归宿。这是我对书的基本看法。

　　过了三年，我乘赴京公干之便，去拜访了一些京城文化老人，如舒芜、郑敏、李君维等，也去看望了"夺我所好"的黄宗江前辈。敲开门一见面，他就大声说"对不起对不起，我强要了您的那本好书"。这倒弄得我不好意思起来，连说没事，这叫物归原主。初次见面，我很喜欢他直爽的性格。

　　这天，他的谈兴甚浓，几乎都是他说我听。聊得差不多准备告辞时，我请他在我带去的笔记本上题签，于是他写下"以人为本。黄宗江戊子春"。在他

黄宗江题字

题字时，我拍了照。本想合影，可屋里只有我们两人，只好作罢。

这就是我与黄宗江唯一的一次见面。

兄妹之情重泰山

说黄宗江，不能不说他与弟妹之间的情谊。引人注目的"黄氏四兄妹"黄宗江、黄宗汉、黄宗英、黄宗洛在京城无人不知、无人不晓。黄宗江是长兄，从小带着弟妹在家演戏，后来几人各有成就。令人想不到的是，21世纪初，都已七八十岁的四兄妹，居然在电视剧《大栅栏》中相聚。黄宗江在剧中扮演李莲英，这是他六十年前想演而没有演成的角色，可他宝刀不老，演戏入境，形神兼备，尽显风采。研究历史的黄宗汉，在剧中演沾点洋务气的福王爷，也是神态毕肖。黄宗英本来演的是慈禧，因身体欠佳，只能客串扮演只有一场戏的"老格格"。黄宗洛在戏中扮演顺天府穆大人，一个很"热闹"的人物。

电视剧一播出，立刻轰动京城，影响全国。黄宗江自然功不可没。在弟妹中，黄宗江最疼爱的就是小妹黄宗英。可以说，没有黄宗江就没有这个妹妹的辉煌前途。

黄宗江读北平崇德附小时，有个同学叫娄平（原名陶声垂），小名叫"大扁桃"。此人是地下党员，与黄宗江情谊深厚。黄宗江写了儿童动物剧《人的心》，影射日寇侵略，是娄平拿到《世界日报》的副刊，以"春秋童子"的笔名给登出来的。那年黄宗江十岁。后来，娄平成为中共北平城委书记，领导北平民族解放先锋队，团结许多进步文艺青年，如孙道临、李德伦等。后因孙道临等被捕，娄平逃往天津。一天，他带着黄宗江的亲笔信找到黄宗英家，黄宗英看着皱巴巴小纸片上黄宗江的字，知道娄平要在她家躲一阵子。在黄家，娄平看书临帖，还教黄宗英算术，讲述革命道理，使她从小受到进步思想的感染。十多天后，娄平走了，去了冀东抗日游击队。哥哥黄宗江的这个同学，可谓影响黄宗英一生的革命者。

1940年，十九岁的黄宗江在燕京大学西语系读三年级，却十分向往当年在上海参与抗日的进步剧团。怀揣少年维特之梦，他从京城一走了之，找到曾在天津见过面的黄佐临，考入上海剧艺社，算正式进入演艺界。然后，他就把妹妹黄宗英带到上海，在剧团里谋了个管道具的小差事，总算有口饭吃，以减轻家庭负担。正巧团里在演曹禺名剧《蜕变》，女演员因结婚无法准时出演，导演黄佐临情急之下，拉上黄宗英顶替救场。这就让黄宗英走上了演戏之路。

黄宗英的第一个丈夫异方病逝后，给她带来无尽的痛苦。哥哥宗江就把他的朋友、南北剧社社长程述尧引见给她。程社长非常同情她，待她如亲妹妹一样。后来黄宗英回忆说："我看到南北剧社的程述尧人好，也诚实，便嫁给他了。那是1946年的春天。"

及至20世纪90年代，黄宗英为拍摄大型电视片《望长城》在长城内外苦战三个春秋。回到北京，电话中哥哥黄宗江就说："小妹来我家吧，我现在有地方给你住了。"黄宗英忆起半个多世纪前的1941年，兄妹挤在上海窄小的亭子间里，一个睡帆布床，一个打地铺。20世纪五六十年代，黄宗英每次去北京，哥哥家也是无法多搁一张小床，黄宗江是书房兼卧室，黄宗英连身子都转不过来。因为条件太过艰苦，拍完《望长城》，黄宗英落下一身毛病。她曾经说："半个世纪以前，大哥带我走上演员的道路。半个世纪以后，在大哥家，我向演员生活告别吧！"

布衣还乡已七旬

黄宗江有篇文章叫《七十还乡》，开头写道："我祖籍温州，父乡瑞安，母乡永嘉，我生长北京，浪迹四方，一辈子就是没到过原籍。"

1991年，在黄宗江七十岁这一年，他带着老伴阮若珊，回乡祭祖。他说："这在自己也真是百年难遇的事了。"在故乡他记起有首《忆温州》的诗来，最后一句是"游子何日得走归"，去这"走归"两字，他懂得是温州话回家的意思。

黄宗江无论走到哪里，都不忘故乡。有一次走在法国巴黎街上，忽见有"永嘉馄饨馆"招牌，这以母乡为名的店，吸引了他，老板正是永嘉人，听他不标准的一两句温州话，就请他多回家乡看看。这之后黄宗江真的就有一趟回乡之行。黄宗江的父亲黄曾铭生于温州瑞安，留学日本，归国后成为清朝末代翰林。他一生任机电工程师，四十八岁时病故于青岛。按旧俗运灵返乡，安葬于巴水虎山对面的高处。黄宗江祭了父亲，又至白云寺山，谒祖父黄绍第、曾祖父黄体立之坟。他们都是清朝翰林。母亲陈聪为温州永嘉人，知书达礼。父亲的前妻育有二女，她都视如己出，关爱备至，她自己又育有五个子女。养育七个小孩实非易事，靠淳朴和谐的家风，黄家度过了多少艰难岁月。

父母对黄宗江的影响不可谓不大。父亲学的虽是机电专业，是纯粹的"理工男"，可家中依然有"书香之家"的氛围。父亲是京戏票友，常带幼小的黄宗江看京戏，从梅兰芳、杨小楼到陈德霖、王长林等都见识过。父亲的这一爱好，为黄宗江埋下了日后以戏剧为职业的种子。父亲还会领黄宗江到厂甸、杨梅竹斜街，去商务、中华、开明、北新等书店，购回《爱的教育》《鲁滨孙漂流记》等书。家中有两大箱黑漆红字的《四部备要》，还有从日本购回的精装本《世界美术全集》，以及厚厚的《戏考》、全套的《福尔摩斯》丛刊。父亲从不要求子女读这读那，全由他们自由选择。这样的父亲，即使是时下也很难得。

那次回乡祭祖，是黄宗江唯一一次，给他留下愉快而难忘的记忆。他还在家乡见到了当年仍健在的老诗人莫洛、唐湜、洛雨等，他们青壮年时都在外面打拼，晚年安返故里养老，不求闻达，笔耕不辍，写出《暮年情歌》等诗篇，使黄宗江感慨颇多，感到"温州文风、学风、诗风极盛,乡韵浓郁醉人"。

演戏写剧皆本色

　　演员兼作家,在中国文坛不乏其人。黄宗江与黄宗英兄妹是其中的佼佼者。

　　黄宗江的演艺生涯是从上海开始的。在上海剧艺社,他演的第一出戏是夏衍的《愁城记》。原本由电影明星周起饰演剧中何晋芳一角,可他忙于赶场子,来不了舞台。导演就让黄宗江演这个奸商角色。因为这次演出活灵活现,促使黄宗江走上了性格演员的戏路。后来,黄佐临带着石挥和他,组建了上海职业剧团。黄宗江出演第二部戏的角色是曹禺《蜕变》中的况西堂。之后,从《家·春·秋》的觉新,演到《楚霸王》的范增。复到重庆进中国艺术剧社,在郑君里导演的《戏剧春秋》中,一人饰三个配角,从顽固老朽、洋场恶少到酒吧茶房,精彩出演使他被誉为重庆"三大龙套"之一。后来夏衍回忆说:"当时重庆名角如林,特别是黄宗江,一台演了三个角色。"

　　不过,在重庆期间,他一边演戏,一边已投入写作,1948年出版了第一本专著,即散文集《卖艺人家》。此书先由他的好友黄裳在《文汇报》副刊《浮世绘》连载,后由诗人辛笛资助的森林出版社出版。此书20世纪90年代初又增补再版。后因交通大学学生组成"中国赴美参战海军",黄宗江也加入进去,到美国接受培训,成为永宁舰声呐反潜上士,1946年回到南京下关,借口患病离开。他回到北平,继续燕京大学最后一年的学业。可此时他真的患了肺结核病,不得不休学。病中无所事事,他写出影响甚大的剧本《大团圆》。内容写的是北平一家人,在抗日战争中离散,抗战结束,兄弟姐妹回家团圆,却是惨胜难圆,进步的小妹,带着大家奔向光明。此戏一路从京演到沪。韦君宜当年看了此剧,说:"北平怎么样,不用我们说,看了黄宗江的戏就都知道了。"后来此剧拍成电影遭禁，不过剧本被巴金列入"文学丛刊"出版了，这是黄宗江出版的第一部创作剧本。此后他参加地下党员金山组建的清华影片公司，成了专业编剧。

在创作的同时，黄宗江不时因剧场的演出需要，及时翻译或编译一些剧目。在燕京大学时期，就为学生剧社的演出翻译了《悲怆交响曲》，由同学孙道临主演。接着译过《窗外》，刊在《西洋文学》上。又翻译了雅鲁纳尔的短剧，发表在《剧场艺术》上，在电台定期广播。后来黄宗江索性把外国剧改写成中国的人与事，通过冯亦代的帮助，在美学出版社出版了《春天的喜剧》，扉页上写"黄宗江编译、廖冰兄装帧"，书中有七部独幕剧，都是改译、编译的，其中有《落花时节》，还有与黄佐临合译的《窈窕淑女》等。

1949年后，他写的第一部电影剧本是《柳堡的故事》。之后有《海魂》《农奴》《秋瑾》等。散文、杂文、评论集就更多了，如《花神与剧人》《艺术人生兮》《悲欣集》《戏痴说戏》等。

《春天的喜剧》书影　　　　　《艺术人生兮》书影

那次在北京与他见面时，我问他怎么会住到解放军的八一宿舍，他说说来话长。他在上海迎接解放的队伍中看到了穿军装的于伶、刘厚生、白文等人，于是去军管会文艺处找了于伶，填了一张参军表格，不久就参加了中国人民解放军。因写过剧作，就被编入部队文艺行列。抗美援朝、援越抗美时，他一直在部队从事艺术工作，直到离休，依然演戏写作两不误。

2010年10月，黄宗江因病在京辞世。

金江：他的心中只有寓言

邱国鹰

我坚持业余创作五十多年，得益于许多贵人相助，其中，金江先生在寓言创作方面，扶持、呵护了我整整30年。

寓言园地的辛勤园丁

1979年，我在县文化馆担任文学辅导工作，组织文学爱好者下渔村收集海洋民间故事，其中的海洋动物故事被民间文学界专家看好，经过几年的努力出版了几本专集，获得全国民间文学二等奖。

金江（1923—2014）

1983年，这项工作遇到了"瓶颈"：一是我调到图书馆当馆长，工作性质和任务变了，很难挤时间下乡采风。二是采录来的故事中较为完整优秀的都整理过了，剩下不少缺头少尾的素材，闲置在抽屉里。可是民间文学不能东拼西凑，忌讳搞"伪民间故事"。

在一次会议间隙与金江先生闲聊，我谈起自己的苦恼。他开导我

1989年7月，徐强华（左一）、瞿光辉（左二）、金江（左四）研讨寓言创作

说，你采录的海洋动物故事中有些哲理性强的，本身就是民间寓言。你不如把收集到又不能整理成民间故事的材料，以寓言的形式进行再创作，属于作家文学，这就有了比较自由的空间。他还说："你长期生活、工作在海岛，熟悉海洋生物，以它们为角色，完全可以写出有特色的寓言。"

一语拨开眼前雾。按照金先生的点拨，我开始了寓言创作。1983年5月，我的第一篇寓言《谁该得第一》发表，主角是螃蟹、墨鱼和海龟。我当年一口气发表了六篇以虾兵蟹将为主人公的寓言，得到了金先生的肯定。从此，我开始了在寓言创作道路上的跋涉。

金江先生一直关注和指导着我的寓言创作。1989年3月，我的第一本寓言集在中国国际广播出版社出版，他读到后马上写了一篇评论，在《新闻出版报》发表，称赞我这当时已过不惑之年的写作者是"寓言文学园地的新秀"。后来，他又为我的寓言集《狐狸卖聪明》

写过评论，发表在《文汇报》上。当时，创作系列寓言的作者还不多，我尝试着写了几组，送呈金先生求教，他认为"这是很值得提倡的一个寓言品种"，鼓励我大胆出新。不久，又为我即将出版的系列寓言集《狐狸打猎》写了序言，热情地予以肯定。金先生引领我迈进寓言园地，又一步一步指导我渐入寓言创作的佳境。

金江先生培养、扶持的寓言作者何止我一个。1984年，中国寓言文学研究会在吉林召开成立大会。报到那天，金先生的房间挤满了人，都是过来问候的，有感谢他写序言作评论的，有感谢他帮着向报纸杂志推荐作品的，其中许多作者还是第一次与金江先生见面。望着这个场景，我十分感慨：原来，有不少像我这样的寓言"新秀"，都受到过他的无私帮助啊！

金江先生在对我寓言的评论中写道："近来，在寓言园地里辛勤耕耘的人越来越多，这是一个好现象。每当我看见寓言文学界出现一位新秀，都不禁感到由衷的喜悦！"是的，他像是辛勤的园丁，培育我们这些寓坛新秀成长，为了寓言文学的发展和作者队伍的壮大付出多少心血。

抒写当代寓言新的篇章

我是在向金江先生不断的请教中，逐渐了解他为中国寓言发展所做出的贡献的。

他是中国当代寓言的开拓者。金先生从小喜欢文学，小学五年级就在上海《小朋友》杂志发表习作，1947年出版诗集《生命的画册》。新中国成立后，他响应"为少年儿童写作"的呼吁，转向寓言写作。1954年1月30日发表在《大公报》上的《寓言四则》是迄今能查到的最早的共和国建立后发表的寓言作品。1992年，中国寓言文学研究会和浙江省作家协会联合在温州举行"金江寓言研讨会"，与会的数十名专家学者经过审慎论证和深入讨论，一致认可金江先生是"中国当代寓言开篇人"。

寓言文学由于其文体的特殊性，在新中国成立后的发展并不是一帆风顺的，创作和队伍都经历了挫折。有感于此，金江和张松如（公木）、仇春霖、朱靖华等联合发起成立了中国寓言文学研究会。1984年8月，我有幸随金江先生参加了在吉林举行的成立大会，聆听了他"重振中国作为世界三大寓言发源地之一雄风"的慷慨发言，认识了一大批热心寓言的作家、理论家、翻译家、教育家，深深为他们的责任感和历史担当感动。会上，金江先生被选为副会长，以后又连任二、三届副会长，后因年事已高，被聘为四、五、六、七届的荣誉副会长。中国寓言文学研究会成立不久，浙江率先成立省一级的寓言文学研究会，金江先生被一致推选为会长。浙江的寓言创作，有金江先生率领，队伍整齐，佳作迭出，走在全国的前列。

金江先生甚至自筹资金设立了寓言文学奖。1992年10月16日，适逢他七十寿辰，一些学生辈的寓言界朋友相约在温州市少儿图书馆为他祝寿。在祝福声中，金江先生郑重提出，要用自己多年的积蓄和稿费设立寓言文学奖，奖励优秀的单篇寓言作品。在场者既激动，又不忍：要知道金江先生和夫人同属工薪族，经济上并不宽裕，可他一再坚持。被他的奉献精神感染，在场者也纷纷解囊。在大家共同努力下，"金江寓言文学奖"得以设立，每两年评奖一次，是我国寓言界首次设立的奖项。起初的两届只发奖状和纪念牌，大家却十分珍惜这份荣誉，因为我们知道，这个奖凝结着金江先生对寓言文学繁荣的满腔希望，对寓言作者成长的殷切期盼，远非金钱所能衡量。金江寓言文学奖至今已举办十三届，其中，第一至六届的获奖作品已经结集，由中国文史出版社出版。金江寓言文学奖设立之后，中国寓言文学研究会的"金骆驼奖"及多项寓言专项奖先后设立，对寓言文学的繁荣起了不小的推动作用。

金江先生从1956年出版寓言集《小鹰试飞》《乌鸦兄弟》开始，先后编著了五十多部寓言书籍，多次获奖。作品被推荐为全国优秀儿童读物，收入大中小学教材，改编成美术片。为了表彰他在寓言文学方面的成就，1987年，温州市人民政府授予他"劳动模范"称号。这在寓言文学界是十分罕见的。2006年，《百年百部中国儿童文学经典书系》的第一辑二十五部作品中，金江先生的《乌鸦兄弟》作为唯一的一部寓言集，与叶圣陶、冰心、张天翼、严文井等大师的作品同列其中。

他的心中只有寓言

金江先生的书斋，号名"无悔斋"。他虽因写作寓言经历数次挫折，却仍无怨无悔，矢志不渝。

有几件事，深深铭刻在我的脑海。

2006年12月上旬，中国寓言文学研究会在北京召开年会，金江先生已是八十三岁高龄，身体状况不是很好，可他执意要参加，说是这次会议涉及换届，正是新旧交替的时候，对于学会日后的健康发展至关重要，理当参加。我和他的另一名学生张鹤鸣和师母沙老师陪同前行，在轮流搀扶他下飞机、过通道时，明显感到他的腿脚有点僵硬，步子缓慢。理事会在报到当晚召开，会上，他不顾旅途疲惫坚持自己念完讲话稿，虽然颤抖却坚定，话语中对新一届领导班子的寄望，对寓言文学繁荣的期待，使得与会者无不动容，报以长久的掌声。他是拼尽全力做了这一切啊，从北京回来不久，便一病不起了。

2013年11月8日，中国寓言文学研究会第七次代表大会在温州开幕，会长樊发稼带了几位副会长前来探望病榻上的金江先生，他当时说话已经很困难了。当时，五卷本的《中国当代寓言精华丛书》刚刚出版，其中一卷《劝喻寓言百篇》由金江先生选编。当这本书递到他手中时，他颤颤巍巍地用手一页一页地翻看着。众人翻开书中的《乌

2004年10月12日，在第六届金江寓言文学奖颁奖仪式上（浙江嵊州），左起依次为张鹤鸣、金江、邱国鹰

鸦兄弟》问他，这是谁写的？他看了一会儿，用手指指自己，在场的朋友激动得热泪盈眶。这次大会，我因病未能与会，听朋友复述这一场景，心中荡起涟漪：金江先生把一切奉献给了寓言，只有寓言，才能激发他生命的活力！

2014年1月24日，我前去拜见金江先生，只见他躺在床上，双眼虽然睁着，嘴唇微微翕动，却是一言不发。师母沙老师告诉我，好几个月了，金老师就这么躺着，每天一睡就是一二十个小时，连吃饭也是眯着眼睛，常常十几天不说一句话，只有谈到寓言，他才有些许反应。今天你来得巧，他醒着。说得我一阵心酸。沙老师附着他的耳朵问："这是谁？"金江先生不作声。沙老师大声说："是洞头写寓言的邱国鹰！"这一回他跟着清楚地说出了"邱国鹰"三个字。沙老师感慨地说："医生说他的病在脑子。十几天来这是他第一次讲话。"

这次见面，距离金江先生去世仅有一个月。在身体极度衰弱之际，他依然记得我，我想，这也完全是因为寓言。

弹指间，金江先生谢世已经六年。他的经典作品永存，他对中国寓言的贡献长在。

林斤澜：上下求索

程绍国

林斤澜有一方印章，叫"百里坊人"。1923年，林斤澜出生在温州城的百里坊。

文学梦萌发

林斤澜（1923—2009）

林斤澜上小学时，读了不少鲁迅的文章、翻译小说，也读过契诃夫、大仲马等外国作家作品。他的外祖父是位教书先生，林斤澜在《烟榻说书》里写道："三国、水浒、西游的阅读，有外祖父的指点。我能把水浒故事讲给弟弟听，讲的听的都兴奋。"

林斤澜对我说，他开始做文学梦，是进入国立社会教育学院之后。

国立社会教育学院，前身是"电化学校"，是抗战时期一群艺术精英在重庆北温泉创建的一所电影广播学校。北温泉地处缙云山麓一片黑松林里。"林下温泉分流如溪，合洪成瀑。晴日白雾似烟，雨天若喷。"

20世纪40年代末林斤澜与妻子谷叶

据说这里办学有"三好":好师资、好设备、好学生。大自然美丽,却不能算设备,学校真正是白手起家。学生大多是"流亡学生",学业参差难齐,但都驮着两个梦:一个是爱国,一个是爱艺术。这里会聚了大批文化名流:梁实秋、焦菊隐、史东山、郑君里、张骏祥、许幸之、戴爱莲、叶浅予……进入"风云际会"的国立社会教育学院之后,林斤澜的文学梦发芽了,他想写剧本。

从国立社会教育学院毕业,正值抗战结束,林斤澜无心文学。直到新中国成立后的1950年,他才发表第一个剧本。1957年11月,林斤澜出版剧本集《布谷》,由四个独幕剧《布谷》《螺丝钉》《落花生》《西红柿》和一个四幕剧《梁家父子》组成,由中国青年出版社出版。

同年林斤澜的女儿出生,取名布谷。独幕剧《布谷》在前,独生女布谷在后。

出版集子《布谷》的时候，林斤澜早已转头写小说了。为什么转头写小说了呢？他的剧本不适合演出。他的剧本没有生死情节、惊魂故事，可以发表，可以出书，但演出团体不爱采用。一个剧本搬不到台上去，让林斤澜好生难受，于是不得不转头。

林斤澜随即发奋写小说。至1957年，林斤澜已发表《雪天》《擂鼓的村庄》《孙实》《春雷》《"骆驼"》《发绳》《草原》《杨》《台湾姑娘》《姐妹》《家信》《采访》《一瓢水》。写开发北大荒支边青年的（林斤澜的小弟就在第一批支边青年之列）《草原》已有影响，文笔活泛，写草原令人想起屠格涅夫和契诃夫。发在1957年第一期《人民文学》上的《台湾姑娘》让文坛眼前一亮。涂光群说："这篇小说应是林斤澜这位语言、写法有个人特色的作家的成名作。"

1957年第四期《人民文学》发表了林斤澜的《家信》，五、六期合刊又发表了《姐妹》《一瓢水》。《一瓢水》尚在编辑时，有人读了觉得晦涩，是否发表举棋不定，是茅盾先生读后，才确认为发表作品。当时，林斤澜成了《人民文学》发表短篇小说频率最密集的一个作家。

宠辱不惊的写作者

1958年前后，政治环境严峻，林斤澜仍然创作不止。

林斤澜作为北京市文联的青年作家，经常要"下去"。他最早"下去"是在1951年，参加中央土改团，到湖南。之后是到北京郊区石景山的八角村。他在八角村待了几年时间，八角村成了林斤澜的"创作基地"。

三年困难时期，林斤澜"带户口"下放到北京门头沟一个叫黄土贵的山村。黄土贵连马齿苋都难得一见，林斤澜喝了不少的榆树叶汤。榆树叶汤烂糊糊的，像是有东西，实是欺骗眼睛而已。有一天，林斤澜走几十里地到公社开会。半路上，拐进一个村庄叫上诗人巴牧，一起上路。林斤澜头晕眼花，看见巴牧桌子上有几丸中药，伸手抓来吃了。巴牧说其中两丸好人吃不得，可是林斤澜已经吃了。林斤澜这种温文尔雅的人，随便抓药吃，可见饿到什么程度。

1960年底，林斤澜从门头沟回家，一夜心口剧痛，被送到医院，查出是心肌梗塞。

在下放期间，他写出了《新生》《和事佬》《绿荫岗》《假小子》《钥匙》《山里红》《云花锄板》《巍文学》《龙鳞》《教学日记》。

1961年9月底，中国作协秘书长郭小川吩咐林斤澜和刘真一起奔赴四川成都，会合前辈作家沙汀、艾芜，访问贵州和云南。

林斤澜回到北京后创作了《赶摆》《石匠》《草》等小说，渐成气候。

《北京市文联大事记·1962年》中记载："5月、6月间北京市文联连续召开了三次林斤澜作品座谈会，老舍主席始终主持会议。冰心、冯牧以及一些报刊、出版社编辑，高等院校中文系教师出席了会议，他们从不同角度就作品的表现手法、语言、风格各抒己见。大家一致肯定林斤澜是一位勤恳的、在创作上显露才华的青年作家，通过十年的实践，逐步形成了自己的风格。"

1963年，林斤澜发表小说《惭愧》《志气》。

1964年之后到"文革"前，林斤澜只写了一篇小说，《默契》。

"文革"结束，林斤澜像是复苏的卷柏一样，见水又吐绿。坐小板凳，盘腿在地，铺稿纸于椅子，因为女儿迎接高考，他要让桌。至1980年，林斤澜发表小说十九篇，即《悼》《一字师》《竹》《膏药医师》《小店姑娘》《开锅饼》《神经病》《阳台》《拳头》《甘蔗田》《问号》《法币》《微笑》《绝句》《记录》《寻》《斩凌剑》《勒巴条》《火葬场的哥们》。

写了这么多，1978年、1979年、1980年小说评奖却并不见林斤澜身影。但他浑然不顾，继续写自己的。

1981年，林斤澜的《头像》得了奖。

在创作上，林斤澜向来宠辱不惊，"好像一个人低着头、笑眯眯只管走路"。他曾有言："少数真正的艺术家，飞翔在高天之下，波涛之上。只守着真情实感，只用自己的嗓音唱歌。波涛狂暴时，那样的声音当然淹没了。间隙时，随波逐流的去远了，那声音却老是清亮，叫人暗暗警觉出来，欢腾的生命力。"

《溪鳗》发表在1984年10月号的《人民文学》。《溪鳗》所在的"矮凳桥"系列小说（结集叫《矮凳桥风情》），是林斤澜小说创作的一个高峰。《矮凳桥风情》由15个短篇和两个中篇组成，以"矮凳桥"为背景，人物和情节互有联系，又独立成篇，形式关系有点像《聊斋志异》或《儒林外史》。假如看作长篇小说，未尝不可。

我喜欢《丫头他妈》《小贩们》，而对《溪鳗》《李地》尤其激赏。《溪鳗》扑朔迷离，斑斓华美。像京戏，见鞭不见马；像国画，见蝌蚪不见山泉。所谓"云破月来花弄影"是也。《李地》细节精美，是个别致的中篇，由五个短篇组成：《惊》《蛋》《茶》《梦》《爱》。林斤澜对我说，自己的《惊》《蛋》《茶》《梦》就像四个孤岛，《爱》便是充盈连接四个孤岛的水。写人类的苦难，生命的韧性。

钟情于短篇写作

"矮凳桥"系列之后，林斤澜创作了"癔"系列。成书后的《十年十癔》由"十癔"十篇和"续十癔"十三篇组成。"续十癔"中，《母亲》和《九梦》又各是一个系列。"癔"系列的诞生，标志着林斤澜小说艺术走向更高境界。其中《黄瑶》《白儿》《哆嗦》我以为是中国小说宫殿中的精品。

"癔"系列在题材上，是林斤澜1980年前所写的《神经病》《问号》《法币》《微笑》《绝句》《阳台》《记录》的继续，也是揭示丑恶，但在写法上，却已高超得多，完美得多。揭示丑恶，林斤澜要的便是深刻，而短篇小说把深刻完成得如此出色的，并不多见。

林斤澜并不正面展示丑恶本身，倘若正面展示，很可能就不是五六千字的精美短篇了。做到短而有力，必须精巧构思。林斤澜便把丑恶当作背景，直写人物受到打击之后的精神变形。这精神变形不是几天之后或几月之后，而是多年或几十年之后。精神变形，便产生语言怪异，或行为怪异，这正是林斤澜要咬住写的。

有人说，代表林斤澜小说艺术最高成就的是"癔"系列之后的《门》。我后来也有同感。这是一篇抽象小说，很难用一般的小说观读懂，初读只能感受到"沉重历史下人的命运"这一主题，不容易领会。

林斤澜非常欣赏两首诗："床前明月光，疑是地上霜。举头望明月，低头思故乡。""山上何所有？岭上多白云。只可自愉悦，不堪持寄君。"他说，文艺作品的最高境界还是抽象。

我曾问林斤澜"为什么专攻短篇小说"，林斤澜说，首先与时代有关。20世纪五六十年代，受人物和故事等因素约束，长篇小说必须是诗史。而短篇不是诗史，可以是一个场景，一个横断面，写来灵活。

林斤澜说，文学界能够走"回归路"，真是山幸水幸。但他已经不能写长篇了，他的思维已经是短篇小说的思维了。他完成小说，分三步走：一是有感受，二是要思考，三是要表现。他爆发的灵感往往是短篇的感受，难有长篇的感受了。

"一花一世界，一沙一宇宙"，林斤澜只采"一花""一沙"，这成了他的艺术态度和艺术追求。

林斤澜说："我对世界的认识是困惑。"又说，"我后来的小说是自画像。"他最想把自己说清楚。他说鲁迅的《野草》是直接说自己，而鲁迅的《阿Q正传》是间接说自己。林斤澜说自己的《门》就是写自己的少年、中年、老年，以及为什么活着。他说："我的父亲一生只做一件事,就是办学校,办小学;我的一生也只做一件事,写小说,写短篇小说。"

与《北京文学》渊源颇深

林斤澜主编过《北京文学》。时任《北京文学》编辑部主任兼副主编的陈世崇2006年春节对我说:"文联为什么请林斤澜过来当主编呢?据我所知,一、他是严肃的著名作家;二、他的人缘很好,老少作家中许多跟他相熟,比如汪曾祺、邓友梅、刘绍棠、王蒙、从维熙、叶至诚、高晓声、陆文夫等。"

林斤澜说:"我过来之后,跟编辑部明确交代,《北京文学》一要出人,二要出作品。"

林斤澜和汪曾祺

他提出对有潜力的作者实行"集束手榴弹"的培养办法,推出张洁、陈建功、陈祖芬、理由、王安忆、张宇、张辛欣等一批作家。《北京文学》发表的方之的《内奸》、汪曾祺的《受戒》、王蒙的《风筝飘带》、张洁的《爱,是不能忘记的》传诵一时。他还组织了一批当时最具活力和最具实力的作家座谈。汪曾祺、王蒙、邓友梅、刘绍棠、从维熙、冯骥才等十多位作家都曾参加活动。

林斤澜在任那几年,是《北京文学》的另一高峰。杂志"出人,出作品",有目共睹,有口皆碑。《北京文学》又是一条结实的航船,破浪出海了。

杨奔：师之大者

陈 俊

康德说，启蒙就是每个人以理性之光洞明自己的命运。那么点亮理性之光的人就是启蒙老师。每个人都有启蒙老师，求学路上一个鼓励的眼神，不经意中一句很朴素的话，可能让我们一生都不会忘记……"亲手扶我踏上文学路，甘露润苗永记启蒙情。"这是作家叶永烈讲述他与他的文学启蒙导师——作家杨奔时说的一句话。

杨奔（1923—2003）

叶永烈说，《浙南日报》（今日的《温州日报》）是他文学创作的起点，杨奔老师是扶他走上文学之路的启蒙导师。那个年代，报社编辑给作者写信，会在信末盖上公章。叶永烈深深怀念着那位热心的、不知名的编辑。他精心收藏着那些信件和那些用铅字印出来的最初的作品。出人意料的是，叶永烈心目中的文学启蒙老师——杨奔对三十年前的往事却看得很平淡。他自称不过是个"文学理发匠"罢了，对于发表叶永烈的小诗，只是"无心插柳柳成荫"。

风雨如磐的1923年，杨奔出生在平阳江南宜山（现属苍南县），家境贫苦，十二岁就失学在家习农，后学雕塑。不识字的父辈没有遗传给杨奔文学基因，却培养了他自学成才的毅力。白天耕耘做工，晚上面壁读书。短短几年中，他从《诗经》读到鲁迅，从《荷马史诗》读到托尔斯泰，文学之箭射中这位少年，使他恋上写作。十四岁，他就有两篇习作被上海春明出版社编入范文集。从十六岁开始，杨奔任小学、中学、师范教员与报刊编辑。二十岁，他就把笔伸向反动统治下的残酷现实，如《披肝草》诗集中的《岁暮》写道："干戈遍野乱如麻／妻病儿饥夜已赊／四壁呻吟瓶供水／一窗月色露惊鸿。"1946年至1948年，在鄞县师范任教的三年间，发表了数十万字的小说、散文、诗歌，以第一部散文、诗歌合集《描在青空》而饮誉文坛，浙江报刊竞相褒扬他的作品与人品。1949年10月，他毅然参加浙南游击队。解放初期，任《浙南大众报》副刊编辑。为扶植文学新人，他悉心修改习作者的来稿，每一篇都要给以回信。作家叶永烈十四岁时写的那首小诗，就是他修改发表的，后又写信鼓励。因此后来，叶永烈在《清明》《文学报》等报刊尊称杨奔为他的"启蒙老师"。

　　杨奔一生教书育人，对学生循循善诱，充满热情和爱心。讲课时，他把自己广博丰富的知识穿插其中，如春风化雨，滋润着学生的心田；对学生的作业，他当日便细细分批分次改定，次日便发下，批改之快之细令学生赞叹不已；在讲评学生的作文时，他能根据不同的写作特点，深入浅出地加以准确、生动的点评，使学生受到很大的启发和鼓舞。在瑞安教书期间，为帮助学生获取课外知识，他自己动手刻蜡纸、印讲义，筛选名著名篇并列出思考提纲印发给学生。他的人格风范受到一批又一批学生的称道和敬重。他坚持业余创作，一生笔耕不辍，著作颇丰，曾参加编写《汉语大词典》和温州市及苍南县民间文学三套集成。编著作品有《描在青空》《外国小品精选》及其续集《深红的野莓》《霜红居夜话》等。其中《深红的野莓》荣获浙江省1991年新时期优秀散文奖。生前系浙江省作家协会会员、温州市作家协会顾问、中华诗词学会会员、温州诗词学会理事。其传略于1991年被辑入《中国当代文艺家辞典》和《中国当代方志学者辞典》。

1966年,不少古今中外的文学菁华,一夜之间都变为毒草,一打入冷宫就是十年。为了给广大读者还它本来的面目,他贯彻"取其精华,去其糟粕""古为今用,洋为中用"的原则,从手录的文本中筛选出二十四个国家和八十三位作者的小说、散文、寓言、故事、书信等一百零七篇,结集为《外国小品精选》及其续编,由广东人民出版社出版,共计三十八万字,每篇都附有他所加的注释和中肯的短评,被人称为"生活的真谛,艺术的花束"。在那个非常年代,杨奔先生像在不见行人足迹的空山里的野莓,默默地结出果实,他编纂,他创作,他评论。徐悲鸿曾说:"一个人不可有傲气,但不可无傲骨。""文革"后,杨奔先生没有消沉,仍一如既往地认真教学。"没有人采摘你/但你还是要结的,我知道/没有人品尝你/但你还是要红的,我知道/没有人喜爱你/因此酸涩了吗,寂寞的野莓子?"散文集《深红的野莓》代序中的几行诗句,正是作者杨奔先生为自己所做的最好注释:作家其人,恰似成熟在悬崖峭壁上的野莓子一样深红。

苏联老作家巴乌斯托夫斯基在《金蔷薇》里指出:"作家的工作不是手艺也不是职业,而是一种使命。"作家到了成年,更有如此体验,除掉内心的召唤声音而外,我们又清楚地听见时代和人民的召唤,人类的召唤。杨奔先生年虽迟暮,仍然精神矍铄,忠诚履行作家职责,从20世纪60年代至80年代写就的一百多篇散文中筛选出三十篇编成《深红的野莓》一书。由于历史岁月的变迁,散文集原名《游思》,后为《冰书》,最后定为现名,从中也可窥见作者思想感情变化的轨迹。杨先生视野广阔,茫茫天宇,浩浩人生,或记人,或叙事,或议论,或抒情,笔法是那样洒脱自如,人性高扬,有时粗犷,有时隽永,有时简洁,有时细腻,从所写的人物、山、水、草树、虫鸟等林林总总的内容中，简直把人引入梦的世界，美的殿堂，遐思不绝。此书曾得到广大读者的厚爱，1987年，获评浙江省新时期优秀散文。北京《读书》杂志1985年第4期发表的评论上一位学者称："书小，却涵义深远。甜酸苦辣，喜怒哀乐，生老病死，悲欢离合，人类的七情六欲，社会的百态千姿，或侧写，或剪影，或轻笔点染或精心勾勒，使你目接神会，每每引起你的意跃神驰；春燕飞归，似曾相识；雪泥鸿爪，倏然顿悟。"

作家孙颙说："作家要安于在斗室中呕心沥血，要靠作品的功力赢得读者。"杨奔先生的《霜红居夜话》中的文章，之所以如谢鲁渤称的"成了黄昏时分的一种散步"，令人陶醉，成为"一道难觅的风景"，正是他远离尘嚣，不被商业文化所诱惑，精心琢磨的结果。他写作，完全是生命的需要，是他给他的人生刻意安排的一个情节、一个布局，很有感染力。布罗茨基写过这样一句话："艺术不是更好的存在，而是另类的存在；它不是为了逃避现实，而是相反，为了激活现实。"我从中看到了杨奔先生高雅脱俗的审美情趣和他的文字中所蕴含的真挚情怀。杨奔先生在此书的《题记》里写道：这些小品原系消遣之作。半世纪风云激荡中，它伴我度过忧患余生。未能结集问世，又复敝帚自珍，只好打印数份，分赠相知者留念。后人也未必能读，这只是一厢情愿而已。

《霜红居夜话》书影

春蚕三眠过后，吐丝作茧自缚，否定了自己，最后在沸汤中完成了生的使命，无缘再看到身后是否织成一天云锦。可见作家内心淡淡的忧愁，那是历经人生磨难的一种苍凉，并非如年轻人的"为赋新诗强说愁"。生于1923年的杨先生，早年参加浙南游击队，一生甘于平淡，在苍南乡间守着诗书，晚年的时光对于他来说就像是一面异常清

杨奔（左）和叶永烈

澈的镜子，镜子底下却是波澜壮阔的江海。

　　读杨先生的小品文，还可以体会到杨先生内心深处的理想主义和浪漫主义情怀，他对人世的理解是满怀了同情与悲悯的。如他写的《劳者之歌》，从欧洲关于穷鞋匠的民间故事展开，写到拉·封丹的寓言和唐人韦绚的《刘宾客嘉话录》，来表现劳动者的歌声是多么至诚，但也有被迫唱歌的劳动者之不幸。他在文章的最后说：什么时候，我们能听到由衷的歌声呢？这大概就是一位老诗人、一位师者对人生的终极关怀和期待吧？

黄宗英:"天马行空不拘一格"又何妨

韦 泱

黄宗英（1925—2020）

黄宗英出生于1925年，明天七月十三日，是她九十五岁生日。

她的人生和她的写作一样活色生香，对于话剧、电影的表演，对于散文、报告文学的写作，黄宗英都是成功的典范。她率性而自信，她夸奖一个人的执著："一旦决定要做什么，就立刻全身心扑上去做，一根筋地去做，龙门吊车也拽不回来。"

一本著书，给了她极大信心

1950年，黄宗英写出她平生的第一本书《和平列车向前行》。这年，作为电影界代表，她赴波兰参加"第二届世界保卫和平大会"。中国代表团共十七人，团长是时任政务院副总理、中国文联主席郭沫若，团员有张澜、马寅初、盛丕华、金仲华、刘良模、巴金等，时年二十五岁的黄宗英,是团里最年轻的团员。这次会议,黄宗英有一张珍贵的会议照片,是与巴金一起在会上的场景。两人并排坐着,戴着同步翻译的耳机,凝神聆听着大会的发言。巴金视线平直,双手轻握着。黄宗英头略低着,左手按住耳机,似乎想听得更仔细些。

会后,她随中国代表团访苏十余天,又乘了九天九夜的火车回到国内。回来后,组织上没有布置过写稿任务,而她却交出了一摞文章,这就是《和平列车向前行》书稿。出版社紧锣密鼓地排印,次年二月,由巴金任总编辑的平明出版社出版了此书,这是黄宗英平生第一本专著,列入"新时代文丛"第一辑,文丛的主编是巴金的两位好友潘际坰和黄裳。当月,此书三千册一售而空,三月份又再版加印了三千册,以满足读者的阅读渴望。

《和平列车向前行》是一本诗文集。黄宗英的创作,写的都是身边事,普通人。甚至都没有具体的姓名,因为他们太平凡了。然而,正是这平凡,体现出人性的善良和人格的高尚。无论是写人叙事的散文,还是带有故事情节的小叙事诗,作者都在向读者报告,中华民族是一个心灵美的民族。这样一种写作理念,就一以贯之,一直到她后来写出《小丫扛大旗》《大雁情》《小木屋》,并连续三届获

《和平列车向前行》书影

得中国报告文学奖。之后,2017年,她获得第六届"徐迟报告文学奖",成为报告文学创作领域的佼佼者。四卷本《黄宗英文集》显示了她文学创作的丰硕成果。

两大领域，堪称成功跨界

演话剧拍电影，是一个专业行当。可没有经过专业训练的黄宗英，却有着表演的天赋。1941年，十六岁的她，跟着大哥黄宗江来到上海，进了职业剧团管管道具。一天，剧组演曹禺的名剧《蜕变》，女演员因结婚一时来不了，导演黄佐临情急之下，拉来黄宗英顶替上台。可她不怯场，把一个泼辣撒野的姨太太演得活灵活现。没想到要当演员的黄宗英，就这样稀里糊涂地当上了演员。之后又参演了童话剧《卖火柴的小女孩》，话剧《鸳鸯剑》《甜姐儿》，又演电影《追》《幸福狂想曲》《街头巷尾》《丽人行》等。她是在不断实践中，成为当红的电影明星的。

文学创作，需要文化也需要积累，当然也不乏才情和想象。黄宗英不知写作有多难，想写就提笔开写。1946年，二十一岁的黄宗英在北平拍摄完电影《追》后，受邀来到上海市立戏剧专校义演。空闲时，她就看书，读英语，还练小楷《灵飞经》。更让她投入的是写作。她把自己写的文章投给《文汇报》，文艺副刊上就有以《寒窗走笔》为题的散文连载。天马行空不拘一格，就是她的写作基调。

她以女性的细腻，散文抒情的笔调，来"创作散文化的报告文学作品"。这就是她从散文到报告文学的路径。更少人研究过，她作为一个作家的写作个案。其实，她是无技巧的写作。一提起笔来，文字就顺着心灵的情感自然流淌出来。她的文字活色生香，富有生活原生活力。她夸奖一个人的执着："一旦决定要做什么，就立刻全身心扑上去做，一根筋地去做，龙门吊车也拽不回来。"她对一个人的印象至深："毕生不忘，像颜色掺在了酒里，捞也捞不出。"她的文字，如著名画家黄宾虹所说："无作家气。"从没有刻意地遣字造句，一本正经地写作。正如诗人、传记作家姜金城（写过黄宗英、张瑞芳、赵丹等传记专著）所说："她写文章没规矩，随心所欲。不知她怎么开头就开了头，不知她怎么结尾就能结尾，看得人像着魔一样。"也有人说，她是"率性又自信的作家"，"不按常理出牌的作家"。从题材、结构到文字，都体现出她的写作特色。

三回故里，饱含浓浓乡梓情

黄宗英出生地是北京，以后大多生活和工作在上海。但她常说："我的根在温州瑞安。"黄氏家族在当地是名门望族，"黄家一门三代翰林"的佳话，在瑞安方圆百里流传了一百多年。故居所在地振文坊（今为小沙巷）的巷口，石亭上的那

1975年，黄宗英在家乡"玉海楼"前留影

块"比户书声"匾额，更是书香久远的象征。1963年，受家乡人民邀请，她第一次来到瑞安家乡，就住在小沙巷县委机关招待所。这里的一切，都使她感到那么清新那么亲切。她深入塘下乡鲍田村，采访年近八旬的"气象达人"、农业水利工程师戴新泮，写出报告文学《新泮伯》，读者赞不绝口，引得省内外农业科技界一片轰动。1975年，五十岁的她，专门抽时间回乡探亲祭祖。探亲的同时，她见缝插针，采访了全国劳模陈阿木。还实地调研了当地知青生活和工作状况。更不忘到著名藏书楼"玉海楼"观瞻一番，赞赏家乡具有深厚的文化传统。临走时，她带上了家乡的特产，黄鱼鲞、虾米和双炊糕、冰雪酥，可有更长时间对家乡的回味。1988年，在改革开放的洪流中，她受上海市作家协会委派，回家乡瑞安，采访全国十大民营企业家温邦彦，写了《乳品厂的前世今生》的报告文学。又因家乡电视台拍了一

部她的专题片，为该片做配音，亲切自然的音色，饱含了她深深的乡梓之情，打动无数人，播出效果甚为理想。

四次婚恋，足见她的独特性格

才貌双全的女演员，其婚恋也是人们关注的一个焦点。黄宗英一生有过四次婚姻，都是自由恋爱，追求着自己的幸福。第一个丈夫叫异方（本名郭元彤），是个有才气的小伙子。上台能演戏，台下会作曲，还能把整个乐队指挥得像模像样。他在乐池中间一站，就是乐队的灵魂人物。在一旁做场记的黄宗英，忍不住会多看他几眼。台下，异方也会亲切地给她一个笑容。有人以为他们恋爱了，没有的事经一番传播，却成了真事。他俩真的恋爱成婚了。可是异方命运不济，因病早逝。这年她十八岁，新娘做了十八天就成了寡妇。

毕竟年轻貌美，之后求爱信不断。每次演完戏，门口总有一些少爷的小汽车候着。她觉得，自己应该有个安定生活，以疗心伤。于是，哥哥黄宗江的同学、南北剧社的社长程述尧走进了她的生活。婚后，黄宗英一度离开上海，住到北京程述尧的家。程社长待她关爱备至，其中也有同情的成分。可是，在这个封建大家庭里，礼节甚重，吃饭时媳妇是不能上桌的，还得给每人盛饭。而且，家里人不准她演戏。这样的拘束，她不习惯也受不了。好说歹说，还给公公下跪，总算同意演戏。

在北京演了第一部电影《追》后，她回到上海，在上海戏校演了《卖火柴的小女孩》《甜姐儿》。电影导演陈鲤庭正在物色《幸福狂想曲》的演员，男一号已敲定，由赵丹主演。女一号正苦苦找寻。当黄宗英的照片出现在陈导的眼前，他惊喜地说："定了，就是她。"影片拍完，男女主角再也离不开了。这样，黄宗英与程述尧离了婚，嫁给才华横溢的第三个丈夫，她亲热地唤作"阿丹"的赵丹。这才是天造地设的一对，她与赵丹情投意合，相濡以沫，走过风风雨雨三十多个春秋，一直到1980年，在病榻旁送走赵丹。

第四次婚姻，是八十岁来到她身边，早年把海明威介绍给中国读者的翻译家、出版家冯亦代。这是人们所说的"黄昏恋"吧。赵丹走后，有人曾问起她：是否准备再嫁时，她回答说：自己既已嫁给过赵丹——大海，再嫁就要嫁给大洋。冯亦代就是她心中汹涌澎湃的大洋。他俩或北京或上海，在一起时互相照顾，不在时鸿雁往来。一本两人的情书集《纯爱》，见证了他们的幸福晚年。对黄宗英来说，除了前两次短暂的婚姻，她后来五六十年的生活伴侣，主要是演员赵丹和作家冯亦代，这也契合了黄宗英从演员到作家的人生轨迹。

彭文席：让小马过河

林新荣

彭文席（1925—2009）

彭文席，瑞安市云周人，浙江省作家协会理事、中国寓言文学研究会会员、瑞安市作家协会顾问、瑞安市儿童文学学会顾问。著有《小马过河》，1980年获第二次全国少年儿童文艺创作评奖一等奖。

"有一天，老马对小马说：'你已经长大了，能帮妈妈做点事吗？'小马连蹦带跳地说：'怎么不能？我很愿意帮您做事。'……"每每读寓言名篇《小马过河》，我都会思绪飘远，陷入沉思。和大多数瑞安人一样，我是成年后才知道，原来《小马过河》是土生土长的瑞安人写的，他就是瑞安市林垟中学的彭文席。

说起来，我和彭文席老师的相识也有二十多年了。那是1987年的某一天，我还是瑞安师范的学生，突然接到瑞安市文联的通知，说要成立儿童文学创作小组。当我在会议上得知那位头发花白黑瘦脸，看起来像一位厚道农民的老人就是《小马过河》的作者时，领导说些什么就都不知道了。我一直用崇拜的目光偷偷地瞅他——哇，小时候读的经典故事就是这个人写的啊！这一晃，过去好多年，彭文席退休后始终住在云周街道的十八家村，过着宁静的田园生活。他平时很少到县城里来，仅有的几次碰面大多是在换届之类的会议上。2008年年底，我打电话就作协换届和他交换意见，他在电话里热情地说，"作协就应该让年轻人上去"。次年2月，当我把协会顾问的聘任书恭敬地送到他手上时，老人送给我的是一张爽朗的笑脸，洋溢着真诚——彭文席留给世人的始终是谦和、儒雅、低调、朴实，他不计较名利，就好像笔下那匹俊朗的小马。2009年5月27日，这样一位温文尔雅的老人，在作协换届刚过去三个多月的时候走了。

云周街道十八家村在五十六省道的边上。5月28日，我和几个作协同志驾车赴十八家村吊唁。车窗外菜蔬碧绿，稻禾随风起伏，一路上鸟叫声时高时低，田野风光旖旎。在这美好的时光里，一位慈祥的老人却永远地离我们而去了。在车上我思绪起伏，眼前净是老人和蔼的笑容——据说彭文席从瑞安中学毕业后，即到瑞安莘塍中心小学任教。1955年，他结合自己工作和生活的经验，写出了《小马过河》，并于当年发表于上海的《新少年报》。在北京工作的瑞安籍画家郑熹看到后，把它绘成连环画，由中国少年儿童出版社出版，发行量极高，受到了小朋友的欢迎。1957年，《小马过河》被选入北京版的小学语文教材，此后就成为全国小学语文课本的必选经典了。据不完全统计，《小马过河》曾被翻译成英、法、日、德、意等十四种文字。然而这一切，1957年因舅父的海外关系被"清退"回乡务农的彭文席是一无所知的。1979年，在国家八部委联合举办的第二次全国少年儿童文艺创作评奖活动中，《小马过河》荣膺一等奖，组委会却找不到作者，甚至还有人说，这是从国外翻译过来的儿童文学作品。好在评奖单位并未就此放弃，四处打探，费尽周折，终于在温州瑞安的十八家村田头找到了在田间劳作的彭文席。文弱书生彭文席二十多年来一直过着面朝黄土背朝天的农人生活。

由于没有单位,彭文席只能自费到北京领奖,情况反映到浙江省作协,据说得到了当时的省委主要领导批示,才最终让他重归教育部门。退休后,他担任了瑞安市文联《小花朵》杂志的主编,为培养小学生的写作倾尽心力。

寓言中小马妈妈鼓励小马遇事独立思考,重实践,重体验。半个多世纪以来,每年都有亿万个孩子受其熏陶,可以这样说,是《小马过河》陪伴着一代又一代中国少年的成长。这一篇千字的文章虽然不长,可受益的孩子何止千千万万。

瑞安坊间素有"瑞安出才子"的美誉,这是一座具有深厚文化底蕴的千年古县,又有"理学名邦""东南小邹鲁"之美称,千年来文风鼎盛,私塾棋布。自隋朝以来,共有进士三百零七人,其中状元三位。才子虽多,但传世的文学名篇却不是很多。堪称经典的只有高则诚的《琵琶记》、曹翙的《春暮》,这第三篇,在我看来,就是彭文席的《小马过河》了。《小马过河》是新中国成立以来出自瑞安作者之手的影响最大的文学作品,也是新时期瑞安唯一在全国产生重要影响的文学作品。据寓言作家樊发稼回忆,就在彭文席逝世的这一天,中国作家协会儿童文学委员会和《中华读书报》联合评选出新中国成立六十年来六十部(篇)优秀儿童文学作品,《小马过河》赫然在榜。儿童文学评论家李红叶对此评价:"《小马过河》优美简洁,含义深刻,是寓言又是童话,是不可多得的精品。其结构起承转合,一气呵成;语言干净利落,读来音韵优美;且情境温馨,

《小马过河》书影

1948年瑞中民三二秋级友会成立五周年摄于母校。后排左起第四位为彭文席

充满生活气息；从艺术形象上看，小马、老马、松鼠、老牛，无一不生动贴切，尤其是小马，言语行动，均稚态可掬；主题则包含了哲学意义上对于经验的个体性差异的思考，又包含少儿初长成时期的主体性生成问题。整体读来，既传达少儿生命韵律，又令成人莞尔并深思，所以能成为妇孺皆知的成语和典故。"李红叶的评析，简要而准确地阐明厘定了《小马过河》的思想艺术特色及其弥足珍贵的价值。可惜的是，这一切彭文席已无法看到了。

实际上，彭文席的寓言作品远不止《小马过河》一篇，还有《牛虻和牛虱》《一天夜里》等。这些都是非常不错的寓言，针砭时弊，对生活的观察不可谓不深。可能是《小马过河》的光芒太耀眼了，以至于其他作品鲜有人提及。所以，我很同意作家安武林所说的："彭文席先生的《小马过河》，就像《唐诗三百首》中一首精致的绝句，它会在时间和历史的长河中不断地泛起美丽的浪花。"我想，人的一辈子写这么一篇作品就足够了。

当年我们吊唁的车子东拐西拐，终于到达十八家村。十八家村是个相对偏僻的村落，彭老师的灵堂就设在村道的边上，这是一座有些年月的二层楼房。我们敬献花篮后，在家属的陪同下参观了彭老师的书房与卧室。书房里挂着彭老师生前好友的书画作品，如画家郑熹的《白荷图》等。其中有一张照片引起了我们的注意，这是1980年5月30日，国家领导人在北京人民大会堂接见第二次全国少年儿童文艺创作获奖人员时的合影；也就是在这次大会上，《小马过河》被评为一等奖。这张珍贵的照片，彭老师不曾拿出示人，他为人的低调可见一斑。

写这篇文章时，我不由自主又想起了彭老师书房里的那幅《白荷图》：画中斑斑点点的应该是淤泥，一张荷叶被风吹倒，但两枝洁白的荷花依然亭亭玉立，出淤泥而不染。

马允伦：一枝一叶总关情

马邦城

父亲辞世快九个年头了，不思量自难忘，他的音容笑貌仍时常浮现眼前。也许是惯性思维的缘故，当我写完一篇文章之后，常在一闪念间，总还想将稿件交由他来审阅。蓦然一怔，父亲早已离世，我俩那种"疑义相与析"的日子，也一去不复返了！每思及此，内心顿感空落落的，仿佛缺失了一块……

马允伦（1926—2011）

我与父亲的关系有点特殊，虽为父子，却亦师亦友，一起搭档写作二十余年，曾合作出版过十二本书、发表过数十篇文章。都说知父莫如子，这天底下，我应该是最了解父亲的人。

一

先父马允伦，出身于书香门第，先祖父马翊中，系晚清秀才，省文史馆员，毕业于浙江两级师范，多年在家乡执掌教席，温州籍新闻

马允伦的部分著作

界元老赵超构、马星野均出其门下。先祖母蔡墨笑，毕业于近代中国第一所官办女子学堂——天津北洋女子师范，曾任平阳县立女子小学校长。

父亲幼承家学，喜好文史与写作，上小学时就崭露头角，在叶圣陶主编的《儿童时报》上发表作文，并以全县第一名的成绩考入平阳中学。1949年浙大毕业后，参加省干校二期培训，1950年调至瑞安中学，在那里教了二十八年历史。

父亲初到瑞安时，我尚在襁褓之中，是在瑞中校园里长大的。记忆中还保留着，他带我去见孙正容老先生，要我管他叫"老师公"时的情景。后来，我搬往母亲任教的瑞安县小，直到1963年考入瑞中后，才又过来与父亲同住教工宿舍。

父亲是我的历史任课老师。当年，历届瑞中新生入校的第一堂课就是听父亲主讲他编写的《瑞中校史》。他熟识历史，对教材了如指掌，所教的历史课堪称瑞中"一绝"。每次上课，父亲从不看课本与教案，总是胸有成竹，娓娓道来，颇具"腹有诗书气自华"的淡定从容。其间，还不时穿插温州地方乡土历史内容，让学生听得入心入神，津津有味。当同学们对父亲的教学发出由衷的赞叹时，我心里不由地得充满了自豪。

父亲上历史课，还有一个号称"标准钟"的拿手绝活。正如上海瑞中校友蔡延璜所描述的那样："每节上、下课，马老师都绝对准时，当他踏进教室那一刻，正好是上课铃声响起；当他授课完毕、戛然而止时，又正好是下课铃声响起。他从来不会拖堂，哪怕只是一分钟。而且节节如此，天天如此，年年如此！可见他对教学之用心。"

父亲平时不抽烟、不喝酒、不打牌、极少参加文体活动，教学之余，唯一的爱好就是看书写作。瑞中副校长黄吉光当年就住父亲隔壁，他曾亲口对我说："你爸确实勤奋，我半夜醒来时，看见他的房间里总是亮着灯光。"

那些年，父亲除了在《人民教育》《浙江教育》《历史教学》等刊物上发表《太平天国时期浙南金钱会起义》《历史教学中进行乡土教育的经验》《教什么、学什么、写什么》等论文外，还相继出版了《浙南金钱会起义》《航海家郑和》《古代名将的故事》《程咬金》《冯子材大败法军》《张俭选布》六本历史读物，并在各类报纸杂志上发表两百余篇文章。

想不到"文革"期间，这些笔耕成果被错划为"反动文章"，父亲也被打成"反动学术权威"。

二

粉碎"四人帮"后，父亲获得平反，恢复名誉。1978年夏，他参加浙江省高考历史试卷评阅工作，目睹"文革"后考生历史知识之贫乏，父亲在痛心之余，深感作为一名历史教师，向年青一代传授历史知识是何等重要。于是，搁笔十年后，他又重拾初心，再次投入创作之中。

就在这一年，他被抽调到温州，参加全国重点科研项目《汉语大词典》的编写工作。之后，留在温州师院任教直至退休。在温州的这些年，父亲迎来了人生创作的"井喷期"。他夜以继日，奋力笔耕，决心将"文革"十年所造成的损失夺回来，分别在京、沪、浙、辽、川等12家出版社陆续出版了三十多本历史读物。此外，还发表了历史论文、历史小说、历史故事等两百余篇。多部著作获省、市社会科学优秀成果奖；《张俭选布》《包拯审案》等书，被译成英文在海外出版；《古代军事家故事》《大义灭亲》《飞将军李广》等十多本书，被荷兰莱顿大学汉文图书馆收藏。他还把我也带上了创作之路，我们合作创作了十二本书。

我清晰地记得，我俩最初的合作是在1982年，第一本书是《包拯审案》。当时我正患乙肝，久治不愈，心情郁闷。父亲从温州过来看望我时说，有两家出版社同时约他写书，实在忙不过来，问我可否帮他写点东西。于是由我根据父亲提供的史料，先写成故事，再让他修改把关。

想不到我试写的几篇，父亲看后都挺满意，还说我很有写作的潜质与天赋。书稿寄至北京中国少儿出版社后，果然得到认可，这使我信心大增，接下来更是一发而不可收，又先后与父亲合写了《腥风血雨话当年》《戊戌变法故事》《康熙皇帝故事》《中国古代改革家故事》等书。同时，我俩还联手在《历史文学》《青年一代》《少年文艺》等刊物发表了多篇历史小说与故事，后来汇编成《韩世忠大战黄天荡》一书，由浙江人民出版社出版。

其时，台湾与祖国大陆的民间文化交流日趋频繁，父亲的著作随之传到海峡彼岸。他的《将略奇才》与我俩合作的《包拯审案》在台湾出版后，引起广泛关注，出版社慕名约请父亲担任三十卷的大型画册《画说中国历史》的历史顾问，并请他撰写了其中九、十两卷的文

祖孙三代参加瑞中
百年校庆

字说明。

　　1994年9月，我俩在大陆刊物发表过的十五篇历史纪实文学结集成《读历史话英雄》（上、下）出版。该书在台湾岛内反响强烈，多家媒体推介，并在"好书大家读"评选活动中被评为优秀读物。

　　父亲七十岁退休之后，仍继续参与《瓯越文化丛书》《温州文献丛书》《瑞安历史人物传略》等地方文献的编写工作，并担任《温州文献丛书》整理出版委员会委员，编写出版了《太平天国时期温州史料汇编》和《黄光集》两本书。迄今累计出版四十三部著作，发行量逾四百万册，包括刊发的文章，总字数达五百万字，可谓著作等身。

三

　　父亲曾任温州市政协副主席，却一生甘守清贫，长期居住在放生池师院五十平方米的宿舍内，直到逝世，也没住上拆迁后的新房。不少人都替他惋惜，父亲却自诩是个"精神富翁"，从教近半个世纪，桃李遍天下，学生才是他的最大财富！

一枝一叶总关情。父亲留下的那四十三本著作，是他生命的凝聚，也是留给我的珍贵遗产。他一生学历史、教历史、讲历史、写历史，并将历史与文学巧妙结合，在创作道路上开辟出了一片新天地。他治学严谨，尊重史实，从不"戏说"历史，所写每本书、每一篇文章，都充满爱国爱乡的情怀，弘扬中华民族优秀传统文化。

父亲逝世后，温州多家媒体刊发悼念文章，《温州日报》刊登章志诚和林树建的《史识渊博 治学严谨》《教书育人 撰书诲人》两篇纪念文章，深切缅怀父亲。温州文史界人士张声和、沈洪保、卢礼阳、夏诗荷等都撰文悼念，由此可见父亲良好的品行操守与口碑。

那天，我读长江韬奋奖得主、《法制日报》记者陈东升所写《怀念马允伦老师》一文，至最后一段时，不觉泪流满面。2011年12月26日，父亲患病已失去记忆，但临终一刻，他却轻唤着我的名字，还突然冲我一笑。我以为是病情出现转机，却不料那是"回光返照"。父亲在与我最后作别……

父亲走后，我一直坚持写作，相继出版了《瑞安历史名人列传》等四本书，以及三十册《中国传统修身故事绘本》的文字说明。如今，另一部三十余万字的《温州历史名人故事》也已脱稿。更为可喜的是儿子知遥、知力两人，同样爱好文史，学有专长。薪火传承、家风延续，先父若泉下有知，一定会倍感欣慰的。

何琼玮：艺术是他心中的永恒

曹凌云

风并不大，天空布满乌云，窗外那墨绿的白兰花叶子颤抖不止，天气预报说，第一号台风"尼伯特"可能会正面袭击温州。我正在关注"尼伯特"的走向，决定是否前往小门岛继续我的"走读海岛"时，收到了同事芳芳的微信：何琼玮老师今天中午去世了。

我清晰地记得，那是2016年夏天。

何琼玮（1928—2016）

剧作家、瓯剧《高机与吴三春》的作者何琼玮先生享年89岁。我想，他一定是走得平静的。在他去世前一个月，我与同事去温二医看望他，他躺在病床上微笑地看着我们，轻轻地与我们说话。他的女儿告诉我们："父亲前几天昏迷不醒，今天清醒了。"我为何先生的病情好转高兴，但又担心这是离别的预兆。与他道别时，我握着他的手说："何老师您安心养病。"他说："我一直在看你的文章。"想不到这就是我们之间的最后一次对话。

作为何先生的晚辈，我与他常有接触，有事没事地碰在一起，总要聊一些话题。他住在市区旺增桥一间独门独院的寓所，庭院里有两棵白玉兰花，常常开满淡雅而俏丽的花朵。到他家里，我们站在树下赞叹玉兰甜润的花香，何先生说：可惜我接到通知，这两间房子就要拆除了。房子建于1982年，何先生买过来是在1990年，院子里还栽种着桂花、梅花、桃花、石榴、樱桃，四季鲜花不断。他喜欢在这样的环境里过安逸的生活，但城市的统一改造是挡不住的浪潮，就算旧的不去新的不来吧，何先生是一个乐观又豁达的老人。

何先生八十多岁了还在创作。他有一次跟我说，他在写一些回忆性的小文章，刚刚完成一篇《真假刘知侠》，讲的是1956年小说《铁道游击队》作者刘知侠来温州的故事。还有一次他说起时任教育部副部长叶圣陶在温州的故事，也是极其珍贵的记忆。

我们的话题少不了给他带来荣耀也带来麻烦的成名作瓯剧《高机与吴三春》。何先生说："在创作瓯剧《高机与吴三春》之前，已经为这个创作做了许多前期准备工作。小时候就喜欢跟母亲一起看社戏，母亲不许我学戏，我就跟母亲说那我写脚本让他们唱。"为了实现这个愿望，年少的何琼玮拼命读书，《三国演义》《古文观止》《石头记》里的许多篇章诗作他都能背诵。1944年，在日寇的铁蹄下，国难当头，十六岁的热血青年何琼玮参加了中共乐清县委组建的乐清人民抗日游击总队，这期间，他经常到农村看温州乱弹、越剧等古装戏。1951年，他参加青田土改剿匪，写了戏文《幸福是靠斗争换来的》，后来到浙南日报工作时，就开始关注各个民间版本的《高机与吴三春》。据他统计，《高机与吴三春》有民歌故事、道情、莲花落、布袋戏等各种形式，手抄故事版本有三十多个。何琼玮研读了各个版本，以温州鼓词的艺术形式重新创作了《高机与吴三春》，并在《曲艺》杂志上连载。他回忆：每期连载稿费一百五十四元，当时他的工资是六十八元。

1956年春，周恩来总理倡导"一出戏救活一个剧种"，《人民日报》发表了社论，翌年春，浙江省委宣传部为了抢救地方剧种，省委宣传部领导点名何琼玮到杭州脱产创作一部瓯剧。何琼玮向报社请了三个月的假，去了杭州。他经过认真思考，还是选择了在温州民间流传甚广的高机与吴三春的故事。他凭借深厚的写作功底以及对高机与吴三春故事的了然于胸，深挖对生活的丰富储备，重新梳理素材，构思剧情，创作非常顺利。仅用一个月的时间，就写出了七场大戏的《高机与吴三春》。何琼玮说，他收集的版本各有优点，也有缺

20世纪90年代移居法国生活期间的照片

点，比如有些版本写吴三春死后变成"轿神"，他就要摒弃封建迷信的糟粕。他还大胆创新，让吴三春的身份"下降"，很多版本都写吴三春是大资本家的千金小姐，而何琼玮把吴三春写成小作坊主的女儿，高机则是一个手艺高超的织绸工人，这样，两人的地位并不悬殊，日久生情合情合理，更有看头。而在中国戏剧中，男女相近身份的爱情故事并不多见。他又用大量的"比兴"手法去创作，《诗经》惯用这种表现手法来写爱情故事，何琼玮写起来得心应手，也让唱词朗朗上口。《高机与吴三春》就这样用超现实主义和浪漫主义相结合的笔调，把一曲爱情故事演绎得缠绵悱恻又哀婉动人，被观众称为浙南的"梁山伯与祝英台"和中国版的"罗密欧与朱丽叶"。

瓯剧《高机与吴三春》上演后大获成功。半个世纪后，何琼玮还清晰地记得那一串串闪光的日子。

温州地委领导看了《高机与吴三春》的剧本后，给予充分肯定，又高度重视公演，成立了导演组，由五位导演组成，组长由当时已有

名气的吴桐担任,演员在温州地区物色,当时唱瓯剧(乱弹)的女演员中,二十出头的陈茶花已崭露头角,是很理想的花旦,而小生要算郑阿金最出色,可惜他已被打成"反革命",就请了一位京剧团的小生来演高机。

1956年12月,瓯剧《高机与吴三春》在东南剧院上演,连演四十多天,场场爆满,在温州城引起轰动。不过,这只是一个开端,1957年4月,该剧参加温州地区首届戏曲会演,获得了编剧、导演、舞美、音乐、演出一等奖,年轻的主演陈茶花一鸣惊人,赢得广大戏迷的赞誉和喜爱。同时,温州地委决定《高机与吴三春》作为温州地区代表剧目,参加浙江省第二届戏曲大会演。7月份,该剧在杭州最大的剧院胜利剧院演出,三个半小时中,无一人提前离场,观众受到吸引,全身心融入了剧情,待到落幕,剧场里掌声雷动。这一次会演,《高机与吴三春》同样获得了包括编剧、导演在内的五个大奖。省委领导接见了剧组成员,有领导称赞说:编剧写了一部抒情诗剧,导演把诗剧立体化了,陈茶花是一朵带着露珠、刚刚绽放的牡丹花。大家感叹一出戏又救活了一个地方剧种。该剧在杭州演出成功后,开始在全省巡演,自此,瓯剧那独特的曲调和唱段流传在江浙大地。可以说,是何琼玮的创作实践,成功地让瓯剧更好地接轨时代,走向未来。

命运弄人,正当何琼玮沉浸在成功的喜悦里,又处于创作的顶峰期时,灾难从天而降。1958年,他被下放到丽水林场劳动。1962年,他被"落实政策"到福建,在柘荣县剧团当了编剧,而后调福安地区文化局工作。

现实往往冷酷,艺术总是温柔。何琼玮1967年重新走上了工作岗位,做了一名供销员,他跳出了生活的苦痛,又拿起笔写作,他的人生历经了这样的大起大落后,开始笑看天下,再也不会有遇事惶惶的心理,终于又能潜心投入创作了。20世纪七八十年代,是他又一个创作的高峰,写出了电视剧《擒雕》、长篇小说《情结》等,短篇小说

何琼玮在《高机与吴三春》一书首发式上发言

《接到讣告以后》被1980年第三期《小说月报》选登,成为温州市第一位上《小说月报》的作者。他写的往往是悲剧故事,却始终流露出人情的善良与温情。

我与何先生相识十多年,他给我们的感觉是为人善良、宽容、乐观、淡泊。他自己也说:人在社会中,哪能都不吃亏?宽容是最好的调节剂,而乐观是最好的养生不老丹。何先生对家乡的戏剧,始终无限情深。他说:"瓯剧是普及的艺术,既被瓯江两岸的乡野平民所喜欢,也被温州城里城外的文人墨客所欣赏,它是市井里的俗文化,也是大舞台上的雅文化。"何先生欣喜地看到了一批批朝气逼人的剧作家在温州涌现,一拨拨青春靓丽的男女演员惊艳亮相于舞台,也让他看到了瓯剧美好的希望。他还坚信,戏剧的明天在于创新,但不能轻视老祖宗留下的东西,大到故事情节、舞台布置,小到一句唱词、一个眼神,都是如此。对于这个饱经风霜的老人来说,也许所有的苦难都是过眼烟云,唯有艺术是他心中的永恒。

尤文贵：凤凰涅槃，浴火重生

汤 琴

尤文贵（1931—2019）

人长大了有一个好处，很多小时候觉得很遥远的东西，突然就近了，近到直接融进了生活。

人长大了有一个坏处，很多本来在生活中的人或事，突然就被抽离出来了，失去了。

世间很大，大到很多东西有无都不会影响一个人继续生活。

世间也小，小到一粒沙子进入眼里，会让人流泪不止。

尤文贵先生于我而言，是远与近，是大与小，是惊喜与眼泪，但更是永远，永远的恩师。

我小时候受到的文艺熏陶中有戏曲。不管是父亲买的红灯牌收音机还是村里的演出，我生活中总是有戏曲。十多岁的时候，我曾梦想上台甩水袖、唱戏，但唱和演都缺乏天赋。后来因为喜欢写文章，就干新闻了。

当记者，我偏好采写文化类新闻，乐清越剧团的报道做了不少。大约是2004年，温州艺术研究所把我叫过去参加创作会议，我见到了知名编剧尤文贵。

尤老师满头白发，清秀儒雅，完全是江南文人气质。我看到几位白发长者像孩子一样较真地讨论某个问题，甚至争论得面红耳赤，觉得很有趣。尤其是尤老师，一脸严肃、一针见血、一身铁骨、一股傲气，让我印象特别深刻。

我是一个老实的人，看到精明圆滑的人会胆怯。当时尤老师虽然没注意到我，也不苟言笑，我却莫名其妙地对他感到信任。于是，我把自己写着好玩的第一个戏曲剧本《绣女恨》寄给了他，请他指教。果然，他给我回复了好几页的信，夸我基础不错，也指出了我创作中存在的不足。

我顺利成为他的关门弟子。他之前收过郑朝阳、施小琴两位弟子，据说后来有不少人也想跟他学写戏，他都没答应。在尤老师76岁的时候，我遇到了他，这是我此生的幸事。尤老师说过，要是能早十年认识你就好了。我却觉得，迟十年也一样的好，关键是，我终究是遇见他了。是他让我把对戏剧的喜欢变成了爱，让我圆了坐在台下看台上上演自己写的戏的梦想。

受到尤老师教诲的前十年时间里，我写了十部戏。其中搬上舞台两部，发表了三部。戏写好后，我第一件事就是拿给尤老师看，他说"好"或"不错"，我才有作品完成的感觉。他是我的"定海神针"，也是我衡量作品质量的标准。那几年我连续写了三个男人——《章纶》《司马迁》《王十朋》。后两部分别写于同一年的4月和5月，两个人也都是"硬汉"，回过头想，自己都觉得头皮发硬，真是自己和自己过不去，可尤老师夸我了："你一个女子，能这么懂男人的心理，难得！"让我有点自喜的是，三个男人在某些地方虽然相似，可我写的故事却完全不一样，人物个性也不雷同。这当然离不开老师的教导和影响，我这个半只脚跨在梨园行的女弟子，自然有些风骨和豪气随老师。

尤文贵作品剧照

我也是眼泪很多的女弟子。

第一次我的剧本被搬上舞台，是尤老师牵的线，由平阳越剧团演出。

2006年，尤老师的剧本《杨贵妃后传》在乐清越剧团排演。我心想，平时去一趟平阳挺不容易的，老师来乐清了，我得赶紧写个戏，让老师指导。于是就写了《雪剪梅》前三场，带到排演场地，拿出来给老师看。老师说：不错啊，继续写完！

《雪剪梅》被搬上舞台了，首演在乐清剧院。尤老师带着师母来坐镇。演出之前，他亲自调度，一会儿关心音响，一会儿张罗灯光，比他自己的戏上演还操心。看着他满头的白发，我心里既感动又充满了不忍。戏结束后，送老师回酒店，我抱着他，哭得稀里哗啦。

老师八十三岁时，患上了帕金森病，虽然依旧清俊帅气、才思敏捷，手却抖得厉害。看着他认真而努力地吃着面前的那碗面，像个孩子一样，我的眼泪总是不争气地往下掉。

后来每次去看他，他的身体都比上一次更虚弱，躺在沙发上，人很瘦、很苍白，眼睛半眯着，师母说这个样子已经有几个月了。他有时会出现幻听幻觉，有油灯快熬到头的感觉。

我来了，他却清楚地认得我。我问他，老师，您还好吗？

他动了动嘴唇，却发不出声音，但我知道他的意思，是说，马马虎虎。

他连说话的力气都没了，他又动了动嘴巴，声音比之前高了许多，但仍然轻微，我也听懂了，他说，你师姐有帮你吗？

我连连点头，有有有，两位师姐都对我很好，把我当亲妹妹一样。

师母说：你老师最大的遗憾就是对你帮助教导太少，经常说起，心里总放不下。

老师在平阳我在乐清，跟在他身边的时间不多，我自认是自己不够勤奋，所以学艺不精。

我对他说，老师，您千万不要遗憾，我从来不奢望能成为大编剧，我能坐在台下看自己的戏就很满足了。但我也会坚持写的，笨鸟慢慢飞，总不会给您丢脸的。而且，以我的情况，四十岁以前不知人间疾苦，您再怎么教，我也写不出有分量的作品。我得靠自己慢慢领悟，会越写越好的，您放心吧。

他一字不漏地听到我的话，然后笑了。这个世上，这么关心我有无出息的，唯有恩师。我不能在他面前落泪，眼泪一直忍到回乐清的车上才落下。

我还是以一年一部戏的速度继续写着，而不问写剧本有什么前途。

2019年1月28日，亲爱的尤老师在温暖的阳光里离开了这个世界。

2019年10月，我编剧的现代戏《柳市故事》，在参加了第四届中国越剧节后，又参加第十四届浙江省戏剧节，演出地点在平阳文化艺术中心。我请师母来看戏。

演出结束后，走出剧场，初冬的黑夜一片冷寂。师母说："真不错！可惜你尤老师没看到，不然他会很高兴的。"我一下子哭了，抱着师母，像个迷路的孩子一样不愿松开大人的手。

　　成为尤老师的小徒弟以后，除了说戏，他也和我说他的人生故事，那是一个传奇。生活给了他太多的磨难，但他却凤凰涅槃，浴火重生。我总觉得，他的人生无法书写，唯有他的戏可以承载这离奇却真实的世间沧桑。我在他的作品中，读到的是火一样的情感包裹着的冰一样的理智，与众不同，自成一家。

　　尤老师曾获得全国戏剧文化奖、中国首位戏曲编剧终身成就奖。颁奖大会上，大家感动得数次泪崩，为老师的才华、品德和深情，为在老师身边形影不离贴身照顾还整理了三百多万字文稿的师母申晓闻女士。

　　2013年11月，尤老师全集出版，五十多个戏，三百多万字，这是巨作啊！我想了一个很俗套的对子，"五十年耕耘满头霜雪，三百万珠矶一片丹心"，有些人是用身体在写作，尤老师是用生命在写作。

　　在我看来，老师是"五有"大家。

　　有生活。尤老师写戏，心中装着观众，装着众生，他的作品接地气，蕴含浓厚的生活气息。他是一个历经生活的人，对生活宽容、热爱和接受。明明已看透生活，却仍愿意与之共悲同欢，在这样的人生基础上诞生的戏，怎么不让人共鸣之深之切？《仇大姑娘》《换心记》，写的是戏吗？分明就是生活。

　　有境界。写戏如果入戏太深无法回到现实，那就失去了戏本身的意义，唯有境界的升华，才让戏成为不朽的艺术。尤老师戏的境界之深之高，内心没有点功夫的人还真难以领会。《大劈棺》写的是什么？人性，人性被激发到了至高点。《荆山玉魂》写的是什么？追求，"为了一个真，为了一个理"，不死不屈。《杨贵妃后传》写的是什么？爱情，解答了爱情的本质。

　　有丘壑。戏贵曲折，尤老师的戏非常"有戏"，不走寻常路。究其原因，是他胸中有丘壑，谋篇布局层层叠叠，处处有峰回路转的意外和惊奇。《杀狗记》《大劈棺》《茶缘》……无不让人感叹唏嘘，

尤文贵获全国戏剧文化奖戏曲编剧终身成就奖颁奖仪式

看得人心满意足。

有个性。老师是真性情之人，生活中平和淡然，但一旦面对是非，他嬉笑怒骂毫不含糊，激情四溢。这一点在他的作品中体现得淋漓尽致。他手下的人物，个个性格清晰，直击人心。《铁板铜琶》中的雷海青敢当面痛骂安禄山；《憨痴传奇》中又憨又痴的偏有道义浩然。写戏写人，写人写个性，这是我牢牢记住的创作法宝。

有才情。尤老师写戏，既能平实俚俗，又能高贵典雅，他的阳春白雪，明亮得晃眼。读他戏中的唱词，满口生香，满心清气。读《杨贵妃后传》，有"微雨人独立、一梦醉绮丽"的眷恋难舍，凄美遍生。

走戏剧创作之路，真好比去西天取经，是很艰难的事。尤老师带着三个徒儿，走了几十年，他这个师父已取得真经，功德圆满。

感谢老师在茫茫人海中捞起了我，我希望可以出版一部剧作选，算是对自己15年学写戏的总结，也是向老师的成绩汇报。老师在天上，总是能看得到的。愿来世我们再做师生。

林冠夫：水到天边

潘凡平

林冠夫（1936—2016）

东南沿海多山，山水俨然是我家乡的骨血了。平原缺乏，因而吃饭便成了家乡人千载百代最大的人生学问。

那条流经大半个县的水路，延伸一百四十五公里，是瓯江下游最大的北支流，分大小源发端于括苍山系两个不同的山岳，至中游汇流。到了一个名叫潮际的村庄后，水便渐宽渐深，且浑浊了，那是东海的潮汐所致。20世纪80年代，这条名叫楠溪的江脉，走出深闺，声名鹊起，成了国家重点风景名胜区。

楠溪江据说以水秀、岩奇、瀑多、村古、滩林美著名。一个作家曾写道：我可以负责地向全世界宣告，楠溪江是很美的。很美的当然还包括那些掩映在香樟、古柏和绿竹林中的古老村落。由于偏安一隅，远离战火，故元明时所盖的房子，至今依旧。清华大学陈志华等花了十年工夫写出的《楠溪江中游古村落》一书，称其囊括了商品社会前中国传统农村所有的建筑式样。《申遗预备清单》上说：楠溪江古村落其聚落形态与自然山水的天然融合，人工美、社会美和自然美高度和谐，在中国建筑史、规划史的研究上具有极高价值。其建筑风格及其文化内涵，前可追溯至晋人风范特别是中国山水诗鼻祖谢灵运的诗魂，后则孕育了以叶适为代表的一批理学大师。其内含的人文精神，对当今建筑颇具启发意义。

在我们这些游子的眼中，这条江及其两岸的古老村落，是我们童年生活真趣的所在。

我的老师林冠夫在他晚近的诗作中有过这样的想念：

阔别家山四十年，长依北斗望南天。
异乡纵有佳风日，心系楠溪一水边。

毕恭敬止的桑梓情念。

为旅游，楠溪江便生出很多传说。如绿障山是谢灵运山水诗的摇篮，陶公洞是山中宰相陶弘景修道的福地……还有一门五进士、三代四公卿；什么司马宅、平章府、十八金带云云，却大抵无从稽考。20世纪初，在我们楠溪江上游的大源流域，出了几个很是有影响的革命者：谢文锦、李得钊、胡识因……相比之下，小源的人显得更内敛隐忍：出过中国政法大学的校长，北大、社科院的好几位教授……我的老师林冠夫，就出生在小源流域一个叫林山的小村落。

大概是在小学五年级的时候，我所读的那个郊区小学，聚集了几个爱好古诗词的老师，他们互相酬唱又互不服气。只是对高志远老师的诗作，颇为认同。问其缘由，说，林冠夫看过。至于林冠夫如何评判，则语焉不详。我很惊讶：林冠夫，何方神圣？校长程明龙压低声音说："不得了，大文豪，在中央！"

那是1975年，林冠夫先生的确是在文化部的某个部门。

我生得也晚，在楠溪江下游一个巴掌大小的村庄，度过了十三个无忧的岁华。原本，与遥及百里的小源林山以及少年即负笈远游的冠夫先生，不可能有什么特别的交集。但是，一个偶然的机缘下我们相遇了。

二

大概是1980年一个草长莺飞的日子，我们班突然来了一个新同学，长发，面容清秀，戴着一副很夸张的大黑框眼镜，见什么都觉着新奇，不停地问这问那，一口纯正的京腔。那时候，高考临近，同学们几乎都在憋着气读书，教室里弥漫着山雨欲来的气氛。只有他一个人优哉游哉，一脸的无所谓，一脸的心不在焉。有同学悄悄告诉我说："北京来的，叫林晔，听说他父亲在文化部，大学问家。"

"谁啊？"我装作一副满不在乎的神态。

"好像叫林什么夫。"

"是不是叫林冠夫？"

"对，对，就是这个名字。"

"哦，我知道，林冠夫，写诗的。"

那同学似乎还想透露一点什么，或者想打探一点什么，我受不了他那副神神秘秘的模样，不耐烦地把他撵走了。

那时候，我正遇到一个问题，如何鉴别文章的优劣？我差不多问遍了学校的每一个语文老师，得到的回答几乎都不知所云。后来我又小心翼翼地请教了县里几位所谓的"大文人"，其中一位说，这是一个文学鉴赏问题，属于文艺理论的范畴，上大学中文系以后就知道了。

我很犹疑，我的老师大都出自杭大中文系、兰大中文系、华东师大中文系，他们怎么解释不清呢？

不过，林冠夫肯定知道。我想。

也许是一个十六岁少年无知的自负，或者出于一份莫名其妙的自卑，我硬是装出一副拒人于千里之外的姿态不与林晔接近。好几个星期过去，他与全班同学几乎都混熟了，而我还挺着，一脸的无所谓。

突然有一天下午的自修课，林晔向我走来。开始，我还以为他是来找我的同桌。直到他站到我的面前，乐呵呵地叫着我名字的时候，我才突然感到惊讶。我直愣愣地站起来，惊喜，感动，并且不知所措。

他说："我们出去走走吧。"

我马上同意了。

那天，在学校旁的田埂上，我们走了很久，坐了很久，我们的话题海阔天空……

他说："我第一个就注意你了，你语文老逃课，你的东西我也看过，仿写的那些四六骈文，挺好。"

唯独，我们没有谈起林冠夫。

我们马上变得十分亲密了，友谊像春草一样在我们心中漫无边际地生长，那是一个多么适宜于生长友谊的年龄啊。

不久，也就是高考之后，林晔就要返京了，就要回到他父亲身边。尽管我们心里都明白，我们很快会见面。我们还那么年轻，还有那么多富裕的时间，我们肯定会走到一起。但是，我还是在赠别的留言里，写下了江淹那句最著名的话：春草碧色，春水绿波，送君南浦，伤如之何！

未来怎么可能预料？实际上，当我们再次见面，已是八年之后，我都已经是一个男孩的父亲了。

1988年3月，我到中国社科院文学所进修。同是春天，北方的世界可见不到什么草长莺飞。乍到一个人地两疏的城市，寂寞而且孤单。我反复给他打电话。终于打通了，他却急急忙忙说："我马上要到陕西采访，没时间见面了，你快到我家，找林冠夫。"

我当然没有马上去，一个在我心目中如此尊敬并且素昧平生的长者，我岂敢冒昧，我诚惶诚恐。

三

我终于还是去了，但我已记不清与冠夫先生最初相见的情形了。

毕竟，都快二十年过去，或者原本就非常平淡。一次寻常的见面，能留下什么呢？

倒是他们的那个家，给我留下深刻印象：那么一个大教授，居住环境竟然那么简陋。书柜是旧的，书桌是旧的，藤椅看起来摇摇晃晃。

那时候，我在社科院文学所的主要课题是"近现代中国文艺思潮的转型与流变"，因此鲁迅自然成了我关注的重点。但那时我还仅仅停留在"启蒙者鲁迅与文学家鲁迅"的层面，我还没走进他的"于天上看见深渊"……

带着课题中的疑问，我再次拜访了冠夫先生。再也没有第一次见面时的拘谨、腼腆和陌生感了，就好像到了自己的家。

我谈道，在明暗之间，在绝望之后，面对"无物之阵"，《野草》时代的鲁迅为什么没有成为尼采、陀思妥耶夫斯基，没有成为伍尔芙、茨威格们，没有变成一个存在主义者，这很值得琢磨。这可能既与严酷的现实有关，更不排除千年赓续的文化统绪所滋养的东方情感——"创作，总根于爱""前面虽然是坟，但总还顾念身后的那些野百合、野蔷薇"，换言之，跟"天人合一"的精神有关。《朝花夕拾》里那些回忆乡情的文字，就是确证。而"女吊"与"无常"，包括"眉间尺"们，则表达了他与绝望抗争的决绝和凌厉。在超越了绝望之后，这位"骨头最硬的""没有丝毫奴颜和媚骨"的战士，以其匕首投枪般的杂文，对民族的精神死敌展开最深沉坚决的斗争——"一个都不宽恕"——从而完成了自己，完成了作为"民族魂"的根本使命而开辟了新文化的方向。正是在这个意义上，我认为，鲁迅的生命大于他的思想，鲁迅大于鲁迅文学……

先生不从事鲁迅研究，但他听了这番话，喟然叹道："也许先驱者的心都是相通的，曹雪芹不也有过同样的绝望吗？鲁迅评价《红楼梦》说，'悲凉之雾，遍被华林'，说得太好了，他是很懂曹雪芹的。"谈到这里，他眼睛一亮，好像突然发现了什么，说，"哎，你为什么不把鲁迅同曹雪芹连在一起考虑考虑？他们之间一定会有某种联系的。"

1989年4月23日，我把近两万字的《痴呆与疯狂——从贾宝玉到狂人》的论稿交给先生。当时，我只想得到先生真正的批评，还不敢去想这篇习作的出路。然而，1990年第2期的《红楼梦学刊》竟将如此稚嫩的文字发表了。我很吃惊，便打电话给先生，感谢的话竟一句都说不出来。先生却在那头哈哈笑着，说："还有500元稿费，聊备无米之炊。"天知道，我那时候的月薪才只有79元5角。

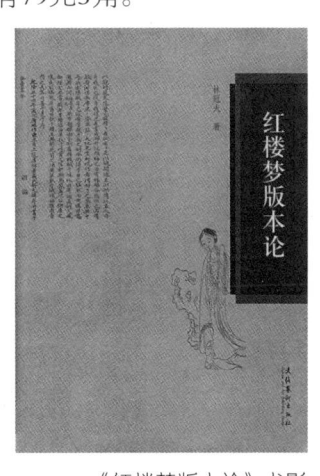

后来，在一些公众场合，先生多次提及：我与凡平，时隔十年，在同样的刊物，相同的位置，发表过同是关于贾宝玉思想的文字。我的《毁僧谤道与悬崖撒手》，放在《红楼梦学刊》第二篇，首篇是当时的文化部长茅盾；而摆在凡平前面的，则是王蒙部长……

《红楼梦版本论》书影

是的，我与先生，还有很多的相同之处。譬如，我们都是喝楠溪江水长大的，都是最小的独子，都有很多的姐姐和一个无忧的童年，后来的道路，也都经历坎坷。

但我只想对先生说：楠溪江的水是不同的，小源的清澈与下游判若泾渭，那是"濯我缨"与"濯我足"的不同啊！

四

师承是好的，它使学术得以赓续绵延。然而，更为难得的是，当有师承而无门户之见。

1992年，我到北京广播学院念书。两年时间，几乎所有的周末我都跑到先生那里。在似乎不经意的聊天中，先生把有关佛学知识特别是禅宗文化传授给我。有一次，谈到慧能，谈他的"不立文字"和"不能说破"，我忍不住了，就谈起了胡塞尔和海德格尔。先生说："这很像啊。"是的，我也觉得。但过了不久，先生递给我一本铃木大拙的《通往禅学之路》，说："还是不同，是猫与老虎的不同。同属猫科，可见了人，一个温驯媚态，一个则怒目金刚……"

先生在复旦十年，在朱东润和刘大杰的门下主攻六朝和唐宋文学。但他后来因何转向"红楼"，似乎不曾谈及。在那个史无前例的年代，整个中国文化界都噤若寒蝉。先生似乎说起过干校生活，在瑟瑟寒风中他们那一代知识分子的种种。他表达过对他人的同情，只是对于自己，片言未及。他以一个蔼然长者宽厚的微笑，将既往轻轻抹去。

有这样一则寓言，叫《梨树的遭遇》。说一个老头冬天砍门前梨枝为薪，年复一年，果实渐稀，老头懊悔不已，但到下个冬天断薪时又依然故我。最后作者写道：也许有人会责怪梨树，你为什么冬天不结果呢？

这篇寓言很著名，写在20世纪50年代。《梨树的遭遇》后来还成为一本寓言集的书名，被选入《中国新文学大系》，译成多种文字。但是你绝对想不到，这竟然是先生初中时的作品。

从另一个角度，这不也反映了先生的某种想法？哪怕冬天，也要结出累累硕果。

对于学术界的种种，先生其实显得特别无所谓。他曾以自嘲的口吻谈及自己，说自己是个迂阔中带疏狂的书生，有书可读，其他什么都不在乎。这当然是夫子自道。

先生曾与我说起这样一个故事：在他老家，有个人以捉鳖为生，且精于此道。但每天只捉一只，有人劝他："你为什么不多捉几只？"

"干吗？"

"多捉多赚钱啊！"

"赚钱干吗？"

"赚钱还不是好事，有钱才能过上好日子。"劝者显然生气了，"你看你，一个人，也没有老婆，没有孩子……"

"我这样的日子难道就不好吗？"

……

我和先生都是山里人。我们的家乡，地少，人多，且旱涝频仍，生计极为艰难。百姓因此现实趋利，讲求事功。但是，从这块土地上生长并像水一样流到外面、接受先进文明洗礼的人们，却往往富有超越感。他们如山一样，顽强地固守着自己的精神信念，自己的心灵家园。他们几乎都是很纯粹的读书人。苏步青是这样，夏鼐、夏承焘是这样，唐湜、林斤澜是这样……不只是林冠夫一个人，在他的前前后后，我可以列出一串很长的名字，这些文化精英在世俗生活中跃上了普通人不曾企及的境地，极目远眺，为人类的美好而凝眸。

冠夫先生常常说："我是一个堂吉诃德。我真的有点像那个同风车做决斗的过时了的骑士。"

一庭春雨瓢儿菜，满架秋风扁豆花。

前不久，他又回到家乡，一头的白发，语速缓慢，且酒量大不如前。是的，先生也已到了"随心所欲不逾矩"的年龄了，而我，远看近视，近看老花，似乎有情的一切都将老去。但是，楠溪江的水仍在流淌，以不知疲倦的脚步，经瓯江流到天边。

叶永烈："请到上海图书馆找我"

瞿冬生

叶永烈（1940—2020）

> 人生多彩。在这诸多的色彩之中，我最爱绿色。绿色平和、淡泊，清新、冷静。绿色不浮躁、不刺激，却又不灰黯，不忧伤。绿色催人向上。不论是江南萋萋春草，还是大兴安岭葱郁密林，都使我赏心悦目，精神振奋。
> ——摘自叶永烈2005年11月2日微博

叶永烈的一生是奇幻、多彩、绚烂、励志的。

小学作文不及格

一辈子靠写作名扬四海的叶永烈，小学第一张成绩单却有两个"不及格"："作文四十分，读书四十分"。

"三岁看大，七岁看老"，用在叶永烈身上就说不通了。作文不及格的叶永烈一旦燃起热情，"作文"比谁都厉害。

儿时的叶永烈与父亲在温州市区铁井栏自家门口

叶永烈的家离浙南日报社不远，每次经过报社门口，看到木制投稿箱，他总是好奇地多看几眼。当有人告诉他："只要把稿子投进箱子，如果写得好，报纸就会登出来的。"他心动了，"就觉得那只投稿箱在向我招手"。

有志不在年高，十一岁的叶永烈，悄悄写了首小诗，来到报社门口，踮起脚，把诗稿投进那只神秘的箱子里。没过几天，他收到了平生第一封信。信封上印着"浙南日报"四个红色大字。

叶永烈同学：

你的稿子收到了，已经读过，很好，我们要把它放在下一期报上（《人民生活》副刊）登出。登出以后，一定送一张当天的报纸给你，好不好？还有稿费。希望你以后多多写

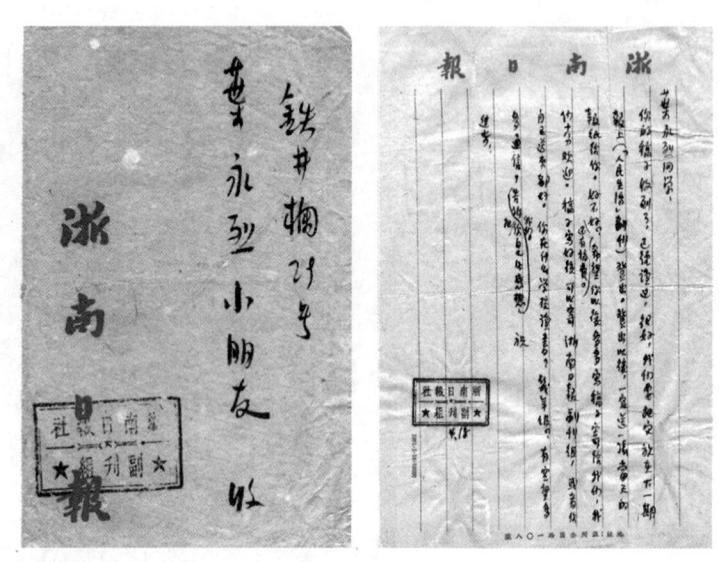

《浙南日报》(《温州日报》前身)副刊组给叶永烈的来信

稿子寄给我们,我们十分欢迎。稿子写好后可以寄《浙南日报》副刊组,或者你自己送来都好。你在什么学校读书?几年级?有空望多通信,把你自己的感想告诉我们。

  祝
进步!

浙南日报社副刊组
一九五一年四月十六日

  十来天之后,1951年4月28日,他放学刚回家,父亲便叫他:"阿烈,快来看报纸。"原来,他的那首短诗发表了。
  这首小诗,总共只有七十个字,却使他从普通的少先队员一下子成长为大队宣传委员,衣袖别上了三道红杠。从此,他负责编少先队队报、班级墙报,对写作产生了浓厚的兴趣,作文水平突飞猛进。

这首小诗，叶永烈一直视作"处女作"。后来，他加入中国作家协会时，入会表格上有一栏"何时开始发表作品"，他填写的正是"一九五一年四月二十八日"。

学习蜘蛛有恒心

小学教育是人生的基石。学校走廊上挂着蜘蛛织网的画，旁边木牌上写着"有恒为成功之本"。那时，叶永烈还不识"恒"字，自然不理解这句话的内涵。后来听了老师的解释，才明白这是鼓励学生要像蜘蛛一样有恒心——网破了就补，再破再补。

叶永烈说，这句话使他受益终身——十一岁发表作品，二十岁出书，出版一百三十多部著作，就是"恒"字使他不倦，"恒"字教他坚韧。

一个人的成长离不开家庭培养。叶永烈1940年8月30日出生于温州市区铁井栏。其父叶志超念过私塾，读过保定军官学校，离开军职回温后，任银行行长、瓯海医院院长等职。叶永烈常常似懂非懂地听他父亲给员工们讲《古文观止》。

叶志超时常叮嘱叶永烈："要紧的东西一定要收拾好。"叶永烈第一张照片是一周岁时拍的，背面写着"永烈周岁纪念""农.7.26"。叶永烈生日是农历七月二十七日，按温州人习惯，如果7月27日拍的话就多了一天。叶永烈小学到高中总共有三十九张成绩单，叶志超全部保存下来，可见其做事多么严谨细致。

叶永烈说自己遗传了父亲的细心。1979年2月25日，北京大华仪器厂一个工人给叶永烈写了满满两页纸的信，求教写作问题。叶永烈看出这个工人的才华，不仅回信鼓励，还把来信保留下来。这个工人就是后来的童话大王郑渊洁。叶永烈说："幸亏这封信保留下来，可以看到二十四岁的郑渊洁心里是怎么想的，也可以看出他成为作家不是偶然的。"

在写作中，叶永烈常用父亲传授的方法进行考证。早期《十万个为什么》化学分册出版后，有读者来信指出重水比率和其他书籍说法不一。叶永烈便去查阅苏联涅克拉索夫著《普通化学教程》、格林卡著《普通化学》、傅鹰著《大学普通化学》、苏勉曾编译《系统无机化学》等著作，发现数据各不相同，有的差好多倍。他写信请教中国著名重水专家、北京大学化学系主任张青莲院士。院士给出了权威数据：一百吨天然水有十七公斤重水。叶永烈便把这个数字写进书里，一直用到现在。

叶永烈做了爷爷后，告诉孙女："拍的照片存入电脑，每个文件夹要写好内容、什么年份拍的，特别重要的应该用标题加以说明，这样才能保存好。"

"为什么"一举成名

一心一意要当记者的叶永烈，为确保能上北大，无奈选择了化学系。求学期间，他身在曹营心在汉，一有空就往图书馆跑，独自沉浸在文学世界。他不仅拥有理工男的严谨思维，还有文学青年的想象细胞。

叶永烈参与创作《十万个为什么》，源于科普作品《碳的一家》。在他把书稿寄往上海的时候，上海少年儿童出版社正着手编辑《十万个为什么》。编辑曹燕芳女士正是《碳的一家》的责编。当时她请了上海很多中学老师写化学分册，因为写得像教科书，不满意。她发现叶永烈是念化学的，而且文笔非常好，就把"为什么"寄给他。

叶永烈不知道人家已经写过了，五十个写好一批寄过去。有时还多写了些"为什么"。由于他写得生动有趣，曹燕芳十分欣赏，索性就把别人的稿子退掉了。化学分册共一百七十三篇，叶永烈写了一百六十三篇。

1987年春节前夕,叶永烈(右一)特地到苍南县龙港镇拜谢杨奔(右二)

之后,叶永烈又写了天文分册、气象分册,还写了农业、生理卫生。《十万个为什么》第一版共五册,九百多个"为什么",叶永烈写了三百多个,占三分之一。《十万个为什么》第一版印了五百万册。他是最年轻、写得最多的一个作者。这套书让他一举成名。

要知道叶永烈当时还是个大学生,读书也很忙啊,他戏称自己是"学余创作"。

人生精彩"三部曲"

有人从叶永烈身上得出结论:温州人的精明不但表现在经商上,也表现在方方面面,叶永烈不但是高产作家,也是高智商、高情商的作家。纵观叶永烈写作生涯,大体可分"三部曲":

第一部:科普写作。十八岁发表科学小品,出版《碳的一家》。

二十岁成为《十万个为什么》主要作者，二十一岁完成《小灵通漫游未来》。1979年被文化部、中国科协授予"全国先进科普工作者"称号。1976年发表科幻小说《石油蛋白》。1981年导演电影《红绿灯下》获第三届电影百花奖最佳科教片奖。2017年出版《叶永烈科普全集》，二十八卷，一千四百万字。

第二部：纪实述作。1983年之后，叶永烈转向纪实文学创作。他说："上海的各个时代基本都有作家写，唯独缺了党的诞生和'文革'时期这两部分，我想填补这两个空白。"于是，有了《红色的起点》《历史选择了毛泽东》等。纪实文学作品共一千五百万字，加上旅行文学《叶永烈看世界》二十一本，五百万字。2005年10月，叶永烈荣获中国首届"优秀传记文学作家奖"。

第三部：小说创作。2015年开始，叶永烈投入长篇都市小说创作，三年完成"上海三部曲"——《东方华尔街》《海峡柔情》《邂逅美丽》，每部四十五万字，共一百三十五万字。《东方华尔街》写的是上海与美国的故事，《海峡柔情》是上海、台北双城记，而《邂逅美丽》则是上海、温州双城记。这三部长篇小说，并无故事上的联系，而是从不同角度反映不同历史时期的上海。《邂逅美丽》是上海作家协会重点扶持的创作项目，于2018年4月出版。

请到图书馆找我

叶永烈从20世纪50年代末离开温州后，一直客居他乡。但是，他对故乡一往情深，但凡有新作问世，第一时间想到家乡读者，优先提供《温州日报》刊发报道。温州对他来说，不仅是桑梓之地，还是灵感之源，他从20世纪80年代写温州模式开始，一直到"把籀园写进长篇小说"……

叶永烈是个讲义气的温州人。成名后，他无论在哪里讲述人生经

叶永烈先生在温州日报报业集团城市书房为报史馆题字

历，必提《浙南日报》，必说那首小诗，"我的一切都是从这块'豆腐干'开始的"。1983年，他特地复印了那封信，委托来上海采访的《浙南日报》记者许岳云帮忙查找。复印信件带回报社，副总编辑林白一眼认出笔迹："这是杨奔写的。"此时，杨奔已离开报社。得到报社提供的地址，叶永烈立马给杨奔致信表达感激之情。1987年春节前夕，叶永烈特地到苍南县龙港镇拜谢杨奔。杨奔去世后，他写下饱含深情的挽联："亲手扶我踏上文学路，甘露润苗永记启蒙情。"2015年3月，叶永烈将当年的那封来信收入《历史的绝笔——名人书信背后的故事》一书。

叶永烈是个顽皮的幸运儿。三岁那年，他爬上方凳抓灶台上的荸荠吃，不小心摔下来，满口是血。其父急忙叫来黄包车，送到白累德医院（市中心医院前身）院长、英国医生斯德福寓中。斯德福清理掉其口中荸荠，发现舌头左侧中部被牙齿咬断，便用木棒将嘴撑开，缝了三针。大夫说，这孩子将来是否能正常讲话，难以预料。他父母听了十分担心。所幸并无大碍，叶永烈长大后口齿依然清楚，就是舌头上留下了一道疤痕。

叶永烈是位神奇的预言家。他二十一岁预言的未来世界生活，逐渐实现……2006年，《小灵通漫游未来》最新版本发售，开篇文章《预言家的愉悦》把书中所写与已经实现的科技发明做了对比，共有二十多项。叶永烈相信，最终那个让无数中国儿童大感兴趣的未来世界，将会全部实现。

叶永烈是位无私的作家。在近七十年的写作生涯中，他理性地建立完善的创作档案。各种文稿、书信、照片、采访录音、名人书信、笔记等均分类保存，共计四十箱，都捐赠给了上海图书馆，成为"叶永烈专藏"。其中光录音磁带就有一千一百三十五盘，现已数码化。叶永烈曾笑言："在我故世之后，在墓碑上可以书写：请到上海图书馆找我！"

如今，一语成谶，我们真的只能去图书馆找他了。2020年5月15日9时30分，叶永烈永远离开了我们，独自去漫游心心念念的未来世界。他曾说："把你的生命，融进你的事业之中。事业的丰碑，就是你'凝固'的生命。"诚如斯言，他的生命已然凝固在三千五百万字的作品里。

叶永烈走了，中国人是不会忘记的，因为亿万少年是在他对未来的多彩幻想中成长的。他不仅带来了科幻的火种，而且填充和丰富了真实的时代画卷。

下篇 温州文学记忆

当年温州笔会

吴树乔

温州作为一个地级市，却走出了一大群在当下中国有较大影响的作家，进而形成了"文学的温州现象"，这在全国是不多见的。这和当年温州有一家在全国颇有影响的文学期刊《文学青年》（1981年创刊）有着密切的联系。没有刊物，就无从举行笔会，知名作家便不会在温州聚集，温州就不会有那么浓厚的文学氛围。

一

我第一次参加文学笔会，是温州市文化局组织在洞头举行的"文学作品加工班"，时间是1981年5月30日。我一向没有写日记的习惯，之所以记得这个日期，是因为我们在码头登船时，听到了广播里传来宋庆龄于昨晚八点逝世的消息，所以，这个日子就有了一个历史事件来标记。不称笔会而叫加工班，似不雅，但却更直截了当些，就是要带着作品去，把半成品加工成成品，有做活计的味道。那时温州市文联还没有恢复，文化局就兼着部分文联的社会职能。那次笔会时长半个月，指导老师有何琼玮、渠川、沈沉、张文兵、吴明华、张执任诸位先生，与会作者只有十几位，吃住都在洞头县政府招待所。现在回想起来，文化局应该是花了不少钱。现如今，这么长时间专门改稿的笔会都没有了。那些天除了讨论稿子，就是关在房间里改稿。那时还没有电脑，在稿纸上涂改得有时连自己都认不出来，这又得重新抄一遍，非常花时间。这期间还发生过作者晕倒在厕所里的事情，都是熬夜过度所致。现在回想，当时的文学青年们真是执着。此后的一段时间里，温州文学创作的主要力量，就是这次笔会的班底。

　　1983年2月25日至3月3日，浙江省青年文学创作会议在杭州举行，在我看来，那也是一次笔会。从温州到杭州，坐长途汽车，要一整天的时间。我不记得温州地区总共有多少位与会者，但鹿城有刘鲁娃、吴琪捷（王手）、杨爱国、王倩倩和我，瑞安胡小远，平阳陈革新，文成邢建文，泰顺林长产和张黎华。永嘉、乐清和洞头是谁去的呢？不知道了。那次会议邀请了许多作家和文学期刊的编辑，来给大家讲座，同时也提供了一次青年作家之间互相交流、切磋的机会。那时杭州的李杭育、徐孝鱼、谢鲁渤、曹布拉，金华的叶林，丽水的吴广宏，台州的郑九禅等青年作家的实力都强于温州，张抗抗、张廷竹更是如日中天，早已是明星一般。我觉得那次会议，对温州日后的文学创作，产生了深远的影响。我想，一座城市，营造一种浓厚的文学创作氛围，对于作家的成长是非常重要的。温州这批五〇后的作家，从此以后开始有文学作品在全国各地的文学期刊上陆续发表。20世纪80年代中后期，鲁娃的报告文学，在全国已经有了一定的知名度，吴琪捷的"高盈里"系列小说，也引起了文学界的关注。

二

　　1983年10月底，温州市文联文学青年杂志社筹办笔会，邀请了林

1984年5月，应邀来温的青年作家和《文学青年》函授创作中心学员代表合影

斤澜、高晓声来温州讲座。林先生是温州人，就当是回一趟老家，而高先生以前没来过温州。那时温州不通铁路，也没有飞机，从江苏到温州，得转好几次车。因此，编辑部指派我去把高晓声先生接到温州来。那会儿，高先生在太湖边上，无锡胶片厂旁边的一家宾馆里写作。之前已经通了电话，到了宾馆，高先生已经在大堂等我。那年，他五十五岁，可是看上去有点显老，也许早几年在农村劳动，受了太多的苦。我本想先登记住下，可是他拎起我的包，拉我到一旁耳告："不用花钱了，我里面的套间空着，我们一起住算了。"当晚又一起喝了绍兴老酒，两人都喝得晕乎乎的，话也多起来，高先生说了许多他在农村讨生活的事情，说他那时种猴头菌如何如何。躺在宾馆的床上，我们又闲扯了一些温州以及武进、常州的风俗民情。他问我：林

斤澜先生什么时候到温州，我说林先生已经在温州了。那时我已经知道林斤澜、高晓声二位先生是多年的老友。我原本打算早点回温州，可是高晓声先生说他约好了常州的牙医，要先回去补牙，不然怎么对付温州的山珍海味？第二天无锡作家薛尔康兄送来两张去常州的火车票。等高先生补牙，我在常州桃园新村高先生家里住了两天，刚好高先生的老父亲去了乡下亲戚家，空出一张床来正好给我睡。

记得我们是乘夜班轮船去杭州的，高先生特意买了五盒无锡特产肉骨头，途中无事就喝酒，喝得高兴了就说自己在乡下劳作，挑百十斤的担子赶路，气都不喘。可是我看着他一边高一边低的肩膀，不知道他是不是吹牛。我们这样神侃，惹得旁边一位女人问高先生：你是做什么工作的？高先生随口说：写书的。那女人就笑。我知道她以为高先生在说笑话，就说：这位是高晓声老师。那女人感到非常吃惊："不会吧，您就是高晓声啊？"那时候高晓声的小说正如日中天，在全国已经相当有名，谁还不知道陈奂生呢？当年的文学和作家离老百姓更近一些，不像现在，文学都在圈内行走，读文学作品的也就是写作文学作品的那几个人。在温州期间，文联租了华侨饭店的轿车接送高先生。我陪他去游览江心屿，开车的司机路上碰到熟人就停下车来，大拇指朝后面一指：车上是高晓声。

彼时，《文学青年》已经办起了函授创作中心，招收了大量的学员。那个年代，文学仿佛是崇高的时尚，学习文学创作成了年轻人追求的业余生活。邀请著名作家和全国各地的优秀学员到温州的雪山宾馆来参加笔会，也是为了扩大影响。文学青年们有幸亲晤大作家并聆听讲座，无不为之雀跃。

三

1984年5月举行的笔会，地点依旧是在温州雪山宾馆。参加这次笔会的人数比较多，邀请到的全国著名的青年作家就有二十来位。有铁凝、范小青、李杭育、李龙云、楚良、傅天琳、李海英、雁宁、黄放等人，加上函授学员和工作人员，总共七十余人，算是比较大型的笔会了。

现在许多人都不知道李龙云了，可是他来温州的时候，已经是南京大学硕士毕业，那时研究生还是凤毛麟角，稀罕至极。他创作的五幕话剧《小井胡同》在北京人艺演出，反响极大；话剧《荒原与人》获得建国四十周年特别荣誉奖、曹禺戏剧文学奖；话剧《正红旗下》获得建国五十周年创作一等奖；《万家灯火》接着也获大奖，是一位非常有才华的剧作家。可是，他于2012年去世，年龄并不大，令人扼腕。

湖北作家楚良，因获1983年短篇小说奖的《抢劫即将发生》以及《玛丽娜一世》而闻名文坛。他来到温州的时候，那个奖还是滚烫的。在这次笔会上他认识了一位杭州的女学员，立刻就擦出了火花，后来他俩就一起过日子了，楚良也来到杭州工作，这也算是笔会的额外收获。当年我领受了联系楚良的任务，辗转写信才找到他，并邀请他来温州。但是，笔会之后我们便再无任何联系。

其他的作家有些根本不用介绍，因为太有名了，比如江苏省作协主席范小青，她这样的高产作家，随便拿本文学期刊，很容易找到她的名字。又比如李杭育这样的实力派作家，他创作的那些经典小说，几十年过去了，现在读还是觉得好。也有些作家现在已经淡出人们的视线。

那几天和铁凝聊得比较多，一是因为我们都是1957年出生的，她比我大两个月。再就是她的中篇小说《没有纽扣的红衬衫》红遍了整个文坛，全都是赞誉。可是我对她说，我还是喜欢她的《哦，香雪》，她就一遍遍地追问我：为什么？我想，那就是每个人对小说的解读和喜好的差别吗？她恐怕是不能理解我为什么和别人的看法不一致。那年我们都只有27岁。铁凝没等笔会结束，中途就离开温州去赶别的活动了。她是一大早和大家道别的,我一直送她到宾馆的交通车上,车开动的时候,她大声说:到保定一定要找我。我再次见到铁凝,已经是2009年4月,在北京八宝山,林斤澜先生的追悼会上。那天,她作为中国作协主席来送别林先生。她走过我身边,突然停下脚步,回过头来看着我。她可能觉着有点面熟,一时又想不起来。我朝她笑笑,她就匆匆走过去了。

　　一个地方的文学创作以及作家的成长,是有传承的特性的,如果温州没有《文学青年》,没有当年的那一次次笔会;如果温州没有林斤澜、唐湜、洪禹平等前辈作家的引路,情况可能会跟现在大不一样。温州的小说家几乎都和林斤澜先生有关系,温州的诗人又都绕不开唐湜先生,这实在是温州作家之幸,温州文学之幸。

全国作代会上的温州风

刘文起

1976年后，我在乐清县文化局、县文联五年，在温州市文联十年。这十五年中，我经历了温州文学的许多重大事件，见证了温州文学的一段辉煌历史，许多往事历历在目，难以遗忘。

最难忘的，是我当选了一届全国文代会代表，三届全国作代会代表，参加了一次全国文代会和两次全国作代会（第三次因病缺席）。每次都深切地感受到全国文代会、作代会上浓浓的温州风。

一

1996年12月召开的第六次全国文代会，我是以温州市文联主席的身份当选文代会代表参会的。同时召开的全国作代会，温州没有代表。我是全国作协会员，就两个会议串着跑。我们下榻的五洲大酒店，曾经是接待亚运会各国体育代表团团长和外交官的地方，现在住着文代会、作代会两会近三千位代表。大酒店的旁边就是亚运村，代表们有空就到亚运村参观。那几天，在酒店里、在亚运村里，进出的都是参会代表。这些作家、艺术家代表里，有到过温州的、有到温州被我接待过的，一碰见就非常热情，连声说："温州人，温州人，好！"没到过温州的，听说我是温州人，也说："温州人，温州人，好！"那时候，温州的经济模式全国很出名，很多人是冲着这个说的。当然，曾经的温州文联主办的《文学青年》杂志和函授也很出名，许多作家如铁凝、余华等都是《文学青年》的顾问，有的作家还是《文学青年》函授的学员。这些人碰面更是亲切，问某某老师好吗，某某作家怎样了等，像久别重逢的亲人。大会开幕前，许多人找著名作家、著名艺术家合影。碰到最著名的，如王蒙，如李默然，如张瑞芳，都要排队。这时候我说我是温州人，这些名家都会说："哦，温州人？温州人先来！"有一次进电梯，里面已站满人，我见赵本山站在电梯里按电钮，就要进入。里头人说："满了满了！"赵本山正要关电梯门，听见有人说："文起啊，温州人，温州人！"赵本山就说："温州人啊，进来进来。"我进来后，电梯就关门上行了。有人就问赵本山："刚才你那电梯怎么就是关不了门呢？"赵本山笑笑说："那是我一直按着开门的键哪！现在不是温州人来了吗？我的手一放，人不就满了吗？"原来是赵本山在演小品哪！大家听了哈哈大笑，也笑得我心里暖暖的，为温州高兴。

12月20日晚，是两会代表的联欢会。人民大会堂宴会厅摆着一圈一圈的桌子，全国文代会和作代会的代表以省为单位分坐各桌。我的一桌，有著名演员茅威涛、省摄影家协会主席徐邦、嘉兴市文联主席王福基、丽水文联主席吴品禾等。当大会主席团主席高占祥宣布中央领导要来接见大家并参加联欢会时，大家既高兴又都紧张起来。茅威涛带真带假地说："我不紧张、我不紧张，我要求吸氧！"徐邦紧张地把胶片在照相机里装来装去；吴品禾因相机被上海代表借去至今未还而急得跳脚；我也为太听话、进门前按规定上交照相机而后悔……

那晚的节目丰富多彩，有粤剧名家红线女演唱的《花城之春》，

1996年12月15日，刘文起参加第六届全国文代会，摄于会场

才旦卓玛演唱的《太阳和月亮是一对姐妹》，彭丽媛、马玉涛演唱的《打靶归来》，李红梅等人的梅、尚、程、荀四大名旦唱腔……节目间歇，徐邦说："老刘啊，你们温州的民歌《对鸟》不是很出名吗？唱来听听。"我说《对鸟》是我们乐清的民歌，我唱最正宗，便用乐清话唱了段《对鸟》。歌声一落，同桌和旁边几桌的代表们都热烈鼓掌。我为《对鸟》所引起的温州风而暗自得意。

二

再过五年的2001年，我已调《温州晚报》当总编了，但还是以浙江省作协副主席的身份当选全国作代会代表赴京开会。

这次会议上，我认识的作家更多了，因为许多作家都来过温州。因此大会开幕前，不是我找人家拍照合影，而是别人看到我就要和我拍照合影了。比如林斤澜看到我，说："温州人，老乡，我们拍张照！"比如大评论家雷达看到我，说："和文起这个温州人拍张照，是必要的。"比如刘心武、邵燕祥、从维熙、郑万隆等，凡是来过温州与温州文学界见过面的，见了我都会说："多少年没见了，温州人，来，拍张照！"这时候的温州人，不光是温州的私营经济出名，温州的作家也出名了，比如王手、钟求是、马叙、东君、哲贵、吴玄、程绍国、池凌云等，全国都有知名度。

第二次参加全国作代会是五年后的2006年，同为代表的，温州还有王手。这次作代会，许多我熟悉的老作家都去世了，如汪曾祺。连林斤澜、雷达也都垂垂老矣。与许多熟悉的作家碰面，也拍照合影。但说起温州，好像是遥远的事了，有的只是感慨和唏嘘。此时的温州文坛，却正是生机勃勃，新人辈出，屡屡在全国获奖。如东君、王手、求是、哲贵获小说奖，马叙、程绍国获散文奖，池凌云获诗歌奖……与一些青年作家闲聊，一聊就是一个专题。

一次饭桌上，宁波作家赵柏田问我："你与王手、钟求是、马叙他们熟吗？"

赵柏田的散文很有名，平时有点傲气，以为他、王手、钟求是、马叙等人是纯净的作家，而我呢，因为当过温州文联主席，又是报社的总编，大概只是个不懂业务不会写作的人。这次的问话中，就藏着看不起我的意思。

我听懂他的话，就说："熟不熟别说，他们三位都是我调来的。马叙从工厂调到雁荡文化站，王手和钟求是是从工厂和安全局调到温州市文联的。"

赵柏田一听，马上起立敬我酒说："谢谢谢谢！他们都是我好朋友，我替他们谢谢你！"

2011年那次的全国作代会，我虽已退二线，却还是代表，本要第四次去北京开会的。但因生病出院后不久，省作协劝我别去。所以，对这次全国作代会，我只有别人带回给我的代表证和纪念品，没有值得回忆的故事，遗憾啊！

现在想想，一个作家、艺术家，一生中能当过一次全国文代会代表、三次全国作代会代表的人多吗？不多。而我当了。这是我的幸运，也是我的光荣。但这都是温州和温州文学赐予我的。没有温州文学七十年的繁荣，我能代表温州去开会并能在大会上屡屡吹起温州风吗？

不能。

我感谢温州，感谢温州文学七十年！

二十多年前的瑞安儿童文学

翁德汉

20世纪90年代，我在瑞安师范学校读书时，成绩不显，却喜欢文学，经常跑到时任瑞安市文联主席的张鹤鸣老师办公室，拿回一大沓我这个穷学生买不起的书和杂志。我的第一首诗歌，就是在瑞安文联的《玉海》杂志上刊发，如今还记得诗题为《黑夜抒情》。当时瑞安文艺界举行大型活动，我都跑去凑热闹，张老师都会帮忙留票。记得那一次，著名歌唱家姜嘉锵回瑞安演出，在一票难求的情况下，张老师早早地把留给我的票放在抽屉的角落里。

一

1995年上半年，有一次我去文联，张鹤鸣老师让我过一段时间再过去一趟。后来我才知道，原来瑞安文联正在筹备成立儿童文学学会，张老师让我过去，是为吸收我成为创始会员。是年暑期，我正参加新教师培训，请假去开儿童文学成立大会时，不苟言笑的教师培训机构负责人说："想不到你还是个人才。"

1997年夏天，瑞安儿童文学学会会员在刚建不久的仙岩风景区自清亭前合影，第二排左四是金江老师

记得这次成立大会，是在瑞安市桐溪风景区举行的，我们还进行了采风。当时，一长者告诉我，在椅子上安静坐着的满头白发的老人，是《小马过河》的作者彭文席。我很惊讶，更不知所措，犹豫于该叫老师，还是爷爷。出生于1925年的彭文席那年足足七十岁，而我，虚岁二十。

彭文席老师身材高大，苹果样的脸瞬间让人有亲切感。在我珍藏的相册里，他从不倚老卖老坐中间位置，但总会使人第一眼就注意上。在儿童文学创作讨论会上，他也从不讲大道理，也不会说自己当年怎么样，只是轻声细语地为年轻人提出创作建议。

其实，彭文席的一生，并不平静。传遍全世界的《小马过河》过得并不顺利，曾经在"河"里挣扎了二十几年而找不到诞生她的母亲。

《小马过河》发表在1955年11月的《中国儿童报》前身《新少年报》上，后来该报还开展写《小马过河》读后感的全国小学生征文比赛。从1957年被入选北京市所编的小学语文教材后，《小马过河》一直被选入全国各地的教材。撰写《小马过河》的彭文席从1957年政治运动开始，因为亲戚在台湾而被列为"政治不可靠"，辞退回乡，当不成教师了……"1979年，国家八部委联合举办第二次全国少年儿童文艺创作评奖活动，此前第一次是在1954年举行。上海《新少年报》将《小马过河》推荐上报，获得一等奖。然而，组委会找不到这件作品的作者，要求推荐单位将作者找到。极端负责的编辑到过上海外国语大学寻找，因为有人看过《小马过河》的英文版，怀疑是篇译文，后否定无果。又写信到瑞安县文化部门询问，又是查无此人，最后从发黄了的稿费汇款单上发现了'瑞安周苌小学徐立夫代领'，才找到了我。1980年5月30日，我到北京人民大会堂参加了颁奖大会，从中央领导手中接过了获奖证书。"晚年的彭文席接受记者采访时这样说。被找到时，他已经当爷爷了，正在田头干农活。被特批重新招工，再一次站在讲台上，他已经五十多岁了。退休后，他不辞辛劳地担任了影响一代瑞安人的儿童刊物《小花朵》的主编。我在师范读书时曾向《小花朵》投过稿，结果被很正式地退稿了。

二

瑞安市儿童文学学会成立后，经常开展活动，1997年夏天，在仙岩风景区进行第二次采风。这一次，金江老师来了。据说是金江老师当会长的温州市儿童文学学会和瑞安市儿童文学学会一起开展活动，因为温州协会口袋里无银，而瑞安协会有企业家赞助和有关部门支持，所以上级的来蹭下级的活动了。这其中还有一个原因是，瑞安市儿童文学学会负责人张鹤鸣是金江的学生。其实，金江不但是张鹤鸣高中时的语文老师兼班主任，还是张鹤鸣的寓言领路人。在金江被错误地戴上了"右派"的帽子时，张鹤鸣去书店尽可能多地买了即将被封存的金江寓言作品。金江在八十几岁高龄时回忆起这段往事还激动地写道："鹤鸣也曾激励着我。记得1958年，我被错划为'右派'分子，许多人对我另眼看待，他却是另一种态度。就在我蒙难不久，他从新华书店回校，路上碰到我，热情地喊我'金老师'，并告诉我他手里拿的十几本书全是我写的寓言作品，是他从自己的伙食费省扣出来的钱特地买的。当时的情景，使我感动得掉下眼泪。师生的相互激励，会有多大的力量啊！"我想这也是文坛的一段佳话吧。

金江老师体型比较高大，是一个敦厚、和蔼的长者。他笑呵呵的样子，大概是教师出身的原因，说话声音响亮，一下子吸引了我们的注意力。我们几个小年轻和他聊天时，他不会有任何不耐烦，跟我们讲寓言的一些典故和事情。其实，早在1992年，中国寓言文学研究会和浙江省作家协会联合在温州举行"金江寓言研讨会"，一致肯定他对我国寓言文学事业所做的重大贡献，称他为"中国当代寓言开篇人"。但是他没有任何"开篇人"的"霸气"。后来我们在自清亭前合影，他也不是站在最中间的，如邻家大爷般随意站在右侧。

学会第三次采风活动，是在乐清中雁荡山风景区，我们乘着大缆车从山上下来，结果停住了，大家都吊在半空。缆车里年轻人不少，尤其是一些初次乘缆车的人吓得变了脸色，恐慌情绪弥漫。这时候，金江老师开口了："来，我们一起唱首歌。"他领唱，我们大家一起唱了起来，两三首过后，缆车动了……

三

每一次活动时，学会组织大家利用晚上时间进行研讨，氛围亦非常宽松而浓厚，宽松是指大家可以随意提意见，浓厚是指相互之间可以争论。有一篇寓言写"蝤蛑太高调骄傲了，结果被蝤蛑虎吃掉了"。我当场提出意见，说蝤蛑虎真能吃掉蝤蛑吗？如果没有这个自然现象，这寓言就成为笑话了。于是大家热烈地讨论起来，说虽然民间有这个说法，但一定要察看实际情况。这过程中，没有人指责我乱说话。原来，这篇寓言居然是张鹤鸣老师写的，我不好意思极了。张老师事后说我讲得很对，应该以实事求是的精神来写寓言。此后，张老师又特地去了解了螳蜋虎吃螳蜋的细节，写在寓言里，有如正在发生："螳蜋虎不动声色，就地打滚，身子不停旋转，只听'咔嚓'一声，螳蜋折断了一只大螯。"

金江老师和张鹤鸣老师在20世纪80年代末和90年代初重续师生情缘。1989年，张鹤鸣老师调到文联，也就是从这个时候起，他开始了儿童文学创作，取得了很大的成就，也培养了不少儿童文学作家。在张鹤鸣老师所出版的五十多部著作里，大部分是寓言集，如《刚长腿的小蝌蚪》《醉井》《喉蛙公主》等。《人民日报》《人民日报》（海外版）《光明日报》《文艺报》《戏剧报》等报刊为他的作品发表过评论文章。

2009年5月27日，彭文席老师去世，享年八十五岁。2014年2月24日，金江老师去世，享年九十二岁。张鹤鸣老师如今依然为儿童文学创作做贡献，设立了"张鹤鸣戏剧寓言奖"。瑞安市儿童文学学会，已经走过了二十多年光阴……

温州文学，让我不再是异乡人

苏 敏

如果说，文学有一个圈子的话，在温州的文学圈子里，我最早认识的该是施立松了。这么多年来，我一直喊她松哥。从最早的QQ，到后来的微信，再到为数不多的几次见面，我就"松哥松哥"这样叫着，就这样将一个有一些高大的美女作家硬生生地喊成了一哥们儿。不过，若真是喊她施老师、施主席，或者施秘书什么的，我想可能一定会不自在。

与松哥是在洞头组织的一次诗歌征文比赛中认识的。瞎写许多年的我，总想找个机会获个奖，好被别人认识认识。投了几首诗歌过去，并加上了松哥的QQ。这才想起我和松哥都参加过2013年的"最美温州人"歌词大赛，她写的是《红日亭之歌》，我写了一首《你是我心中的最美》。松哥列十佳歌词第一，我列第二。

一

如果要说温州的文学记忆，我不知道是否可以将"洞头海上花

作者（右后第一位）参加文学采风活动合影

园"小众笔会算进去。前后算起来，这样的笔会已经组织三次了。我参加的是第一次。记得我在那次笔会后，写了一组人物素描短章。这一组人物里，最后一个写的就是松哥。现摘录一段如下：

　　曲终人散，我的眼里快要泛出泪光。我俩把所有的人送走后，顶着洞头的烈日，从民宿的渔家往车站走，一路都没有遇上车子。我想，这大概是上天的故意安排吧。在洞头的两天时间里，真正和松哥单独在一起，也就是我临回温州与松哥一起等车的这段时光。现在想想，那段去往车站的路太短了，短得走走就到了目的地，就结束了这次短暂而美好的相聚时光。

　　那一年，我在乐清一家公司上班。那时，我曾给《乐清日报》投过几篇散文。我的手机相册里，至今还保存着发表文字的报纸照片。只是这些年不断换地方，样报早就被我弄丢了。

　　2014年的高考作文题是《门与路》，我心血来潮，涂鸦了一篇，写完后投给了《温州日报》。没想到第二天就收到编辑黄老师的电话。黄老师在电话里说，苏敏啊，你这篇稿子，我们决定要用了。另外，文中写到的事情，可是真实的？我接到电话的那一刹，有一种被幸福电晕的感觉。说实话，那时候我发表的作品其实还很少，尤其是作为一个外地人的文字，能够登上温州的报纸，这着实令我激动与兴奋不已，也令我家乡许多的同事引以为豪。只不过，网络如此发达便捷，我至今一直没能联系上黄老师。

每一次的发表，或者获奖，都给了我不小的鼓舞。写作其实是一件寂寞而孤独的事情，是一场场个人与世俗的战争。在某种意义上，我的写作可能更多的是一种倾诉，乡思之愁、寂寞之苦。在外这么多年，我绝大部分的周末是在这样自我安慰与疗伤的文字中度过的。也许，没有野心的写作，让我的文字变得更加纯粹一些吧。在接下来的几年里，我写下了大量与漂泊、羁旅、职场有关的文字，先后累计在省部级刊物发表近三十万字。如果说我的文字有那么一些不同的地方，那就是我的文字可能写出了成千上万个外出务工者的生活与心绪——因为我就是这其中的一员。

二

我是在2019年以三级跳的方式，近乎火箭般的速度，加入乐清、温州和浙江省作家协会的。乐清市作家协会主席李振南老师至今还未曾谋面。我的入会资料是交给乐清市作家协会秘书长陈伊丽的，她在乐清市人民医院上班。那天我去她办公室，将一个电子文档交给她，她大汗淋漓地将其一张张打印出来，然后再整理成册。后来，因工作变动，我要离开乐清，伊丽跟我表示过惋惜。就在前不久，她还给我张罗过工作的事情。有时候想想，文字不仅给了我许多的荣誉，给了我很多的鼓舞与信心，还让我交到了一帮不带任何功利的朋友。这些友人，从不嫌弃我是一个外地人，更不嫌弃我是一个放荡不羁的人。

对于温州文学的记忆，我实在说不出太多的故事。这与我的经历有一定的关系，尽管我在温州有十来年的时间，但我更主要的身份其实还是一名外来务工者。我真正与文学有关的时间，其实并不多。

2014年11月4日，在松哥的帮助下，我搞到了一张门票。一大早，我从乐清坐车赶到温州大学图书馆，参加第二届"林斤澜短篇小说奖"获奖作家论坛。论坛邀请了范小青、金仁顺、薛忆沩、晓苏四位获奖者以及施战军、徐则臣、邱华栋等一批文坛"大腕"（因为俗事缠身，这些年错过了一些来温州的大腕，比如莫言、周晓枫）。我当时好不容易找了个机会发言提问。素来不紧张的我，那次却变得结结巴巴起来。我说，刚才各位作家都在说要有追求，要有信念，要有理想，要多阅读，这让我受益匪浅。可是，身边的实际情况就是没人阅读，即使有人阅读也都是读些网络小说。针对这样的现状，那么作为我们的作家们，应该为此做些什么呢？说实话，当时台上的几位作家并没有给出较为满意的答案。其实，这个问题一直也在困扰着许多写作者。记得在洞头的小众笔会上，时任《名作欣赏》副主编张勇耀女士让我发言，我就说到作家如何真正地深入生活，让自己的写作变得接地气，就不愁读者的问题了。不过，我还是乐观地估计了这件事情。今天看来，纵使作家写得再接地气，文字总还是玩不过抖音，玩不过电游的。

温州文学的发展似乎远不能与引以为豪的经济相提并论。但我知道，在温州却有一批作家，在身边几乎全是老板的情况下，依然甘守清贫寂寞，坚持埋头写作，书写出一片属于自己的天地来。这些作家中，我认识的有马叙、王手、哲贵、程绍国、慕白等前辈，以及没见过面的东君。与马叙老师微信上认识多年，真正见面是在他的"一撮毛"画展上。那天我专程赶去温州，在展会上又刚好遇着哲贵。与王手老师见过两次，一次是在第二届"林斤澜短篇小说奖"获奖作家论坛上，另一次是在2019年的第二届温州文学未来之星的颁奖仪式上。我与程绍国、慕白也是在这次颁奖仪式上认识的。

三

"相对于其他作家而言，苏敏经历特殊，他曾身患绝症（白血病），又奇迹般重生，而后为偿还因医治欠下的巨额债务四处打工。人生经历写进文学，作品也有着底层写作的标签。他的素材常常以他所经历为蓝本，质朴而又真实，既有生活的痛感和质感，又有着某种意义上的达观和超脱。沧桑、坚韧、疼痛、爱和希望，这样的文字更加触动人心。鉴于此，评委会决定授予苏敏2019年度文学之星温州散文家奖。"

这是2019年度文学之星温州散文家奖授予我的颁奖词。颁奖仪式安排在文成。我是第一次去文成，也是第一次见到那个包山底的小个子诗人慕白。说实话，我万万没有想到这个奖项能够授予我。这些年，我获得了不少奖项，其中包括国家级征文奖，但我仍然觉得这一奖项的分量是最重的，对我写作的意义也更大。作为一名异乡的写作者，能在温州这片神奇的土地上生根发芽，能得到如此高的肯定，这令我十分吃惊和感动。获奖后，我写了一段感想：

是文字在黑暗里给了我光，给了我温暖，给了我继续坚持下去的勇气和信心。2019年末，在文成，在一条浩大而萧瑟的河流旁，温州市作家协会授予我"第二届文学之星温州散文家"，这是我迄今为止荣获的最高奖项。

作协里，我一个人也不认识，加了绍国主席微信好久，也不知道他就是作协主席。但纵使这样，他们仍将这份殊荣授予我这样一个流浪人。

可以说，温州文学，让我不再觉得是一名异乡人，她让我找到了一个属于自己的"家"。

来过温州的文学大咖们

程绍国

1991年和1995年的秋天,著名温籍作家林斤澜先生曾两次组织北京作家采风温州。前一回是时任永嘉县委副书记李文照代表永嘉邀请的。作家有林斤澜,来温州的作家有汪曾祺、邵燕祥、从维熙、刘心武、郑万隆、母国政、陈惠方等,我没有相随。后一回是瓯海邀请的,时任县委书记翁锦武和宣传部部长黄培拉很重视这次活动,取名"金秋文化节"。那时我在瓯海中学教语文,兼任瓯海文联副主席,参加接待。这回除了林斤澜、汪曾祺、邵燕祥、母国政外,还有唐达成、蓝翎、姜德明、赵大年、陈建功、陈世崇、傅用霖、陶大钊,都是响当当的人物,多数是文坛巨匠。瓯海七天之后,这班人又到洞头县过了两天。

两茬人中,从维熙、刘心武读者应该非常熟悉。刘心武自从1977年在《人民文学》第11期发表《班主任》以后,风靡文坛,是中国文坛的常青树。他还研究"红学",并续写《红楼梦》。从维熙的《北国草》《裸雪》《风泪眼》《大墙下的红玉兰》《第十个弹孔》《远去的白帆》是当年文坛的重钟。他后来的自传《走向混沌》和随笔集

《我的黑白人生》震撼人心，没有不凡经历和艺术底蕴的人无法完成。两位都是著作等身的大家。

蓝翎的人生经历太丰富了。他曾是当年毛泽东欣赏的"红学""两个小人物"之一。担任过中国红楼梦学会秘书长、《人民日报》文艺部主任。他的杂文集《了了录》等，以及回忆录《龙卷风》很有影响。姜德明是藏书家，又被称为中国书话第一人，他出版书话集有12种，他又是中国散文学会的副会长，还是人民日报出版社社长。这两个大咖本就是内敛的人，当时在温州，默不作声，像是林斤澜、汪曾祺、邵燕祥、唐达成的跟班。赵大年可不是内敛的人，音频很高，笑声朗朗，诙谐得很。他是散文随笔大家，长篇小说也棒。他是满族人，和老舍家有亲戚关系。他曾"抗美援朝"，和罗盛教同在一个班，他的成名作就是通讯，报道罗盛教救崔莹而牺牲的事迹。

那时林斤澜和汪曾祺各带夫人，好像邵燕祥都还没有资格。住在瓯昌饭店，邵燕祥和赵大年同在一室，蓝翎和姜德明同在一室。

那情景似乎不在凡间而像仙境

这些大咖抵达瓯海县政府大院，欢迎仪式非常隆重。大院红地毯铺出来，那是崭新的红地毯！温州电视台名嘴主持，瓯海书记致欢迎辞。作家一方讲话的是唐达成，这是此前我已知道的。林斤澜、邵燕祥都戏称唐达成是团长。当时我心想，林斤澜不善于做头面人物，在这样的小地方，把唐达成推出了。后来了解到，唐达成是习惯做团长的。邵燕祥说："唐达成，是作家协会的美男子。20世纪80年代，到菲律宾去访问，同时去的还有云南的晓雪，晓雪是白族的一个诗人，高高的个子，也很漂亮，这样，一下子中国作家代表团集中了两个美男子了。弄得马科斯夫人接见了他们两次，欢迎接见了一次，欢送又接见了一次……"还有，他的官话说得好，而且声音洪亮，招人疼爱。

唐达成说:"今天我是回到故乡。老乡见老乡,两眼泪汪汪……"我想虚情假意了,你怎么是温州人呢?

后来林斤澜告诉我,唐达成是他温州中学的校友。原来,1940年,唐达成重庆的家被日军炸毁,一家人辗转抵温,先在瑞安落脚,次年迁居温州市区柴桥头,唐达成便在温州中学上学,直到抗战结束。

话说大咖们到了瓯海泽雅。泽雅风景区那时初创,大名叫"西雁"。作家们从最下面的"深箩漈"慢慢爬上去。那时汪曾祺已经七十五岁,脸色灰黑,走路有些晃。我不是相师,但几天后我对林斤澜说:"汪先生的寿命不会超过三年。"食间,林斤澜悄悄用温州话对我说:"你给汪倒半杯啤酒。"医生有吩咐,汪不能喝酒了,他的夫人施松卿严格管着他。汪曾对林说,不让我喝酒是破坏我的生态平衡。半杯啤酒很快就喝光了。后来我又给他倒了半杯。

那一天,林斤澜叫汪曾祺夫妇留在"深箩漈",他带领作家们爬山。林斤澜那时也是七十二岁的人了,其他作家年岁也大,唐达成、赵大年、姜德明都是20世纪20年代生人。他们都爬上去了。风景很好,但那条岭直上直下的石阶太多,中间还有一架八九十度的木梯。赵大年患"三高",忽然血糖低,出冷汗,眼发黑,终于爬到山顶,坐在树下打哆嗦。林斤澜赶紧把随身携带的硝酸甘油、速效救心丸塞进赵大年的嘴,赵大年夺过一个作家的半瓶可口可乐喝下,几分钟后,脸色转红。他们慢慢到了庙后村。

汪曾祺坐在"深箩漈"边上的竹楼里,看白练瀑布,看翡翠潭水,或在周边踱动,总有女记者追随提问。有个女记者不懂文学,也不懂艺术,天一句地一句瞎问,他也极有耐心,不厌其烦,似乎也谈得非常快乐。本地有一位十八九岁的少女,五官和身材都极漂亮,挽着汪先生走路,无微不至。汪先生显出兴奋的样子,听凭指引。夫人说:"老汪这个人啊,就喜欢女孩子。不过我不嫉妒。"汪先生念叨着两句话,说要写给这位姑娘:"住在翠竹边上,梦里常流绿色。"

晚上写下来，已是这样两句："家居绿竹丛中，人在明月光里。"少女家有一个小酒店，汪曾祺给起了名字：春来饭店。写字落款，钤上章。

爬了山，那一天晚餐，作家们吃得特别多，也特别好。邵燕祥叫我把菜单收拾一下，给他有用。

后来是游三垟水乡。汪曾祺和夫人一船，林斤澜和夫人一船，并行汩汩徐进。阳光温暖而柔和，是老年人感觉很好的那种阳光。没有风，水面平静，时有浮萍和菱角往后浮，有白鹭在近处闲飞。大罗山呈永远的青黛色。汪曾祺似乎特别开心，我在随后的船上见汪曾祺总是微笑，还不时和林斤澜打趣。二十五年过去了，他们在小船上的情景我总是常常记起，那情景似乎不在凡间而像仙境。

而后走了永强堤坝，这条堤坝十九公里，用石头砌成，以拦东海。作家们非常感叹。

在洞头，坐船游看半屏山。女导游总是说这个像什么，那个像什么。作家们默不作声。女导游说："半屏山，半屏山，一半在洞头，一半在台湾。"大约女导游觉得有意思，或者是有意义，重复超过四五次，作家们也都装出欣赏的样子。

在洞头，我还记得赵大年对林斤澜说："你的北京话只是勉强及格，普通话可以得七十分。"还说罗盛教的事迹有出入，以后自己还要重新写过。

汪曾祺站着一直画到了子夜

这一次到温州采风，给我留下记忆深刻的，还有汪曾祺作字画。唐达成也写了不少。他的字见童子功，是科班，有章法，圆浑体润，凝重骨健。汪曾祺是文人字，苍劲，有自己的面目。其实，邵燕祥的字也很棒，可是一般人不知道，他也把自己藏匿了。汪曾祺他要露一手，他认为自己的散文比小说好，自己的书画比散文好，自己的烹饪比书画好。他觉得温州人是真正出于尊敬，接待是真正的热情，他不能白吃白玩。他几乎是有求必应。可是索求的人真是多啊，有的是真正了解汪曾祺的，有的是辗转听说的，有的是别人要他也要的，有的是先拿来再说，反正并不烫手。

温州书法家一沙索字，汪曾祺写下"恒河沙一粒"；有个当地干部向他索字，他把南朝陶弘景的名句给了去："山中何所有？岭上多白云。只可自怡悦，不堪持赠君。"他是经过思索的。可是哪有那么多人懂呢？一天在小岛灵昆，汪曾祺画了一只像是灵昆地图的螺，边上题字："东海灵螺"。岛上几个干部齐声叫道："先生错了，先生错了，应该是'东海灵昆'。"先生难过起来，脸一沉，指着墙上的地图，说："灵昆不像螺吗！"几个干部眨了眨眼。

汪曾祺的耳边是一片"汪老，汪老"声。汪老先是写字，绝句为多。写字要想词，够麻烦的，后来便画画。石头和竹，居多是菊花、兰草。一天夜十时，来了一个一身酒气的人，板着脸说："给我一张吧！"汪曾祺瞥了他一眼，说："我不认识你。"来人说："我刚才不是给你拉纸了吗！"汪曾祺看看我，看看坐在身边的夫人。夫人觉得尴尬，笑中显出无奈。汪曾祺最后还是给他画了一张兰花。我便叫二位快快回去休息。汪曾祺对我说："我给你画一张。"我说："不用不用。"他坚持说："画一张。"我说："我到北京你家的时候，再给我画一张吧。"他认真地说："你不要到我家，我不欢迎。"没有法子。他给我画了一幅菊花，题字道："为绍国画"。

一位友善的主任过来，手拿一张单子，他受托要汪曾祺给一些人写字画画。汪曾祺说："拿到我的卧室里去吧。"第二天，听夫人说，主任坐在汪曾祺卧室睡着了，倒是汪曾祺站着一直画到了子夜！

当然，汪曾祺也有拒绝的。比如你自作主张叫他按你的"词"写，你的"词"不合他的脾性，他不会给写，即使是经典诗词他也不会给写。

作家们回去都写了温州的文章

作家和明星们绝然不同。明星们过来一站台，拿走一百万元或者几百万元。林斤澜组织的两批作家，没有拿一分钱。不仅没有拿钱，回到北京他们还要劳动，还要写温州。写温州可不是敷衍着写，他们认认真真、一丝不苟写作品。1991年，汪曾祺写下《初识楠溪江》，结尾说："我可以负责地向全世界宣告：楠溪江是很美的。"林斤澜写了两篇《山水之"寓"》《生命的水和船》。邵燕祥写了诗歌，还写了散文《永嘉四记》。刘心武写了两篇：《秋水筏如梦中过》和《只恐楠溪舴艋舟载不动许多》。母国政两篇：《楠溪江静趣》《楠溪江畔》。郑万隆写了《且说山水》。陈惠方写了《花坦、廊下见闻录》……

1995年这一回，作家们回去都写了温州的文章。邵燕祥把菜单写进了《"后花园"的后花园》，这一篇和《永嘉四记》一样，是他的散文名篇。林斤澜写了四篇散文：《山头》《山海》《石头》《鱼伤》。林斤澜留下十卷本文集，散文占三，人民文学出版社选编出版了一本《林斤澜散文》，这四篇连同前一回写的《山水之"寓"》都收在内。汪曾祺回京，写了散文《月亮》，还写了《瓯海修堤记》的铭文。他对林斤澜说，夜两点多，睡下了，忽然觉得还有两字不妥，遂又披衣改定。他还说，现在只剩下几句无关紧要的序言了，得找资料，反倒麻烦。林斤澜说，那就由我代写序言吧。

林斤澜组织的两回采风，意义不菲。中间大多名家，许多人请不到。他们的人品和文格，一般的作家也达不到。他们发表文章，全中国读者都能看得到。名人效应不可小觑。

两次作家写温州，丰厚了温州的文化底蕴。次年夏天，我调报社编辑副刊，二十来年，即向熟悉了的这一群作家约稿。林斤澜、邵燕祥、唐达成、刘心武、从维熙、赵大年、姜德明、蓝翎，陆续来稿。后来我也组织几批作家到温州采风，叶兆言、何立伟、阿成等也加盟

部分来温作家在洞头合影，一排左四为林斤澜，左七为汪曾祺，左十为唐达成；二排左一为邵燕祥，左二为蓝翎，左八为母国政；三排左二为傅用霖，左四为姜德明；后排正中戴帽者为赵大年

了我的副刊版面。

  有人看重名家效应，也看重名家文章怎么写。我认为重要的还不是这个，我认为重要的是杰出作家的思想。他们的阅历经历，凝结成对世界、对历史、对社会、对人生的正确看法，以他们正确而重要的思想影响温州，这才是最最重要的。人活着只是吃饭数钱，那是很可悲的。

  惜两次采风的作家，大部分已经去世了。按顺序是汪曾祺、唐达成、蓝翎、林斤澜、从维熙、赵大年、邵燕祥。今年8月1日，邵燕祥睡去不醒，像是"坐化"了。比他大十岁的林斤澜是2009年4月11日去世的，终年八十六岁，都算喜丧。

一次文学讲座的意外收获

邱国鹰

这是一张三十六年前的照片，每次看到它，我的心头就会荡起一阵涟漪。

照片是在洞头的东岙海滩上拍的，背景是仙叠岩的海浪、礁石，我与特邀前来参加洞头文学讲座活动的马骅、金江、吕人俊、吴天林诸位先生，兴致勃勃地合影。如今相片虽然发黄，场景仍历历在目。文学讲座活动得到的诸多收获，至今还在发挥着独特的作用。

一

1984年，适逢中华人民共和国成立三十五周年。这一年的4月，洞头县文化广播电视局刚刚从县文教局析出，新机构、新领导，自然要有"三把火"的新作为。局领导面对当时县文联尚未成立，洞头文学创作人才短缺的现状，决定在全县开展庆祝新中国成立三十五周年征文活动，以期团结业余作者，发现文学新苗子，推出一批好作品，向国庆献礼，繁荣海岛的文学艺术事业。成立县征文办公室时，我是县文化馆的文学辅导干部，责无旁贷成了征文办成员。

征文工作开始，发了征文公告，开了座谈会，向各乡镇布置了任务，一系列该做的工作都做了，收效却不大。这也难怪，洞头县小人口少，文学作者屈指可数，当时全县连一个省级作家协会会员都没有。眼看到了8月中旬，来稿寥寥无几，如不能突破窘境，征文活动的任务难以完成。于是我向领导建议，有必要到温州请几位文学名家前来助阵，举办文学讲座，一来传授创作经验；二来给征文活动添添火，给作者们鼓鼓劲。当时在市文联负责组联部工作的吕人俊先生，在部队服役时，曾驻守过洞头鹿西岛，与洞头自是十分投缘，他自己又是创作散文诗的高手。由他帮忙联系，很快邀请到了马骅、金江、吴天林，连同他自己，冒着酷暑来到了洞头。

文学讲座活动的时间安排在8月29日至9月1日，前后四天，是那些年洞头举办文学活动时间最长、邀请来的名家最多的一次，用破天荒来形容也毫不为过。县征文办连续举办四场文学讲座，马骅先生讲散文，金江先生讲寓言，吕人俊先生讲散文诗，吴天林先生讲小说。他们谈各种文体的特点和写作要诀，谈自己的写作经历和感悟，说是讲座，更像是谈心交流。吴天林先生在市文联《文学青年》编小说，经手的作品多，接触的名家也多，加上口才好，侃侃而谈，很是生动。吕人俊先生发表了许多散文诗，洞头不少作者读过。他以自己作品为例，谈观察，讲构思，娓娓道来，细致入微。马骅和金江先生，他们在文学创作道路上虽遭遇坎坷却矢志不渝终获不俗成就的经历和感悟，更令人动容。这种接地气的讲座，受到文学爱好者的欢迎。那几天，能容纳八九十人的文化馆二楼多功能活动室挤满了听众，有时连外走廊也加了椅子。

二

讲座之余,我陪几位先生散心,当时洞头的滨海旅游尚未开启,没有什么景区可供游览观赏,只是陪他们走海滩,听海浪,看海礁,权当歇息。

我们来到仙叠岩下海边的红石滩,这一带礁石密布,造型各异,其中一块赤红色的巨大礁石,在礁石群中拔地兀立,十分壮观。我们几个人驻足观赏良久,记不得是谁,首先喊了一声:"嘿,真像是埃及的人面狮身!"大家左看右看,是有点像。再看这块狮身礁石的前方,有一块黛青色岩石,上窄下宽,酷似人的坐像。一阵阵浪过来,在岩石周边卷起白色浪花,"哈,多像是观音坐莲花!"大家你一言,我一语,凑出个"观音训狮"的名称。我心里一激灵,想起五年前收集民间故事时,有老人讲到观音曾经要把仙叠岩选为静修地,仙叠岩顶上本来就留有一个观音足印。现在经诸位先生启发,把观音和赤红狮子联系起来,就有故事啦!

大家谈兴正浓,又从狮子礁岩看到远处一堵礁岩,像一只硕大的蛤蟆,正费力往仙叠岩方向攀爬,便又议论开了:有说是蛤蟆上山,有说是蛤蟆望月,也有说是蛤蟆登天。顺着这个思路,有谁提议说,还是取名"蛤蟆欲仙"为好,有深意。就这样一路看,一路议,也没正式当一回事,又兴致勃勃留了影。回来后还是照样讲课、辅导,直到活动结束。

三

这次文学讲座活动的效果十分明显。活动过后,征文稿件明显增多,来稿作者面扩大,作品体裁多样。诗歌、散文诗、散文不用说了,以往很少见的小说稿,陆续来了十余篇;同样罕见的寓言,也有

1984年，洞头文学讲座期间的合影，从左至右：吴天林、马骅、金江、本文作者、吕人俊

　　八位作者寄来十多篇，其中难得的是一位在20世纪50年代因从事文学创作蒙受冤屈、平反昭雪后一直封笔的老同志，也寄来寓言新作。在稿源充足的基础上，文学讲座结束后的一个月，一部十余万字的《洞头县庆祝国庆三十五周年征文作品选》顺利编成，收入四十七位作者的五十八件文学作品。加上二十幅美术、书法、摄影作品，专集倒也像模像样。

　　意料不到的成果还在后头。第二年元旦刚过，洞头县委、县政府在温州召开"振兴洞头经济恳谈会"，酝酿发展洞头旅游。到了初夏，配合县委、县政府的工作要求，县委宣传部和文化广电局邀请温州电视台前来拍摄洞头电视风光片，我作为供稿作者，向摄制组推荐了一批可供拍摄的景点，其中就有"观音训狮"和"蛤蟆欲仙"。摄制组人员在踏勘这两个景点后惊叹："像，真像！谁起的名，神韵十足啊！"我报出马骅、金江几位先生的大名，说是文人名家的集体创作，引来一片赞叹声。那时，洞头的一些景点还没有固定而又有雅意的名称。电视风光片编辑时,大家斟酌来修改去的,只有"观音训狮"和"蛤蟆欲仙",谁也没有异议。这两处景点名称,一直沿用到现在。

一次看似平常的文学讲座活动,不但推进了洞头的征文工作,还为洞头的旅游景点增添了光彩,真是始料未及,也应了"无心插柳柳成荫"的古语了。

如今,洞头的文艺事业和滨海旅游日新月异,感恩所有曾经为之做过贡献的有心人,感恩马骅、金江、吕人俊、吴天林四位先生。

黄传会和张翎
——苍南文学的独特风景

萧云集

自1983年起，我参与接待的前来苍南访问的文学名家着实不少，像余秋雨、卞毓方等，但记忆最深的还是两位苍南籍在外作家——黄传会和张翎。他俩一男一女，一文一武，一中一外，成为苍南文学的一道独特风景。

一

与黄传会的相识要追溯到1987年。那年10月，苍南龙港一位渔民画家张帆到北京琉璃厂"一得阁"开画展，这在那个年代可是了不得的事情。我参与了在北京的筹备，印象里有位"解放军叔叔"一直在忙前忙后，非常热情。在大家的努力下，画展办得非常上档次：中央政策研究室的领导来了，文化部群文局的局长来了，中国美术家协会副主席刘开渠先生来了，中国美协秘书长亲自主持开幕式，"解放军叔叔"黄传会代表在京苍南老乡作了发言。我这才知晓，与共和国同龄的黄传会是1969年入伍的海军老兵，毕业于南开大学中文系。是

2017年9月,"黄传会书屋"在苍南矾山福德湾矿工村揭牌。左二为黄传会

海军政治部创作室创作员,已经卓有成就了。那天晚上,我们漫步在节日的天安门广场,黄传会老师跟我谈起父亲早逝,母亲含辛茹苦抚育五个儿子、三个女儿,先后把五个儿子都送进了部队。他和在青岛的弟弟至今仍留在部队为国尽忠,不能回家为老母亲尽孝道,现在就是想给改革开放中的温州好好写一部报告文学。"温州模式"是改革大潮中发展商品经济的典范,许多实践和理论都出自苍南。1988年3月,他回到家乡,一头扎进了改革开放中的热土,他走金乡,到钱库,去渔村,上昌禅,下矿井,这一深入就是两个多月。叶文贵、陈定模、李孔宗、方培林、邱新亮、金钦治,这一个个改革大潮中熠熠生辉的名字都录入了《中国一个县》。黄传会说:"采访期间,我的大脑始终处于亢奋状态,因为我每时每刻都能听到:开放与闭塞、新生与腐朽、现代文明与传统积淀激烈碰撞的轰隆之声;那从昨天踏过来,朝着明天走去的坚定的足音。"苍南的领导是开明的,他们不画

框框，不定调子，对作家唯一的要求就是：实事求是，要写先进的，也要写落后的；要写先富起来的，也要写贫困的问题。回京后，面对密密麻麻三大本采访笔记，在三个多月的思考和写作中，他深深为家乡的巨变而自豪，为百万父老乡亲感到骄傲！

1989年3月，《中国一个县》由北京昆仑出版社出版发行，我感到高兴的是书中的大部分图片正是由我拍摄、提供的。这本书全景式描绘了苍南县在改革开放之初走过的艰难曲折的道路，就像是精心描绘了一幅恢宏浩大的画卷，这宝贵的历史文献，今天读来尤其令人唏嘘感慨。

黄传会在报告文学的道路上从此一发而不可收：长篇报告文学《首例农民告县长案始末》《托起明天的太阳——希望工程纪实》《中国山村教师》等，中短篇报告文学集《站在辽宁舰的甲板上》等相继问世。2017年9月，以黄传会名字命名的"黄传会书屋"，在他的家乡苍南矾山福德湾矿工村揭牌，成为当地一个文化新地标。"亮出一张名片，我的名字叫苍南！居玉苍山之南，蕴横阳支江之钟灵毓秀……"黄传会老师新创的微报告文学《我的名字叫苍南》，在《人民日报》副刊刊登，着实让家乡人民自豪了一把。不久，他又在《人民日报》副刊刊登新作《世界矾都名片》"一千年开采；一千年焙烧；一千年结晶；终于有了你——明矾……"全面介绍了苍南矾山的经济发展和风土人情以及申遗的愿景，成为宣传苍南的活广告。

黄传会爱家乡，更尊敬、推崇坚守在家乡的文化人。他每次回乡，都要去拜访苍南书法家萧耘春先生，他谦虚地说："真希望能经常回来向萧先生讨教学习。"而我每每有机会到北京，总是爱去北京海军大院大操场旁的那幢二层小楼去见见越来越有影响力的黄老师。从海军政治部创作室创作员、副主任、主任，到2011年晋升专业技术三级（军级），黄传会老师从没有因为职务与成就的不断上升而端起架子。我与黄老师亦师亦友，有时在公众面前称他黄将军或是黄主

2014年4月，张翎（中）应邀在苍南做专题讲座

任，其实还是叫他黄老师的时间最多，而黄老师，总是给我很多鼓励，在很多场合褒扬我照片拍得好。

希望工程的发起人、温州人徐永光曾说，希望工程之所以能产生这么广泛的影响，与黄传会的名字分不开。1989年，徐永光告诉黄传会，贫困地区有很多孩子读不起书，你去写写这些孩子吧。黄传会深入到太行山、沂蒙山、大别山、黄土高原的二十多个国家级贫困县，深入乡村那一间间破败的教室，他倾心创作的报告文学作品集《托起明天的太阳——希望工程纪实》改变了很多人的命运，与摄影家解海龙的《我要上学》"大眼睛"等摄影作品交相辉映，从此奠定了他在报告文学界的地位。我与解海龙老师早就认识，1994年他亲赠《我要上学》画册，因此我也在1996年学习他拍摄了苍南的希望工程图片并做展览。二十二年后，苍南的发展日新月异，我萌生了寻找老照片里的希望生，再举办一次希望工程摄影展的想法，黄传会老师在百忙之中抽出时间给我在浙江省美术馆举办的"二十年一瞬间"展览和画册写序:"许多事情的意义,是要靠时间来证明的,十年,二十年,甚至更长……"

二

与张翎的交往就更有戏剧性了。这位在2010年世界温州人大会上荣获首届"年度十大人物"的旅加温籍女作家,早期在国内并不大为人所知。

张翎出生在杭州,从小生活在温州,十六岁就辍学参加工作,在温州郊区的一所小学当过代课老师,在工厂开过车床。"文革"结束后,她考上复旦大学,本想上中文系,却阴差阳错地进了外文系。1983年毕业后就职于煤炭部规划设计总院任英文翻译,那时她就拜访过在京的黄传会。1986年她去加拿大留学,分别在加拿大的卡尔加利大学及美国的辛辛那提大学获得英国文学硕士和听力康复学硕士学位。后来定居加拿大多伦多,在一家医院任主管听力康复师。20世纪90年代中后期开始在海外写作发表,代表作有《劳燕》《余震》《金山》等。

我看过电影《唐山大地震》,但孤陋寡闻的我当初不知道其原作就是《余震》,而且作者张翎正是我们苍南矾山人。后来我们热衷于矾矿"申遗"的一帮人商量着如何能够联系上这位大名鼎鼎的华人女作家,寻思着请她写一部"世界矾都"题材的小说。2013年2月,得知张翎回乡探亲,我们去藻溪拜访。"我年少时填过的所有表格,籍贯一栏都是'浙江平阳',我父亲是矾山人,我母亲是藻溪人,当然两地都坐落在今日的苍南县境内。"张翎对乡亲的造访热情相迎。

故乡于她而言是陌生的。1986年夏天,她第一次来到父母的原籍,为先辈们扫墓。这次我们到藻溪与她同行,一起去访问她心心念念的老房子,一边听她谈她与苍南的渊源。我这才得知,我的一位作家表弟也是她的表弟,那么她居然是我有些远亲的表姐。再后来我在朋友圈里发了张翎老师的照片,远在西班牙的乐清师范音美班同学周玫跟我说:张翎是她的初中同学,很多年没有联系了。后来她俩通过我恢复了通信联系,这个世界有时真是很小哦。

张翎认为藻溪是第一条对她的创作生命产生了重大影响的河流。她说:"我父亲是矾山人,经常在藻溪走动,于是就遇见了我母亲。我和藻溪的联系,完全来自我父母一辈从小给我讲的故事。我童年、少年时代听到的许多故事,使我对矾山和藻溪这两个地方,产生了强烈的好奇心和眷恋感。"她那个早年担任全国人大代表和明矾石研究专家的外公,原来是在这么一条小溪边出生的。外公长大了,心野了,就沿着藻溪往北走,于是她的母亲及其九个弟妹,就在那个瓯江边上叫温州的城市里慢慢长大。水是人类变迁最好的见证,后来张翎长大了,也想像外公那样去看看外边的世界,于是就有了后边的许多故事。

张翎认为,文化产业政府要投资,不能太功利,许多地方外宣太生硬,总喜欢拿GDP和数据说事,而老百姓要看故事。比如说作家莫言一而再、再而三地写到高密,高密就被大家记住了。周庄如果不是陈逸飞也不会出名,他的一张画成就了那里的旅游。张翎说:"我一直在写这一带的人文历史,苍南的背景就一直在其中。我通过人物和故事的演绎,借着作品就让世人知道了苍南矾山或是藻溪。我要用我的方式让人们记住我故乡的名字。马翎雁拍《一个温州的女人》,我希望她到苍南拍摄,她马上同意了,她真的在苍南拍了,我就非常高兴。""故土和童年是在我的血液里的,是我没法抹去的。我的文学想象有一个厚实的现实基础,它就是我父母辈的故事。假若我的小说里记载了藻溪这条河流,那是因为我的父母在童年时给我讲述的那些故事已经为我构建了一块肥硕的想象土壤。"

张翎近年回到中国写作的时间越来越多了,每次回来,也会与家乡的"小兄弟"们见见面，聊聊天，大家就更亲近了。离《雁过藻溪》发表将近十五年之后，一家以张翎小说"雁过藻溪"命名的文化客厅在苍南藻溪镇公园山落成，迎来了首届国际文化论坛，来自五个国家和地区的学者、作家，就"故土和家园"话题产生了许多碰撞和交锋。张翎说：现在各地都很重视文化建设，有没有文化是谁都看得出来的。她认为文化的提高最根本的应该是从培育土壤开始，需要不停地培土。不要想着文化给你带来效益，就像空气是看不见的，但是没有空气人是会窒息的。她说："如果是一棵树，光修枝剪叶是不够的。"阅读习惯的培养是需要很多人的努力的。"阅读是世界上最美丽的一种飞行，它不需要护照，也不需要签证，它可以顷刻之间带你到世界上任何一个你愿意去的地方！"风吹过的地方，总是会落下种子的。种子落在藻溪这片温热的土地之上，只需一场好雨，便有新芽生出。新芽即使不能即刻成林，即使只长出了一丛花草、几棵树木，藻溪和它所在的苍南，终将慢慢地因为新的文化的浸润而变得更为郁郁葱葱。

一根火柴

——温州举办的"全国级"活动

王 手

我原来住在高盈里，和谷超豪先生的家人住在一起。大户人家的那种范和派是很迷人的，那种讲究，那种含蓄，那种和美，你每时每刻都能感受得到，并且被匀染。我说的不是你一定得从中学到点什么，学成学不成那是天意，学什么成什么那是需要非凡天赋的。但是有一天，你突然意识到你是住在谷超豪先生的家里，那一下你会怦然地觉得不一样。它会像一根火柴划亮了，有人被烧着，有人被烫着，有人只看到了一束光，有人也许连一点烟火气也没有闻到，那都是自然的。说远了，我说的意思是，论坛、研讨会、文学活动，有时候也会像这样的一根火柴一样。

一

我第一次策划文学活动是2000年，我当时在北京瞎玩，正好碰到了浙江文学院院长、著名的文学评论家盛子潮，我跟他说起温州有一拨青年作家正"蠢蠢欲动"，他说那可以开个会的。回去以后他马上

2000年，温州青年作家作品研讨会现场

着手准备了。那年秋冬时节，我们在雁荡山开了"温州青年作家作品研讨会"。会上讲了什么议题，对作品怎么评价，现在肯定都忘了。但有一句话很有意思，好像是谢鲁渤老师说的，大意是：当吴祥生改名为吴玄、张文兵改名为马叙、郑晓泉改名为东君、吕军改名为吕不、吴琪捷改名为王手，小说就写得不一样了。这句话我深以为然。我觉得，文学的气息有时候真的是很微妙的，暗示有时候也是非常神奇的。当然，内心强大、很有定力、原名本来就朗朗上口照样也写得挺好的，也大有人在。那次研讨会后，《文艺报》头版头条发出了《浙江青年文学创作的团体冠军》的报道，介绍了温州青年作家群及其创作情况。

我第二次策划文学活动是2004年，这事说起来比较好玩。那时候，我们的写作还属于摸索阶段，和外界联系得很少。2003年，我发表了一篇很有意思的小说，叫《西门之死》，圈内议论较多。那时候我还兼做着生意，我的店不远处有一个报摊，生意不好的间隙，我会去那里翻翻报纸，顺便拿眼睛瞄着自己的店。正好是星期天，报摊上有新鲜的《南方周末》，这是我喜欢的报纸，我就随随便便地翻起来。也是突然，文化版里的一篇评论吸引了我，叫《有一种小说叫我们无能为力》。再看，不得了，这评论原来是写我的，第一句就是：王手写过《讨债记》，写过《上海之行》，但我觉得还是《西门之死》写得好。我马上就好奇起来，这人谁啊？怎么对我这么熟悉？一看评论者名字，吓一跳又暗暗欣喜，是著名文学评论家李敬泽。其实，李先生我并不认识，但在圈内早有耳闻，年轻的文学发烧友私底下有一句话，可以概括他的知名度以及大家对他的喜爱，说，去北京三件事，吃烤鸭，逛长城，见李敬泽。

李先生当时在做一件非常有意义的事，叫"中国青年作家批评家论坛"，每年一届，把当红的青年作家、批评家召集起来，开个会，已经做了两届了，正着手做第三届。他找到了浙江的著名评论家洪治纲，说，去温州看看王手怎么样？顺便把论坛放在他那里做？洪治纲当即就答应了，说王手没问题的。他知道这些活动对当时的浙江作家和温州作家是多么重要。洪治纲跟我说这事的时候是这年的八九月份，我那时在文联的创研室，没有什么权限，就算是通过文联向上面申请经费，也已经来不及了，我只好自己来。我就找了两个朋友，南方印务的老总孙红和池如镜，说有这么一件事，想请他们帮忙。孙红和池如镜一边商量着一边就对我说，王手找我们的事也不多的，这个要支持一下。嗨，就这么愉快地决定了。还没完，他们给了我一张空白的现金支票，说，你在一个地方，吃住行都可以，用多少，你就填多少。嘻嘻，朋友的派头就是大，就是感动。当然，我自己也出了一点小礼品，温州人的习惯，来一趟不容易，"伴手"总是要的，皮鞋、打火机是当时人们的最爱。就这样，那年的十月下旬，论坛就热热闹闹地开张了。

第三届中国青年作家、批评家论坛，由《人民文学》杂志和《南

2004年，第三届中国青年作家、批评家论坛在温州举办

方文坛》主办，浙江文学院和温州市作家协会承办，三位大牌的主编韩作荣、李敬泽、张燕玲亲自挂帅，出席的批评家有盛子潮、洪治纲、吴俊、张新颖、汪政、吴义勤、谢有顺；作家有毕飞宇、李洱、鬼子、艾伟、李修文、须一瓜、盛可以、戴来、汤养宗、张执浩等；浙江和温州的参会者有吴玄、马叙、钟求是、畀愚、柳营、王手等。本来还有批评家陈晓明、施战军，作家邱华栋、张生、魏微，均因临时有事没有成行，特别遗憾。时至今日，这批人，除了韩主编和盛院长过早地离开了我们，其他的，都还是评论界的中流砥柱，小说和诗歌界的领军人物、一线战士。论坛的第三天，我们转战乐清，由马叙老师接手，完成余下的收尾工作，也做得特别好。

二

经常会有人问我，做这些事收到了什么效果？我都会直言不讳地告诉他，结交了一批最厉害的朋友，听到了各种最前沿的声音，知道了别人眼下在做什么，然后偷偷地给自己打气。这还不够吗？反过来也可以这么说，我们也许最终是会写出来的，但没有这些活动也许会推迟好多年。这不是客气话，是真的。

第二次论坛还留下了一个很有趣的花絮：大概是来时的路上毕飞宇在说自己正在健身，众人说，那你到温州和王手比比看。结果可想而知，我们当然没有比，我们握握手，呵呵一笑。这个著名的桥段到现在还在作家圈子里流传，我就听到过好多次。没办法，作家有时候也是需要"传说"的。老毕和我，我们每次见面都会心领神会地会心一笑。

我一直认为，一个地方的文学兴起是有渊源的，一个人文学潜能的激发有时候只需要一根火柴为之划亮。温州有那么多的文学前辈，光我们见过的就有林斤澜、莫洛、唐湜、金江，温州还办过著名的《文学青年》杂志，这些神奇又微妙的气息，吹拂和滋润着我们，触动了我们心底那块柔软的地方，我们因此爱上了文学，并且念念不忘。

在这次论坛上，我还碰到了之后成为我责任编辑的杨泥老师。她向我约稿，我说，《人民文学》我恐怕还不够。她说，我问过敬泽了，他说你行的。约稿当然是件好事，我之前就一直不敢投《人民文学》。但约稿也会增加额外的精神负担，写不好，辜负了人家的一片心意，同时，也会稀里哗啦砸了自己的牌子。当然，《人民文学》我肯定是要认真对待的，后来陆陆续续地，我在杨泥老师手里就发了十来个作品，有一些我自认为也是自己的重要小说，像《双莲桥》《市场人物》《飞翔的骡子》《温州小店生意经》《推销员为什么失踪》《坐酒席上方的人是谁》等。在此也特向杨泥老师致谢。

后来，类似的文学活动我又做了好几次，当然不是我牵头，我没有那么大的能耐，我只是一个小"掮客"，把资源整合一下，再打包发出去，然后配合着跑腿服务。如2006年的温州文学现象研讨会（在温州，市委宣传部和浙江省作协主办），2007年的长三角青年作家论坛（在嘉兴，《收获》杂志、浙江文学院、温州市作协主办，我们一行人包了一辆车去），2008年的首届中国批评家奖评奖及颁奖典礼（在温州，市委宣传部、温州报业集团、《温州都市报》、《当代作家评论》杂志主办），2010年的文学的温州现象研讨会（在北京，中国作协创研部、《人民文学》杂志、温州市委宣传部主办），2012年起的林斤澜短篇小说奖（两年一届，永久地温州，温州市人民政府、人民文学杂志社主办）。这些活动，我们都会邀请一大批国内著名作家和批评家参加，他们提升了这些活动的品质，也给我们带来了全新的气象，对推动温州文学创作的进步，起到了春风化雨般的作用。

诗人洛夫的温州之行

叶 坪

20世纪90年代初，大概1993年之际，我国的改革开放正在深入发展之期，党中央对于解决台湾问题，实现国家统一非常重视，两岸的文化交流有了新的开端。时任中共平阳县委书记的董希华多次给我来电，强调为了加强两岸的文化交流，将由平阳县委和县政府主办，在风光秀丽的南麂岛举办大型的文化交流活动，邀请我参加，还再三嘱托我代为邀请两位台湾地区的著名诗人前来与会。我略经思索，就及时将我所想的应邀人报告了董书记，并详细汇报介绍了他们的情况。一位是台湾地区创世纪诗社的创始人，"三驾马车"洛夫、痖弦、张默之一的洛夫，他是《创世纪》诗刊的主编、国际著名汉语诗人。该诗社的大陆同仁、社务委员有白桦、任洪渊、李元洛、吕进、舒婷、叶坪、刘登翰、谢冕、欧阳江河、龙彼德等。另一位是台湾地区葡萄园诗社、社刊的主编文晓村，他们的诗刊宗旨是"健康·中国·现代"。董书记听了我翔实的汇报、介绍之后说："可以，欢迎并邀请他们参加，还要欢迎他们的夫人一起来平阳！"并要我尽快办妥。

一

　　那时候，两岸的书信往来很不方便，而且邮路的时日也特别长，起码要半个月时间才能到达，我只能到邮电局去打长途电话，但遗憾的是落实的只有洛夫和他的夫人陈琼芳两位。我爱诗学诗又写诗，已经有许多年头，在20世纪80年代后期，我为了找好老师求教，主动给洛夫先生去过信。洛夫先生曾经对我说过，我与你很有缘分，你是祖国大陆诗人中第一位跟我通信联络的人。

　　多年来，我和洛夫先生经常通信往来，洛夫先生的来信我几乎都收藏了起来。我一直尊洛夫为师，他来信必称我为叶坪兄或直写姓名，让我感到十分亲近。那年他偕夫人来到温州，是我们第一次见面，自然十分兴奋。

　　我们三人赶到平阳，首先去拜望了董书记。董书记安排了小车送我们到达鳌江渡轮码头，然后去南麂岛报到。当时，南麂岛的旅游开发刚开始不久。那次活动来的客人很多，主办方将洛夫夫妇安排在主会场的一个宾馆里，温州文坛应邀与会者有老诗人唐湜、作家戈悟觉、渠川和我，还有北京《光明日报》"十大女散文家"之一的韩小蕙和作家出版社的编辑张懿翎，还有迟来的《报告文学》杂志女主编等，都被安排到了大海边建筑的一排单层青竹特色的住房里。三天的活动内容很丰富。

　　在南麂，洛夫先生要我陪同他登高望远去远眺大海，我们便去岛上最高处，大海苍茫，惊涛拍岸。洛夫先生竟脱口朗读起他那首脍炙人口的诗作《边界望乡》来："……手掌开始生汗/望远镜中扩大数十倍的乡愁/乱如风中的散发/当距离调整到令人心跳的程度/一座远山迎面飞来/把我撞成了/严重的内伤……一只白鹭从水田中惊起/飞越深圳/又猛然折了回来/而这时，鹧鸪以火发音/那冒烟的啼声/一句句/穿透异地三月的春寒……清明时节该不远了/我居然也听懂了广东的乡音/当雨水把莽莽大地/译成青色的语言/喏！你说，福田村再过去就是水围……故国的泥土，伸手可及/但我抓回来的仍是一掌冷雾"。

洛夫先生居然把长长的三十七行诗都背了下来。我采摘了一束山花献给洛夫先生，洛夫先生很开心地嗅了一下说："哟！这么多花，真美。这可不是《边界望乡》那首诗中'那丛凋残的杜鹃，只剩下唯一的一朵'呀！"我说："先生还记得那年早春与师母还有我三个人，由杭州诗人流星雨带着照相机游苏堤看桃花的情景吗？"师母闻言抢过话头就说："当然记得咯，那是早春二月时，桃花还没开放，尽是花蕾……"洛夫先生立即插话说："那天你有两句诗脱口而出，美美地当了一回诗人哩！"我急忙抢着朗读："等我们回到台北的时候，这照片上的桃花就都会盛开啦！"又说，"这确是两句好诗，我就一直记在心里。"三人哈哈大笑，开心而归。

二

回到温州的当天，我把他俩安排在龟湖饭店下榻，当天晚上就设便宴为洛夫夫妇接风洗尘，应邀参加者有老诗人马骅（莫洛）先生、时任温州电视台台长沈惠国、新华社记者谢云挺、我的友人张志宏和翁银林等，还一起合影留念。第二天，我就邀请了温州电视台记者携摄像机陪同洛夫夫妇参观游览了温州经济技术开发区。洛夫先生事后颇为感慨地对我说："祖国大陆搞改革开放真好，经济发展了，人民生活水平也提高了，不容易、不简单呀！"我当时微微一笑，想听到的就是这种效应。让我们的骨肉同胞，亲自感受一下时代的变迁和国家的进步，这是我应该去做的。

洛夫夫妇这次从台北直飞温州的民航机票是来回预订的，在温州还得有三四天时间。我该怎么办？便安排他们夫妇俩去游览风景名胜，先去楠溪江，后游雁荡山。到楠溪江的狮子岩便下榻于我友人翁银林当老总的狮子岩宾馆，受到了热情款待。洛夫先生爱好书法，写得一手好字，也喜欢在游览山水中写字题句。当我得知洛夫先生此次来竟没有随身带着印章，我便按照他当年借两岸的"双通"政策开放之后，首次组织、动员台湾地区《创世纪》同人以探亲为名，在杭州跟浙江诗坛举行了两岸诗人的第一次交流活动之后，寄赠给我的新格调楹联"秋深时伊曾托染霜的落叶寄意，春醒后我将以融雪的速度奔回"上落款的印章，仿刻了一枚青田石章"洛夫"，他很开心，正好在狮子岩宾馆挥毫题句中派上了用场。

去雁荡山游览前，我事先已经跟好友、时任乐清县文联主席、作家许宗斌打过招呼，即下榻于县委招待所。那日晚餐后，县文联召集本地的诗人和洛夫先生开了一次诗歌创作的交流会，洛夫先生兴致勃勃地在会上畅谈了自己对诗的创作实践和当今诗坛的一家之见，宾主之间进行了友好、坦诚的交流。记得著名作家吴玄当年正在县广播电台当编辑兼记者，对现场及第二天的游览均跟踪摄像。

洛夫先生曾说过："回归传统，拥抱现代。做一个见证历史的中国的诗人。"他把自己的写诗和做人都说得明明白白，使爱国家又爱写诗的我们很受教益和启迪；他对祖国大陆的汉语新诗，更是有很大的贡献。

感恩《文学青年》

李文山

我不是温州人，但提起温州我就会首先想起《文学青年》。尽管我从来没有在这本文学杂志上发表过只言片语，但这并不妨碍它成为我心目中的麦加。此次温州市文联和《温州日报》联合举办"温州文学记忆"征文，我看罢启事以为我不说几句就有如鲠在喉。

十六岁那年夏天，我高考一仗败北，只能浑浑噩噩地在生我养我的那个穷乡僻壤蹉跎岁月。

所幸很快，社会生活的突变为文学创作提供了非常丰富的素材，"文化启蒙"思潮成为当时的主流。刘心武的《班主任》、卢新华的《伤痕》、蒋子龙的《乔厂长上任记》、周克芹的《许茂和他的女儿们》等作品的推出，在社会上引起了强烈反响。那是1981年一个春暖花开的日子，当我在公社邮局书架上与一本创刊不久的《文学青年》邂逅，闻着它那字里行间飘逸出来的油墨味儿，我萌生了一个梦想：我要当一个真正的作家。

一灯如豆，捧读与《青年作家》《萌芽》《青春》齐名的《文学青年》，我便十分自然报名参加了《文学青年》函授创作中心的学习，有幸拜读到了铁凝、贾平凹、梁晓声、肖复兴、林斤澜、高晓声、李龙云等当红作家的精品力作，开始了练习着试探性地做着文学青年的事情。我自信我的语文成绩尚可，读书时常常被人称为"小作家"，如今面对茫茫大海，我要做展翅高飞的鲲鹏。

寄出去的东西多半是泥牛入海，偶有收获也不过是昙花一现。然而，躬耕垄上之余，我以能够按时收到来自温州市墨池坊的作业批阅件为傲，比照底稿反复琢磨陈又新、庄南坡等函授老师的意见高在何处，总是披着一身疲惫，就着一盏昏暗的煤油灯，如饥似渴地扑在书本上读书，或在稿纸上泼墨，从未放弃过要把拙作登上《文学青年》大雅之堂的执着追求。

我的作品在《文学青年》上未能付梓，但其他报刊发表渐多。三年之后的7月，我的一个记者朋友将我在文学道路上的努力记载下来，发表在地区党报副刊上，标题是借用歌德的一句诗：如果是玫瑰，总是要开花的。

这篇文艺通讯登载不久，邻县撤县设市继而升格为地级市，草创的报社求贤若渴，马上向我伸出了橄榄枝，但后来不知是什么原因我还是没有去成，他们给我寄来了袁枚绝句相勉："白日不到处，青春恰自来。苔花如米小，也学牡丹开。"

失之东隅，收之桑榆。秋风萧瑟的时候，人民公社走到尽头的次年冬天，我因为"还能够在报刊上写几句话"奉命组建乡文化站。说是站长，其实是光杆，名义上有个两人电影放映队，但财务纳入乡政府账簿。我只得到了两百册图书，而我带去最多的是《文学青年》杂志及其函授教材，以文养文绝不可能，月薪是五十六元。

工资不够，就拼稿费。生活的窘迫促使我夜以继日地看书写稿。借宿在一间废弃的仓库里，连一盏电灯都没有，我就在夜晚跑到办公室去办公，常常是躬耕到日出东方。

县委宣传部了解到我是一新闻和文学双料人才，在乡文化站做临时工，把这事捅给了县委书记，这就有了一纸批文，但出于种种原因，闹腾了两三个月就没了下文。

1989年初，乡镇机关要在村干部中招聘国家干部，镇党委决定我到赛场去一决雌雄，结果表明我不负众望，可有人嫉妒从中作梗，致使录取工作无法正常进行。与我同考的人在3月上旬就已到岗，而我作为第一却名落孙山。万分委屈中，我想到了中国政治文化的中心。《中国青年报》等多家首都媒体以"一位农村青年的自述"为副题，原汁原味地刊载了我的《获奖使我更苦恼》。

一石激起千层浪，这篇不起眼的小文章在社会上引起了极大反响。省委分管宣传的领导当即批示，要求有关部门将我"作为宣传文化战线特殊人才给予特别考虑"。总算是瓜熟蒂落，是年7月，我加入中国共产党。10月，我终于如愿以偿进入国家干部序列。

喜乘改革开放的东风，茫茫大海我飞过来了，大风大浪被扔到了我的身后。

二十七岁！我的工龄因此从这一刻算起。直到今天都有人看了我的履历问我，你参加工作以前在干什么？我回答说在学习《文学青年》。

作家谌容有篇小说名叫《减去十年》，写的是一个亦庄亦谐的悲悯故事。从高考落榜到入党转干，花去了我十一年的青春岁月。和我同在一个考场的那些中榜的大学生早就笑傲江湖了，而我还是一个初出茅庐的"新兵蛋子"。现实生活有时候比文学作品里的虚构故事还要荒诞百倍，年龄能减去吗？时间能倒流吗？

两天的高考失利，足足用去了十一年来偿还。当我接到一纸上班通知，我没有什么值得骄傲的感觉，有的只是欲哭无泪。然而，上班看稿，下班看书，几乎构成了我此后近三十个春秋的全部生活。夜深人静，万籁俱寂，独坐书房的我守着四壁满满的图书，与前圣先贤无声对话，令人顿时觉得妙处难与君说。

五年后又是一个春天，我奉调进入复刊不久的市报，从一名普通记者做起，两年后以"全省十佳"的业绩竟得记者部主任，而后跻身新中国首届记者节表彰"百名优秀新闻工作者"龙虎榜，出任报社副总编，再任副社长，成为本地新闻界"享受市政府特殊津贴的中青年专家"。

"板凳要坐十年冷，文章不写一句空。"在此期间，我几乎谢绝了一切与新闻、文学关联不大的应酬活动，"像一个饥饿的汉子扑在面包上"，专心着自己的艺术坚守。

尽管青春不再，华发早生，可我对书籍的喜爱有增无减，用自己的汗水为新时期文学百花园培育了数以百计的花朵。

历史的车轮驶入21世纪以后，随着大众媒介特别是互联网的普及，品茗读书不再是什么可望而不可即的奢望，笼罩在记者、作家们头上的神秘光环也逐渐消失了。有人问我，如今人们都已经进入了"数钱时代"，老兄怎么还生活在"数字时代"呀？是的，在我的家里，依然是除了两台电脑、一台彩电之外，再也没有什么称得上是高档奢侈品的东西了。

韶华易逝，青春易老。笔走龙蛇四十年，我从一个文学青年变成了一个文学老年，我所钟爱的《文学青年》也不知什么时候停刊了，我颇感遗憾。但我依旧还记得这本温州出品的杂志，记得它曾是全国文学界的"四小名旦"之一，记得我今天所有的一切成就都得益于《文学青年》的恩典。

那时的文学如初恋
——《文学青年》函授班二三事

相 国

20世纪80年代初期,是温州文坛的一个里程碑。这是公认的。在这块里程碑上,刻录着温州文联创办《文学青年》杂志所得到的诸多效益与赞誉,还有借此而成长的一大批作者。那年头投身文学的如同稻田里的蛙声此起彼伏,能持续并叫得响的,便也有了名气。僻处浙南一隅的温州,就凭着《文学青年》这张名片,稿件雪片般纷至沓来。若移景古代来个穿越,那么通往浙南的古道驿站,整日里都是车水马龙般的繁忙,运送的主要对象就是一麻袋又一麻袋的稿件。多年后的中国文坛,当年的那些作者当中,被贴上"著名"和"知名"标签的可说是比比皆是。

那年头搞文学很崇高。可不像现在,在公共场合跟人谈起文学什么的总有点儿难为情,好像自己与这个经济社会拉开了一大截距离似的。当"文学"成为一个时代的热门时,其所带动的不仅是写作或投稿什么的,更多的是相关市场的繁荣。我想,后来温州文联很快又创办《文学青年》函授部,有可能就是从源源不断的来稿中看到了商机。从经济的角度说,同样也能透现出温州人的经济头脑。再升华一下，那么外界所赞誉的"温州模式"，其实就应包含温州文艺界所开凿的一条路径。因为在这特色路径上来回跑动的，除了无数愿以文学改变命运的梦想者，还有实现梦想所需的钱币。

一

那一年我18岁。我的处女作在《春草》上刊发，并有机会参加了一次全市的文学讨论会，兴奋之情是不言而喻的。《春草》是后来享誉全国的《文学青年》的前身。当时的温州有两家文艺刊物，一《春草》，二《园柳》，皆借谢灵运之诗句而得名。谢公虽在温州当过太守，但观其行为也是文青一个，整日里游山玩水，写了不少山水诗。《春草》和《园柳》可说是携手并进，引领了一时的文坛风骚。

某日，沈沉先生要我过些天去参加一个文学讨论会。我一个小字辈，受宠若惊，差不多就将开会的日期当作情人的生日来记。沈先生学识渊博，属文坛多面手，各类体裁都能露一手，只是命运多舛，荒废了年华。讨论会的会址在县前头拐弯处的一幢砖木结构的楼房里，老建筑，上楼时总觉得脚下的木梯在发出痛苦的呻吟。这可是文青们熟悉的楼房，熟悉的原因之一就是曾办过一场吴明华先生的讲座，是一个从得奖小说（大概是《团长夫人》什么的）谈开来的文学专题。那天我迟到，发现连楼梯和过道上都已黑压压地挤满了人。我见不到神采奕奕的吴明华先生，能听到他从会议室里传出的声音就已经感到很不错了。这是我平生第一次感到既兴奋又不安的时刻，你若走一趟洗手间，绝对可能连刚才站着的位置也没了。所以时隔多日我来此参加文学讨论会，也是轻车熟路，上楼推门进去，会议桌的里圈已经坐满了人。我很自觉地在外围靠窗的一个位子上坐下来，心里头倒有一种上次在楼梯上站久了今天终于有了补偿一般的感觉。

现场除了我，大都是温州文坛的老面孔了。不过，我并不认识这

左起为吴树乔、池如镜、相国、程绍国、王手

些面孔,哦,应该说他们并不认识我,反正在座的对我而言全是老师,年纪也都比我大。我呢,说实在的,纯粹的嫩笋一支,只有仰视的份儿。其境况就和单位里一样,会议桌内圈坐的应该是最有话语权的人,或者事先已指定今天要说点什么的。

时过境迁,如今我在脑里搜刮一番,那晚的讨论会上印象最深的就是二吴。二吴就是吴琪捷和吴树乔,两位都是肌肉男,坐在那里,给人有点儿进错会场的感觉。吴琪捷现在的笔名叫王手,他那天好像没发言,但他的名字在几位前辈的发言中被多次提到,一起被提到的还有他的短篇,叫《沉默的羔羊》什么的。如今想来,其实他出名也挺早的。我始终认为,当时温州文坛,差不多就是吴姓的天下,口天吴,仿佛就已表明了语言的霸权。以文联领导吴军先生为点,周围有吴明华、吴天林以及吴琪捷、吴树乔,客串的还有吴孟前、吴哲楣等,全是玩文字的高手,他们或小说或散文或评论或诗歌,给人的感觉是一群吴姓人氏在合力推进温州的文学浪潮。

那晚的会议，他们具体说什么我一句也没记住，我只记得他们谈论的是文学担子什么的，只知道自己很兴奋，且有惯性，至少到第二天的夜里还是睡不好觉，眼前老是浮现出会议的场景。在一位和大名鼎鼎的叶永烈先生差不多同名同姓的作者慷慨激昂地发言之后，坐在边上的吴树乔等人一边抽着烟，一边若有所思，他们给我的印象就是中国文学的担子已经压在他们的身上，如何挑，怎么挑，挑到哪里，肩头吃力不吃力，在那一刻仿佛已成了一个刻不容缓的问题。

二

过了一段日子，《江南》编辑部在温州的洞头岛上举办创作加工会。我也有幸参加。这是我第一次去洞头。住的是县政府招待所。为了结交朋友，我逛到吴树乔的房间，他给我留下了一张既深沉又可靠的面孔。吴树乔向我抛过来一支红梅牌香烟，同时拿眼睛鼓励我，我明白抽红梅牌香烟就是我的投名状，否则我交不了朋友。那次的加工会开了一个星期，我回家后，我母亲问我，你的手指怎么黄黄的，像是巷口卖"酱菜头"小贩子的手。酱菜头是用黄栀染的，看上去诱人而醒目。而我的手指完全是让卷烟熏的。

那一年，我十八岁，还没写出什么像样的作品，却学会了抽烟。

其时文联，将《春草》改名《文学青年》，并借助《文学青年》的名声，创办了"文学青年函授"，面向全国各地广大文学爱好者。这算是一项文化延伸产业，能带来良好的经济效益。函授部有与《文学青年》同名的刊物，虽属函授版的，那年头，全国的文学刊物并不多，而能在《文学青年》的函授版上刊登一篇作品，也是很不容易的，毕竟全国有那么多人参与。我很荣幸，被邀参与《文学青年》函授工作，当然有一个好听的名字，叫函授编辑，专门负责某一地区的来稿，并择优推荐给《文学青年》函授版上发表。我每月推荐的稿子并不多，质量好的总是难得一见。我要给每一篇来稿附上一大段评语，先讲几句客套，然后来一个"但"字，比如"立意不错，可惜结构太松散"之类的，就像在美丽的街角处突然来一个拐弯，就看到前方一片丑陋了。评语的落款则写上"献国"。献国是我在户口簿上登记的名字。事实上，所谓的来稿就是学员作业，作业批改后就按期交给函授部处理。所以我也不算是编辑，倒像是班主任助手。

有一阵子，函授部让我负责福建学员的来稿。平均每月有三百来篇，我都得一一写上评语。记得有位叫少木森的，闽北农村的，太会写了，几乎每月都有他的稿子三四篇，体裁也多，诗歌、散文、小说等都要试几下。但从这笔名上看，这老兄有点儿自卑，或者说谦虚过头，你既然缺才，那就放下笔杆反身种田嘛。可他不，他在持续不断地写，持续不断地寄来稿件。有一回，他的一篇散文终于在学刊上发了，他来信说自己兴奋得一夜未眠，为了表示感谢，要给我寄点儿东西。那时没有手机，信件一个来回就是一周。两周后，我收到了他的礼品——两斤芋头，还带着微湿的闽北泥土。用现在的话来说，这就是他家乡最好的绿色食品。我有些为难和不安，严格地说，这也是职业受贿。我征求吴树乔意见，乔说，没事，有人为了发表早就送茶叶和虾米了。

三

文学可以改变命运，这句话在那年头是有人相信的，而且我们的耳边也时常传来这样的消息，印证了此话属实。很多人放下手中的锄头、榔头之类的，一夜之间就有了一个华丽的转身。然而这些文学爱好者的主观上并非功利，纯粹就是爱好，是爱好或确切地说是整个社会的文化氛围呈现出上升态势，才会带来如此的文学创作热情。其实，像少木森这样发誓要献身文学的人，在当时可说是遍布大江南北。

《文学青年》函授部陈繁和小冬　　　　　《文学青年》函授部陈繁和小燕出差杭州

　　某日函授部有一封来信，收件人是"南犬国先生"。无论文联或是函授部，没有叫南犬国的。此信放在函授部好几天，最终还是我自己凭着来信是福建方向，认为是寄给我的。拆开一看，果然就是。这位老兄说自己文学创作已有三年，屡投屡退，希望我能给点照顾。他的话语十分中听，我被感动了，但他竟然将我写成"南犬国"，况且，他的文采确实一般，属于朽木不可雕的那一种。但他仍坚持来稿来信，对我也仍然以"南犬国先生"称之。所以，和大多数人一样，他的稿件附上我的评语后，就转到了函授部的姑娘们手中。

　　最忙的那几年，《文学青年》函授部的姑娘有十几位，她们看上去个个才貌双全，关于世界名著之类的闭眼也能道出个一二三来，有的还偶尔发点"豆腐干"。这豆腐干也是吴树乔说的，意指因为文字不多，占不了多少版面。当时我想，我积极参与《文学青年》的函授工作，拿点微薄的报酬，可能是除了文学，心中也装着那些个"写信壳"的姑娘。她们的工作并不复杂，除了定期定时定点给学员们邮寄函授学刊和资料，同时也给寄件包括退稿的信封上写明收件人与地址。说实在的,她们就是一群"写信壳"女工。这工作看似简单,却有些难度,一是字要写得漂亮,看上去老成的更好;二是要有耐心,全国有那么多的来稿和来信,用人力三轮车一天都得拉好几趟,你说你八个小时就看着自己的笔迹在一个个信封上出现,这才叫真正的视觉疲劳。所以,才貌是次要的,她们拥有最大的亮点,就是字写得好,钢笔在她们手里,就好比毛笔拿在蔡文姬、卫夫人这类才女手里一样,能从秀气中彰显成熟与老辣,尽管她们大多还是十八九岁稚气尚存的姑娘。

哦,忘了补一句,我和我老婆,当年就是在《文学青年》函授部结识的。那一年,她高中刚毕业不久,十八岁,小我两岁。当然,如今她年过半百,早已从文学梦中觉醒。

一个小县城的黄金时代
——文成县文学创作现象回眸

严东一

据《中华民国行政区域简表》称："文成县，民国三十五年十二月核准以瑞安、泰顺、青田三县边区析置。"这个被人称为"三等小县"的"新生儿"，因建县时间迟而"先天不足"，又因国家投入少而"后天失调"。曾经，这里的人们生活温饱尚成问题，何谈文学创作？

直到20世纪80年代初，繁荣文成文学的工作终于拉开序幕。

1981年冬，我有幸被借调到文成县文化馆，负责全县文学创作及油印刊物《山花》的编辑工作，见证了文成县文学发展的重要阶段。

县文化馆主办的文艺刊物创刊于1972年，原名《文成文艺》，1977年改为《文成文艺演唱资料》，为单一演唱资料的不定期刊物。1980年更名为《文艺资料》，为十六开油印本，兼刊小说、诗歌等文学作品。1982年正式定名为《山花》杂志，为十六开油印本，以文学作品为主。1984年转为铅印小报，自定名为《山花》。那时，动笔的人不多，写的也大多是一般的演唱资料，能登上大雅之堂的小说、诗歌、散文，寥若晨星，似乎还是未开发的处女地。

一

针对当时文学作品来稿不多、质量一般的实际情况，县文化馆适时提出"扩量""提质"的工作方针。"扩量"是壮大业余作者队伍，通过宣传、发动、联络，广交朋友，形成一支数量可观的创作队伍。"提质"是提高作品质量。举办各类作品加工班、笔会，邀请上级文化部门老师来文授课、指导。于是，在1982年7月的一天，我们在县总工会四楼召开有二百六十四人参加的全县业余创作会议，年龄最大的六十多，最小的十二岁。有人形容这次创作会议，是"忽如一夜春风来，千树万树梨花开"。而后，我们定期或不定期举办各类培训班、笔会，市文联、《文学青年》编辑部都派人来指导、授课。陈又新、马骅、渠川、沈沉、吕人俊、庄南坡、吴天林等老师都来过。我至今还保存着时任市文联党组书记陈又新老师回复我约稿的信件。陈老师在信中风趣地说："今一效张打油之风格，熬三小时又另之灯电，始成歪诗一首，附信奉上，敬请指正。""吴军部长也已答应赋诗一首，不日寄上。""潜修同志请代问好！"市文联对我们的重视、支持，由此可见一斑。

在县文化主管部门及学校有关单位的重视支持下，我县业余创作队伍从1979年的五十来人发展到1984年的三百多人，杂志来稿数也从1979年的一百三十余件增加到二千三百四十八件。其间，先后成立了以严东一为社长的泗溪文学社，王珏玮为社长的清风诗社，奔流文学社、月季花文学社、文昌阁文学社也相继成立。为提高自己的业务水平，我报名参加了"北京语言文学自修大学讲座"、《长城文艺》刊授和市文联组织的文学青年函授创作中心学习。那本由茅盾先生题写刊名的《文学青年》，曾经令我激动不已。1983年10月，我还参加了浙江省群众文艺创作辅导干部讲习会，同去的有市群艺馆李涛、瓯海叶葳、乐清刘瑞坤、瑞安李道林、永嘉谷尚宝等。

二

　　为繁荣我县文学创作，有关部门相继出台了奖励政策。首先是文成县教育委员会，在1985年上半年率先推出文学作品奖励办法。规定凡在上级报刊发表反映本县教育系统师生的各类文学作品，奖励同等稿费；获奖的，奖励同等奖金。当年11月的一天晚上，时任文成县县长王吼狮亲自参加全县重点业余作者座谈会，并表态：从1986年1月起，凡在市级以上报刊发表各类文艺作品者，县里奖励同等稿费。这项经费由县长文学基金会开支。据悉，这是全市第一个建立的县长文学基金会。

　　1992年，旅荷侨胞胡志敏先生出资两万元，设立胡志敏文学奖。

　　此前的1989年年底，经浙江省委批准，金邦清同志调任中共文成县委书记。"文成文成、无文不成"，新书记对文学情有独钟，高度

1990年12月12日晚，文成县文学工作者协会成立，图为县领导和新当选的协会负责人合影留念，右三为本文作者

2011年5月16日，文成县在铜铃山举行《人民文学》铜铃山创作基地、温州大学铜铃山科研实践基地授牌暨全国诗歌征文颁奖仪式

重视文化工作，要求尽快筹建文成县文联。此后不到一年时间，文学、音乐、美术、摄影等八大协会相继成立。1991年1月5日，文成县第一届文代会召开，金邦清代表县委、县政府致辞，市文联领导吴军、刘文起、吕人俊到会祝贺。刚当选的县文联副主席项有仁老师敬献贺联：继承传统发扬传统群策群力文成文艺谋开拓，源于生活高于生活一丘一壑洞宫山水写风流。

县文联成立以后，每年举办征文活动一次，笔会一次；邀请外地名家来文采风两次。并成功举办了六届"铜铃山杯"全国诗歌大赛、四届刘伯温诗歌奖、2018年国际慢城暨第二届全国诗人改稿会。2014年起，县财政每年拨款五十万元，用于奖励精品作品，2017年起提高到一百万元。对于这个曾经的国家级贫困县来说，简直是天文数字，重视文学创作可见一斑。2018年，县政府还拨款两百万元，在下石庄建设了1000多平方米的全省首个县级文学创作园。

三

  有人说，20世纪80年代被公认是文学的黄金时代。这一说法，在文成，也同样得到印证。正是从那时开始，文成的文学创作走上了快车道。

  近年来，文成的文学事业有了新发展：精心打造全国文学奖项——中国"刘伯温诗歌奖"，创建《人民文学》文成创作基地、"中国诗歌之乡"，举行"铜铃山杯"全国诗歌大赛，举办中国知名诗人作家走进文成采风创作和诗歌作品研讨会等；出台《文成县文化精品创作生产扶持奖励实施办法》，开展了十届文化精品创作奖评奖；在文化精品创作奖的激励和扶持下，八百多人次获得文学艺术奖个人奖项，五十多部文艺书籍和三十多次文艺活动得到资金扶持……

  这里，特别需要提及的是文成籍学者富晓春。2017年8月，富晓春的《报人赵超构》出版，时隔两年半后的今年3月，富晓春的新作《赵超构书信往事》由文汇出版社出版，在全国新闻界产生广泛影响。一个和赵老并不同年代的山里娃，孜孜不倦，潜心研究前人没有涉及的领域，为研究文学泰斗赵超构，也为文成的文学创作史增添了亮丽的一笔。

  文以载道，浑然天成。文成，一方有着深厚历史记忆的热土，一座天生丽质的山水城，一批文学爱好者正在这里，勤奋书写着更美的华章。

难忘那三场文学讲座

郑育友

我对温州文学情有独钟，尤其对温州乡土文学作品的爱好，实话实说真的入了迷。虽我年已八旬，但还像济公一样"哪里有酒哪儿有我"——哪里有温州文学讲座我就去哪里听。近年来，我在各县（市、区）听了十多场文学讲座，令我记忆最深的还是带有浓郁温州乡土味的三场讲座。

琦君：清风悄悄吹散乡愁

2001年10月26日上午，我怀着对琦君崇敬的心情从瑞安湖岭山区赶到温州市图书馆二楼会议厅，参加"温籍著名作家琦君与读者见面会"。

10时整，人们翘首以待的台湾著名女作家琦君女士终于坐着轮椅来了。会场内立即响起了"潘奶奶好""琦君女士好""潘女士好"等诚挚的问候声。

琦君女士坐定后，激动地说："谢谢乡亲与读者的好意！五十七年了，我终于等来了梦与真实的相遇——回到阔别半个多世纪的家乡。

今天，能和乡亲见面，这是我三生有幸吧！"随后她谦虚地说，"今天，我不是来向大家做什么创作经验之谈，而是来和大家交谈写作体会；是来听听家乡的读者对我的拙作的评论与意见。"

潘女士这么一说，会场顿时变得轻松活跃。见面会也就一问一答地开始了。

一位年轻的女读者抢先站起来问道："潘奶奶，我拜读了您许多散文作品，为什么内容都离不开家乡的人与事呢？"琦君答道："像树木花草一样，谁能没有一个根呢？我常常想，我若能忘掉故乡，忘掉亲人师友，忘掉童年，我宁愿搁下笔，此生永不再写，然而，这怎么可能呢？"接着，又一位年轻的女读者站起来问道："潘老师，您作品中'海天连在一起，山水连成一片，那一天还会远吗？'这句话是什么意思？"琦君笑笑，说："那是我盼望祖国早日统一的意思嘛！"一位年逾古稀的读者问道："琦君女士，我们这些老读者可以从你的作品中读到乡愁。请问，现在你已回到故乡，那一缕乡愁排遣了吗？"琦君深深地吸了一口气，高兴地说："我多年魂牵梦绕的乡愁，现已被故乡那株玉兰花枝头的清风悄悄地吹散了！"

一位退休的语文教师彬彬有礼地站起来请教："潘老师，您和'五四'时期的冰心女士相似，作品多半是写童年的回忆；同时，您也出版了《琦君寄小读者》专著。请问，写童年方面的题材，对您在文学创作道路上有何影响？"琦君微微一笑，自豪地说："回忆童年不但使我忘忧、忘老，也成全我在文学上取得了一定成就哪！"的确，有文学评论家说："琦君堪称以真善美的视觉写童年的圣手，在她笔下，童年不是一般意义上人类个体生存史上的蒙童期，而是蓦然回首不复存的心灵伊甸园。"

一位幼儿教师站起来问琦君女士："潘老师，我是幼儿教师，我对您作品中写的小狗、小猫片段特别喜欢。请问，您写小狗、小猫的原意是什么？"琦君语重心长地回答道："人难免有不快乐、寂寞的时候。此时，小狗、小猫是你最好的伴侣。你不用跟它说一句话，彼此默默相对，它忠实的眼神望着你，就能为你分担忧愁哩！"

当一位中年男读者问她回去后是否还写以故乡为题材的作品时，她笑笑说："这次回故乡我心情很激动，如果身体许可，我还要写一篇《我心中的故乡》。"

会后，读者捧着琦君的名著，排起长长的队伍，翘首等待琦君女士为自己签名留念，终于，她在我新购的《橘子红了》书上也签了大名并与我合影留念。此刻，在我眼中，坐在轮椅上的八十五岁高龄的琦君变得年轻了——这大概就是梦与真实相遇的缘故吧！

琦君在温州图书馆为郑育友签名留念

叶永烈：从做"豆干"变成做"砖头"

2018年8月4日，当东方刚刚露出鱼肚白，我就起床了。为赶上叶永烈先生的讲座，我租车赶往温州公园路上的温州日报社。我见到叶永烈先生时，紧握着他的双手，并自我介绍："叶先生辛苦了！我是杨奔老师的学生，今天特地从湖岭山区赶来聆听你的讲座。"叶永烈先生说："天气这么热，你老人家从遥远的山区赶来听我讲座，难得难得！"

在上楼的途中，我们相互做了简短的交谈。步入会议室后，叶永烈先生见后排还留着几个空位，便拉着我一起在后排并肩坐下。坐定之后，我掏出随身所带的叶永烈先生新著长篇小说《邂逅美丽》

叶永烈在温州图书馆为郑育友签名留念

（"上海三部曲"的收官之作），拱手请他签上大名。叶永烈先生翻开该书扉页，在上下方工工整整地分别写下"郑育友先生雅正　叶永烈2018年8月4日温州"几行文字，并和我合影留念。

当天上午，叶永烈先生应温报集团邀请，作了《每一个孩子都能写作》的讲座。开讲前，《温州日报》相关负责人将一份装裱好的1951年4月28日《浙南日报》交给叶永烈先生，叶先生把自己的新著赠给温州日报社。

叶永烈先生为现场五百余名《温州日报》小记者，开讲了为时近两个小时的自己的写作经历。他说："我的文学之路，起点是《浙南日报》上那块'豆腐干'。1951年我刚十一岁，向浙南日报社门口的投稿箱里投进一首小诗。后来这首小诗发表在该报的副刊上，成为我人生发表的第一件文学作品。当时我还收到了编辑杨奔先生的一封鼓励信。"他说，"从此，我这个顽皮捣蛋的孩子对文学产生了兴趣，还成了作家。"在掌声中他笑了笑，幽默地说："就这样写呀写呀，我从做'豆干'的，而今变成做'砖头'了！"听众哄堂大笑。

张翎：揭开玉壶的隐秘往事

2017年9月2日，著名温籍海归作家张翎做客温州图书馆（讲座地点在市档案馆二楼报告厅），作了《战争、人性、创伤和救赎——〈劳燕〉》讲座，当天有两百余人听讲。

主持人孙良好先生在张翎开讲前做了简短的提示，他说："张翎的新作《劳燕》是一部以抗战为题材的长篇小说。这部力作，能使读者感受到战火中生生不息的爱与火光。"

张翎介绍说，《劳燕》是以女性作家的视角，讲述美国海军援华抗战时期，在温州一个抗战基地（文成县玉壶镇）技术培训班（中美合作所）发生的三个男人和一个女人的故事。

张翎说，她在加拿大做过17年的听力康复师，接诊过由于战争带来疾病和创伤的一些病人，

郑育友和张翎在温州大学合影

从他们身上看到了战争给人们带来的灾难后遗症。"因而对于灾难，我有着特殊的感受"，于是，想到通过写作战争、地震等灾难题材的小说，表现当灾难来临时，人性会产生什么样的裂变。

张翎先后去过西安、延安等地调研。调研途中，她偶然看到几本抗战期间美国援华海军将领回忆录，她惊喜地发现了沉睡在她身边七十多年的题材。张翎说："回忆录中提到'玉壶'，就是家乡小镇。这个小镇十分闭塞，连我这个地道的温州人，也没有听说过。我根本想不到这样一个与世隔绝的小地方，竟和抗战有过如此密切的联系——它是中美特种技术合作所第八训练营的所在地。"她说，2016年，自己在玉壶中美特种技术合作所第八训练营遗址，从一位老人口中听到了小姑娘"阿红"（劳燕的原型）的名字，让她顿生灵感，才有了《劳燕》这本书。

一个渔家女的文学缘

施立松

我从没想过会与文学结缘。

我出生在偏僻的海岛渔村，村里只有七座石头房，十几户人家，几十口人，村人以打鱼为生，生活贫瘠而艰辛。我家因为父亲早逝，更是家徒四壁。我平生最大的愿望是跳出渔门，有一个旱涝保收的"铁饭碗"。初中之前，我甚至没有看到一本课外书，家里唯一的藏书是《毛泽东选集（第五卷）》。后来考上卫校，所学的医疗护理专业，与文学相去甚远。参加工作后，在医院当护士，也跟文学八竿子打不着。

2003年，我被抽调到县"三个代表"办公室。办公室设在宣传部会议室，隔壁是县文联。县文联有本文学刊物《百岛》，我偶尔能读到，但从不敢投稿。当时文联办公室总关着门，后来一问才知，文联主席是区人大常委会副主任邱国鹰兼职的，不在文联坐班。一日，工作之余，我写了一篇小文，悄悄地从文联办公室的门缝里塞进去。这是我平生第一次投稿。这种投稿方式也够独特的。事后想想，如果当时文联有人在，估计我也没有勇气投稿。过了一段时间，我差不多忘

邱国鹰老师带文学爱好者采风（中间为邱国鹰，右二为作者）

记了这事，居然收到一本崭新的飘着油墨香的《百岛》，上面有我的那篇小文。

不久，就在文联办公室见到了邱国鹰老师。从小读到邱老师不少寓言故事和民间故事，早就心向往之，见到他本人时，我激动得有点语无伦次，实在没想到邱老师是那么平易近人，又幽默风趣！跟邱老师聊了什么，已经不记得了，只记得他说，多写写，你文笔很好！这对我而言，真是莫大的鼓励！

邱老师经常会把洞头的文学青年召集起来，喝喝茶，聊聊文学。一群文青在一起，总有说不完的话题。我是个内向的人，每次聚会，都怯怯地坐在一旁，听他们高谈阔论，心里无比羡慕这些才气纵横，又能说会道的朋友。有这么些有共同爱好的人，都会会心的相视一笑。

同年邱老师主编了"蓝土地文库"第一辑。邱老师让我校对其中的一本"文学名家写洞头"的专辑《海上仙山》，看舒婷、叶文玲等名家写的锦绣文字，读得满心欢喜，深深折服。书籍出版，是何等重要的事，我生怕自己水平不够，不能完成校对任务，愣是把这本书逐字逐句认认真真看了三遍。

第二年春天邱老师又把我们几个文青召集起来，说"蓝土地文库"要出第二辑，让我也出一本。怎么可能！我第一感觉就是不可能！想了想还是觉得不可能。虽然平时会写写，但那些小玩意难登大雅之堂啊！邱老师说，那你先整理一下旧稿，再抓紧时间写一些，实在不行，就两个人出合集。

此后，邱老师隔几天就会打电话，问问写得怎么样，鼓励我好好写，弄得我不写都有点不好意思。再后来，他看了我的文稿后，觉得差不多可以单独出一本，让我再加紧写几篇。就这样，我的第一本书《真水无香》在邱老师的"催生"下出炉了！

《真水无香》的出版，仍然没有给我跟文学搭上边的感觉。那些年，生活工作压力极大，每日里蝇营狗苟，疲惫不堪，只有邱老师召集我们这些文青聚会时，才会发现自己离文学越来越远。邱老师当时是洞头县旅游顾问，在旅游局上班，为洞头望海楼重建费尽心力，事必躬亲，非常忙碌，却创作了很多作品，也获得许多奖，寓言类的、散文类的都有。但邱老师始终没有放弃我们，他总是尽可能找机会让我们写起来、聚起来，我们戏称他是洞头的"文学泰斗""望海楼之父"。虽说戏称，却是我们实实在在的心声。

2009年，我开始用心写作，在全国各级报刊上发表作品，邱老师多次给予鼓励，并让我申请加入省作协。我填好申请表后，想请他当推荐人。邱老师仔细地看过我的申请表，觉得关于创作成果那一块写得条理不够清楚，说，你得让评委一目了然。他建议我分成报纸类、杂志类、获奖类来填写，再附上详细清单。我很是感动，没想到邱老师这么用心。

2010年，我如愿加入省作协，他很高兴，自掏腰包，请我们几个文友去吃了一顿海鲜大餐。后来我调到区文联工作，也是邱老师的推荐。2015年我加入中国作协，我第一时间打电话告诉邱老师，与他分享我的喜悦之情，邱老师在电话那端连声说好。他总是用心寻找洞头的文学新人，只要发现苗子，他总是用心去了解，千方百计找来，加入我们的团队。这些年，几乎洞头的文学爱好者，都是邱老师一手培养出来的。这些年，洞头有二十多个作者加入省作协，各级报刊上也频频出现洞头作者的身影，"海岸线诗群""海霞女子散文社"等群体创作十分活跃，邱老师功不可没。

　　邱老师常说，一个地方，行政长官只能有一个，但作家可以有很多。所以，洞头的文学氛围很好，没有什么文人相轻之类的龌龊，一个只有十来万人口的小县（区），能有这么好的文学氛围，都是因为有邱老师的引领，有邱老师的榜样的力量。

　　有邱老师，是洞头之幸，是我们这些爱好文学的渔家儿女之幸。

文学，从这里出发
——我与乐清文联

李振南

每个人都有梦，每个人都在爱做梦的年龄做过无数的、千姿百态的梦。而做什么梦，总是因人而异，随时代和社会的变化而变幻。

我生活、成长的那个青春年代，是一个文学的时代，是文学形而上、高而大，诗人和作家受到空前膜拜的时代。

在那个时代里，文学主宰着整个文艺，是文艺的主流，无论是思想单纯还是思维活跃的人，总在阅读文学，讲述文学。他们对诗歌、对小说满怀热情，津津乐道，他们中的许多人，尤其是青年，总会做文学梦，总会自觉或不知不觉地向文学靠拢过去，尝试文学创作，自诩文学青年，以为文学是万能的，幻想爱好文学能改变自己的命运。

这个时代在20世纪80年代。

正是在这样的氛围里，全国许多地方都建立了文联，成立于1986年的乐清文联就是其中的一个。

一

乐清成立文联的时候，我已大学毕业被分配到雁荡山工作。雁荡山是一座使人愉悦并赋予人灵感的名山，我很快沉湎其间。那时，青春时期的我，与许多年轻人一样，痴迷于文学，热爱着文学。每天在奔走、寄情山水之外，练琴、作文、饮酒是我业余的三大良友。我的生活习惯是，清晨操琴，傍晚饮酒，夜半为诗为文。青春的日子，聆听山水清音，奏响琴弦旋律，朗诵绝美篇章，日子如梦幻般流过。

不过，那时候文学在雁荡山是一片真空地带，地处偏僻乡下，交通十分落后，更没有文学气场和良师益友。我的业余生活虽然丰富，但最多算是自娱自乐，对文学既无目标也无目的。所以，那时的我，甚至不知道有一个叫乐清县文学艺术界联合会的单位，我更没有加入哪一级哪一家协会成为会员。

我是一个地地道道的农民儿子，自己也算是半个农民，从十二岁到18岁的七年里曾参加了生产队的各项劳动，为家里挣得了不少的工分。所以，我没有家学渊源，也没有文学创作的传承。我想，我喜爱文学，肯定与从小听父亲讲故事有关。那时，每当白天父亲忙完农活后，我们这些孩子经常在道坦角、台门外、晒谷场缠着他讲古典，父亲也总把《西游记》《水浒传》、征东、征西、《封神榜》讲得有枝有叶，我们这些小孩和邻居农人都听得津津有味。也许这就是一种文学启蒙吧！我文学的另外一种启蒙可能与喜欢听温州鼓词有关。那时，听温州鼓词是农村春节期间一项常见的文化活动，有时村里某家有喜事，也会请来唱词先生。我常常跟随父亲夹入大人中间听唱词先生演唱鼓词，第二天还能将昨晚听来的鼓词记录下来。

我大学读的也不是文学，而是林业，在乐清作家群体中，我是少数几个非文科科班出身的人。念林学院时，同学们夜里大多到教室里晚自修，而我却有许多时间花在阅览室，当时读的主要是诗歌，那时，北岛、舒婷、顾城已出了名，文坛上出现了大量的朦胧诗。于是我也胡乱涂鸦，经常写些小诗在学校黑板报上发表（那时没有纸质校刊、校报）。在大学期间，我也接触了大量的世界名著。

带着对文学的浓厚兴趣，我走上工作岗位，走向雁荡山。恰在这时，我认识了张文兵（马叙）先生，他当时在雁荡文化站任站长。文兵兄那时善吹笛子，不知是我的小提琴曲吸引了他，还是他的笛声吸引了我，我们就从相识、相交到相知。在我们交流文学时，他看了我的诗歌和散文后，认为散文更适宜于我，就鼓励我多写散文。于是，我把一篇题目叫《归来吧，远去的雁阵》的散文寄到《温州日报》，没想到几天后就发表了。这是我在正式报刊上发表的处女作，望着自己的钢笔字变成铅字，我似乎更有了文学梦。此后，我在雁荡山的几年里陆陆续续在《江南游报》《温州日报》《温州文艺报》《温州文艺》（现为《温州文学》）发表了不少的散文、诗歌和短篇小说，正式走上了业余的文学创作之路。

随后我也知道文兵兄还是县文联全委会委员、县文学工作者协会理事。也许是人生的缘分，也许是冥冥之中的注定，十多年后，张文兵先生掌管了乐清市文联，同时成为《箫台》内刊的掌门人，而我，也进入了文联的主席团，且为乐清市作家协会打工，算得上是半个文联人。毫不夸张地说，我能走上了文学创作之路，与文联和文联人关系莫大矣！我的文学，是从文联出发。

二

真正了解文联、接触文联是在20世纪90年代初期，此时，我已加入了文学工作者协会。作为一名骨干会员，参加文联组织的活动，最多、最平常的就是采风笔会。那时文联举办笔会少则三天长则一个星期，其间有采风，有座谈，有改稿。虽然食宿档次不高，但其乐融融，收获多多，人人乐此不疲，以此为荣。

记得首次参加笔会的时间在1991年，地点在中雁荡山。暮春三月，草长莺飞，我们一班人从乐清出发，乘车到柳市后转走水路至白石。那时乐琯运河到白石河上有小型飞艇作为交通工具，当我们踏上飞艇时，一种很现代的氛围骤然从四面八方涌来，置身其间，恍若进入一个新的时代。此刻，山峦、田野、村庄交替着出现，河面上翻滚着的汹涌波涛给人带来惊心动魄的悬念。白颜色、绿颜色、黄颜色的农家新楼房依次疾行而过，给人以永远无法修正的错觉。

这是我第一次参加笔会，也是第一次坐飞艇出游，除飞艇给我的震撼之外，中雁荡山也留给我不可磨灭的印象，那山、那水、那文化积淀，都给我带来了灵感。于是，我写成的《初访中雁荡》，不久便在林业部刊物《林业文艺》上发表，后被刘文起老师收入《温州文学五十年》。

2016年，乐清市文联举办的雁荡山笔会合影

此后，文联每年都有笔会，那是文人们会聚的日子，大家放下手头的活计，从四面八方赶来，改稿、喝酒、K歌、侃大山、朗诵诗歌，总把采风活动一次又一次地推向高潮。再以后，文联举办的笔会档次逐渐提高，经常有文学杂志社的编辑、主编来召开改稿会，比如《东海》《江南》等文学杂志，会后还常以"小辑""专辑"的形式刊出我们的作品，使写作者有了较大较高的发表平台，乐清的许多文友也由此走向全省，走向全国。

多年来，乐清文联的笔会，大家以诚相待，畅所欲言，对作品指出瑕疵，力求完美，由此打造了一支被业内称为"全省文学创作团体冠军"的队伍，连续四次获得浙江省作家协会授予的"先进集体"称号。

三

有人说，文学是寂寞的，文联也是寂寞的。

是的，从文学创作的角度来说，写作是个体行为，需要一定的、相对的时间和空间。耐得住寂寞，是一种心境，一种智慧，一种精神内涵。耐得住寂寞，才经得起繁华，才能面对浮躁，才会走向真实的自我。由于寂寞，心可以变得豁达，眼可以更加明亮，思想才得以升华，那样才有好的语境，好的感悟，好的书写。

说文联也是寂寞的，这句话不难理解，其本义是指文联属清水衙门，没权、没钱、不吃香，从而领导常忽视，组织不挂心，门庭车马稀，文联办事靠的是"全求人"。的确，这是多年前各地文联的普遍现象。但寂寞的文联也有寂寞的好处，在我看来，没多少人打扰的文联不会闹心、烦心、分心，自是省心、静心、清心，把真心倾注在文艺人身上，全身心为协会服务，为广大会员服务，着力构筑文艺工作者之家，使会员们有一个温馨的家园，心灵的驿站，精神的高地。现在想想，这是乐清文联的领导都会成为文艺家的贴心人的缘由。

乐清作协理事会

说到这里,我要特别感谢几任文联领导对文学的重视和对文学新人的培育。在三十年的历程中,常常让文学首发出场,从而使乐清的文学创作队伍保持队形整齐步调一致,让这一方土地时有人才出,常有精品出。

当然,眼下的文学大环境今非昔比,文学很难改变人的命运,文学更不是万能的,这已成为社会的共识。文学热时过境迁以后,人们逐渐发现,在文学这条道路上,没有人能够走得顺顺当当,走得轰轰烈烈,走得大红大紫。所谓的文学梦,只是一种美好的愿望,精神的寄托。但不管怎么说,有梦就好,有美梦更好。

文联,文联,当这个亲切的词语从我口中呼出时,我期待有更多的人、更好的文学,从这里出发。

且借名家如椽笔　畅写百岛千般美

邱国鹰

"楼外楼头雨如酥，淡妆西子比西湖。江山也要文人捧，堤柳而今尚姓苏。"郁达夫的这首诗，把美文和美景相得益彰的关系，描写得十分到位，令人叹服。

洞头从默默无闻偏僻的海岛渔村，到如今成为浙江省级风景名胜区、国家4A级旅游景区、省级全域旅游示范区，原因很多。其中，区委、区政府支持文联多次邀请文学名家前来采风考察，呐喊助阵，扩大影响，是原因之一。我在连续三届兼任县文联主席期间，全程陪同请来的文学名家观光游览，交流座谈，感受颇深。

从1995年算起，应邀前来洞头的作家，先后有汪曾祺、唐达成、陈建功、林斤澜、蓝翎、刘心武、舒婷、叶文玲、余光中、魏明伦、熊召政、王剑冰等，还可以列出包括本土作家在内的许多位。这些人，在中国文学史上都占有一席之地，他们描写洞头秀丽风光的美文，为洞头赢得了美誉。

汪曾祺妙赞女民兵

汪曾祺老先生是1995年11月上旬，随"在京文化名人洞头采风团"来洞头的。采风团由林斤澜先生牵头组织，瓯海区邀请，参加瓯海的"金秋文化节"。时任洞头县县长的姜嘉锋在瓯海任过职，得到瓯海的关照，把他们请到了洞头。

在这批北京名人大咖中，汪老最引人注目：一是作家中他年纪最大，但涉沙滩、登礁岩、看女民兵演练，一步不落。二是他书画兼擅，人又随和，不顾白天考察劳累，晚上又是题字又是作画，来者不拒，大家都很喜欢他。

汪老夫人施松卿陪同前来。她是福建人，我和她用闽南话交流，一点也不困难。吃饭时，她指着一样一样的鱼虾贝，和我核对名称，龟足啦、辣螺啦、黄瓜鱼啦（大黄鱼的闽南语叫法），叫法一丝不差。谈得高兴，她不时发出笑声，汪老也跟着点头。是呀，洞头许多住民的先祖，来自福建，语言、习俗保留得较为"原生态"。出于这个缘故，我和汪老夫妇俩谈得挺欢。

返京后，汪老寄来夫妇俩共同署名的文章《百岛之县——洞头拾贝》，施松卿的名字摆在汪老的前面，还郑重其事地加了执笔两个字。文章用"百岛千礁东西走，量金量银不用斗""云满碧山花满谷，此间小住亦神仙""一方水土一方人，本地闽南不同音""也爱武装，也爱红装"，写了洞头的风光、海产、习俗。

文章中用了许多在洞头流传的闽南谚语，如"立夏到，黄瓜鱼咕咕叫，渔民笑""冬至过，年关末，带鱼像柴爿""吃粥配菜卜，没钱赚给某（老婆）"等，足见两老下笔前做足了功课。

文章写女子民兵连尤为传神。

"我们参观了她们的实弹射击，真是弹无虚发，枪枪命中。给我们留下了深刻印象的是这些神枪手都长得漂亮，眉清目秀，长腰细身,而且都打扮过一番,都涂了口红。'兵'涂口红,似乎少有。这就是我们的民兵,名副其实的'飒爽英姿'!"

入微的观察,独特的视角,巧辟蹊径的描写,道出了当代女民兵的风采。这一年是洞头先锋女子民兵连建连三十五周年。三十五年中,描写这个连队的文章数以千计,像汪、施二老这样写女民兵的,独此一家。

唐达成留诗仙叠岩

"在京文化名人洞头采风团"众大咖中,唐达成先生的"官阶"最高,担任过中国作家协会党组书记、书记处常务书记、主席团成员,副部级,可是却很平易近人。我求学温州师范学校时,教中文的陈冰原老师说,他年轻时与唐达成先生同在一个报社共过事。因了这层关系,我与唐先生交谈多了起来。我知道,唐达成先生不但是著名的文艺评论家,还是颇有建树的书法家,便饶有兴趣地向他求教。

在游览大沙岙时,踩着绵绵的细沙,他谈起了自己与温州、与书法的情缘。

抗战期间,他父亲带着家人从杭州投奔温州的亲戚,从1940年到1946年,在温州一住就是六年,他和两个哥哥也随之在温州求学。唐先生的父亲擅长篆刻和书法,为了生计,只得以刻印、卖字换点微薄收入,年幼的唐达成则在一旁帮着磨墨、铺纸。多年的耳濡目染,加上父亲的悉心指导,打下扎实的书法基础。

离开温州后,唐达成主攻文学评论和杂文,后来因文字罹难,到农场"修理地球"多年,回单位不久又逢"文革"。单位内部两派整天笔伐不休,看他这头"死老虎"没什么批斗价值,便逼他帮助抄写大字报,日夜不得停歇。五年下来,避过批斗风暴,练出了一手好字,因祸得福,纯属意外。

从大沙岙、仙叠岩景区回来的当晚,采风团的书法家乘兴挥毫泼墨。唐先生对我说："今天游仙叠岩，很有感触，写了一首诗送给你，做个纪念。"我铺开宣纸，他蘸墨挥毫，洋洋洒洒写下《乙亥游仙叠岩有感作此以奉国鹰先生》：

潮激浪翻涛接天，云烟浩荡缥缈间。
极目远眺虽千里，望到天边不是边。

情景交融又寓寄哲理的诗句，酣畅淋漓的书作，吸引了在场众人驻足赞赏，拍照留影。

唐先生回京后，写了一篇长达三千字的游记《漫游洞头小记》寄来。文中极力赞扬洞头的美，尤其是礁石。"海鲜固美，更美的是沿岛的巨礁巨石。作家赵大年称赞说，洞头美就美在石上，一语道破大家的感受。"他特别写到了仙叠岩：

登上仙叠岩，极目远望，在海天云水苍茫中，你才能见到大大小小的岛屿与礁石……这里自然条件大约是相当严酷，但是刚毅的洞头人，祖祖辈辈在这里扎下了根，迎着海浪、迎着风暴、迎着困难，把不少岛屿建成了重要渔场，也建成了活跃的村镇，既富有生机与活力，也处处显示了进取的锐气。

这段描写，可以看作他诗作中"望到天边不是边"的注释：从仙叠岩的"潮激浪翻"，联想到一个地域当年开拓的艰难，未来发展的前景；再联想到每个人，昨天的成就只是今日的起步，天外有天，不能停步。

唐达成先生这首诗作，已镌刻在仙叠岩景区的正入口处，不仅为景区增添了文气，也给人们有益的人生启迪。

舒婷弹拨"七弦琴"

2002年5月底，洞头"五岛相连工程"胜利竣工，为了庆贺这一改天换地的壮举，县委县政府把通车仪式和第三届民俗风情旅游节合并举行，县文联邀请了一批文学名家前来采风助阵。这其中有：中国作家协会主席团委员、全国政协委员、浙江省作家协会主席叶文玲；中国作家协会主席团委员、福建省文联副主席、福建省作家协会副主席舒婷；中国报告文学学会副会长兼秘书长、数届鲁迅文学奖评委傅溪鹏；《人民日报》文艺部主任卞毓方等十余人。

舒婷的到来，激起洞头诗歌爱好者的极大兴奋，她的《致橡树》《祖国啊，我的祖国》等佳韵，流淌在大家的心间。他们向我提出，要与她见个面，当面请教一些诗歌创作的问题。我感到很为难，这不但在于整个行程都排满了，时间挤不过来，还在于觉得与她沟通似乎不太容易，我已经碰过一次壁了。

原来，通车仪式安排主席台人员名单时，按照惯例，从文学名家中选了职务高的叶文玲和舒婷两人上主席台，其余作家安排在会场第一排的嘉宾席，大会组织组让我通知她俩。我想这事好办，哪知叶文玲爽快答应，舒婷却坚决不肯，说是自己从来不坐主席台，即使参加福建省的文联和作协的大会，也不上的。我无语，大会组织组只好撤换了她的席位牌。现在要在行程外再劳她大驾，她会答应吗？

喜爱诗歌的作者们心情热切，而这种机会也实在难得，我有点难为情地向舒婷提出了请求，没料到她一口答应；时间排不出，那就当天晚饭之后吧。她不顾旅途劳累，稍做擦洗，就在自己住宿的房间里，与慕名前来的十多位业余诗歌作者聊开了。人多，大家有的坐沙发，有的坐床沿；她也随意，有问必答，谈笑风生。我静坐一旁，心想：坚决不上主席台，却挤时间热情接待业余作者，对这个"朦胧诗"代表诗人，我看着也有点朦胧了。

舒婷全程参加了庆典活动和景区游览，回去后没几天，寄来了散文《七弦琴上的岛屿》。不愧是著名诗人，文章第一句就引人入胜："瓯江口外的洞头县，像被不经意扯断后的美丽珠链，洒落在海面上。"然后写洞头的历史、人文、渔家乐、女子民兵连。最后写五岛连桥，依然是诗一样的语句："桥像是七弦琴，小岛在海风的吹弹下，似乎摇晃出音符的节奏和律动；桥像银丝绦，串起一部分散失的明珠，挂在东海湾的胸前……"

把洞头连接八个岛的七座桥，比作七弦琴，真妙！后来有几位作家也这样写过，而最早的"发明"人，是舒婷。

刘心武关注避风港

作家们有组团来洞头的，也有"单打"独行的。像鲁迅文学奖得主熊召政、"巴蜀鬼才"魏明伦、鲁迅文学奖评委王剑冰、台湾诗人余光中、著名作家刘心武等，都是单独前来的。

1996年7月底，时任洞头县委常委、常务副县长孙锦禹牵线联系，邀请了著名作家刘心武和爱人吕晓歌，前来洞头采风。我陪同他俩游览了本岛的仙叠岩、大沙岙、南炮台山几个景点，还特地坐船到大瞿岛。他喜欢水彩

1996年7月，刘心武（右）和本文作者在洞头南炮台山景区

写生，随身带着画板和背包，每到一处，观看、寻找，有合意的，便坐下来画上一幅。

刘心武的小说《班主任》影响很大，洞头的文学爱好者对他的名字早就如雷贯耳。为此我们专门安排了一个下午，请他与二十多名读者座谈。人不多，气氛却很融洽，他谈了从教师到作家的心路历程，讲了生活积累对写作的重要作用。很实在，很受用。

刘心武在洞头的第三天，传来当年第八号强台风的预报：说是已到达台湾以东洋面，中心风力十二级。那时洞头与温州的往来全靠轮船，怕台风影响交通，商量着安排他的回程。他说不急，机会难得，看看大家如何防台抗台。于是我又带他到码头、岙口、避风港观察，目睹广大干部心系百姓奔忙在防台第一线，感受渔民在台风来临前坚毅、沉着的昂扬气概。

回到北京，刘心武给洞头县文联题写了"百岛争辉·祝洞头文学创作蒸蒸日上"勉励词。为洞头写了两篇文章。《大瞿岛》写大瞿岛的壮美，岛民的淳朴好客；《避风港》写在台风袭击前，干部带头、渔民合力做好防御工作的情景，特别回味县领导动员渔船驶入避风港的一段话："既要不怕牺牲，更要避免无谓的牺牲；现在工作的重点便是后一个方面。"最后的结尾是："洞头避风港留给我很深的印象。人类需要岬湾的避风港，也需要心灵的避风港，不是吗？"这是他在洞头多留了一天的切身感受哦。

温州文学记忆

黄吕平

1979年10月，出于某种原因赋闲在家。在这之前，我也属于文学爱好者，曾试笔过短篇小说创作等，不过，那只是练笔而已。因赋闲在家，自然又动起笔来。我母亲说，他们厂有一个技术员叫吴明华，是写作高手，或许对我有帮助。于是我们就到了他家，由此与吴明华有了结交。

吴明华说我有基础，可以再写一些长点的东西。长点的，写些什么呢？我苦思冥想。这时，我所接触到的和听到的特殊时期的种种人物和事件就浮现在我的眼前，我决定把这些写出来。写这些有生活原型，故事也动人，也符合当时"伤痕文学"的潮流，于是就开始创作中篇小说《悲惨岁月》。这篇中篇小说主要讲述了四个年轻人在那个悲惨岁月的辛酸人生和爱情故事。当时我较为穷酸：一是没有稿纸，我抓到什么是什么，那时我抽烟，用得最多的是香烟壳；二是没有钢笔（那时还没有圆珠笔），我用的都是劣质铅笔。由于稿纸杂七杂八，铅笔字大小不一，仅写了四万来字，就装满了一袋子。

见　面

　　记得是1980年8月下旬的一天，吴明华找到我说，江南杂志社来温州征稿，你把你写的中篇小说拿给他们看看，说不定能用上。我说，还没写完呢，大概还差五分之一，而且也没整理装订好。他说，下午你先去了再说。于是，下午我到了位于谢池巷的温州市（现鹿城区）群艺馆。我们上到二楼会议室时，江南杂志社两位编委已等在那里，一个叫福庚，一个叫郑秉谦。当时江南杂志社属省作协主办，编委都是省作协成员。福庚，上海著名工人作家，笑眯眯的一张圆脸。郑秉谦，浙江著名作家，长脸，戴着一副黑边眼镜。两位老师看上去特别谦和，在我这个文学小辈面前没有一点架子。他们说明了来意，是为江南杂志社创刊号来征稿的。吴明华带来了一个中篇小说《三对半》，是写纺织年轻工人恋爱的故事，并做了介绍。我什么都没带，两位老师要我将《悲惨岁月》故事情节、主要人物讲一下。我就按他们的说法讲了一下。不想，他们俩很感兴趣，要我回家把稿子拿过来。我说，还没写完，还差结局部分。两位老师说，没关系，先拿过来看看。于是，我就回家拿来一袋子稿子，交给了他们。他们当场也没看，都带到杭州去了。

　　随后三个多月杳无音信。我想，这事没希望了，像我这样有头无尾的拙作，怎够得上创刊号？于是就失去信心，没把它当回事，四处游玩去了。11月底的一天，高中同学孙金辉找到了我，说，陈又新在找你，叫你到他那里去一下，有要紧事交代。陈又新当时是温州地区文化局创作组负责人，我不认识他。到了陈又新办公室，他说，省文联打来电话，请你去趟省文联，修改你的中篇小说。因为当时我跟温州文艺界没什么联系，个人又没通信设备，让陈又新费了很多周折才找到我。

改 稿

　　12月初的一天，下着蒙蒙细雨。我到达省文联大院时已是晚上八点多。大院门口有岗哨，我把介绍信给值岗人看后，他打了个电话，然后让我上大院二楼找一个叫冀汸的人。这是一间办公室兼寝室的房间，二十多平方米。我进去时，冀汸老师正在电视机前看《冰山上的来客》电影，那电视机很小，大概就九英寸。冀汸老师五十开外，中等身材，四方脸，脸色有点黑，给人感觉是个饱经风霜的人。后来我了解到，他是著名作家、"七月派诗人"，经历了许多磨难，直到1980年才被平反。冀汸老师和蔼可亲，一边泡茶，一边询问我一路上的情况，他这样平易近人一下子就把我们的关系拉近了。坐了十几分钟，他告诉我："你的住宿我们都安排好了，稿子也在那里修改。今晚先住下来，明天我到你那里再同你交流看法。"当晚，就有专车送我到省文联创作基地浙江空军招待所。

　　浙江空军招待所离杭州市区十多公里，占地面积很大，风景优美，空气清新，最里面有两幢俄式别墅，因当时没有安排创作活动，因而就我一人被独自安排在这幢别墅里。

　　第二天上午，冀汸老师来了，就我们两个人坐在二楼待客室里，我虔诚地听着冀汸老师的谆谆指导。冀汸老师说，他负责我稿子的编辑，"说实在的，你那一袋子稿子是我未见过的，稿纸长的短的、宽的窄的都有，铅笔字深深浅浅，字又写得不怎么样，看得我眼花缭乱，有时真不想看下去。但我被你小说中的人物和情节抓住了，有几节写得很感人，作品中人物的命运真的感染了我，所以，我决定用你的稿子。"冀汸老师真是个性情中人，我被他的爽直真情所感动，不知说什么是好。接着，冀汸老师又诚恳地指出，小说写作的功底还不足，人物形象、性格还欠缺，情节布局还不紧凑。有些情节安排得太凑巧了，凑巧得叫人有点不相信。冀汸老师的教导至今萦绕耳畔，他是个大作家，是个曾经沧海的老者，却这样蔼然可亲地对待一个文学新人，而且说的都是真话、实话、直话，没有半点故弄玄虚，叫人感叹不已。

在这期间，我还有幸结识了唐湜先生。大概住了半个月，唐湜先生也被安排住在这里，他是来修改《海陵王》的。唐湜先生是著名的九叶派诗人，十四行诗、叙事诗、诗论诗评都有很高的造诣。我们睡在一个房间，又是同城人，在后面的十几天里就极为融洽和开心。他也给我一系列指导，此后我们成了忘年交。

到月底，我自认为基本修改好了，把稿子交给了冀汸老师。冀汸老师看后，第二天叫我过去，对我说，看来还要修改一次。他说，明年三月，省文联要办一期全省范围的小说创作笔会。你先回去，明年三月再来修改，我们会安排通知的。

夭　折

到了第二年三月，我又去了浙江空军招待所。这次人很多，全省各地都有人，总共有二三十个，吴明华也去了。这次时间不长，就十来天。一天上午，忽然来了许多人。原来是省文联主席和诸位副主席来看我们。主席林淡秋，副主席黄源，那都是名震一时的文艺界大人物，我们都迎上去，与他们握手问好。他们一一询问了我们的创作。当大概了解了我的作品时，林淡秋主席对我说，要抓紧修改，自从《天云山传奇》电影放映后，全国影响很大，这类"伤痕文学"估计要刹车，这话我一直记得。在这期间，省文联还组织了多场活动，邀请鲁彦周、张抗抗、叶文玲等当代作家与我们座谈、交流，可谓受益匪浅。

我的《悲惨岁月》中篇小说最终没有发表。后来到省文联，冀汸老师对我说，很可惜，假如你这篇中篇小说能发表，不仅上了《江南》杂志的创刊号，还是"文革"后温州首篇重量级的中篇小说。小说质量是个问题，但最主要的还是题材的问题。现在文学创作已转

当年的温州市文学工作者协会证，作者至今还保留着

型，不再主要集中在揭示伤痕上，而是转向注重塑造当代人物新生活、新形象上，"伤痕文学"已成为历史印记。

这次笔会结束时，省文联宣布举办第一次浙江省鲁迅文学学习班，温州地区两个名额，吴明华与我。正在那时，我被调入省汽车运输公司温州分公司机关（那时称机关）工作，机会难得，而且4月1日前要去报到，不去报到要作废。这样，四月的鲁迅文学学习班我就去不成了。

调入汽车运输公司后，我就改了行，着重经济工作，文学创作基本放弃了，想想也是可惜。但初期与温州文学界还是有密切的联系，他们也没忘记我，像渠川、何琼玮、吴明华等，一直跟我有联系，一直在关心、鼓励我。1982年2月，温州市第二次文学艺术工作者代表大会在温州军分区礼堂隆重召开，我也是代表之一。1982年6月，温州市文学工作者协会成立，我也成为首批会员，证号为1016，即16号。

弹指一挥间，四十年过去了，虽然我第一个中篇小说没成功发表，但给我很深的感受，前辈们对新一代人的培植是那样真诚实意，像冀汸老师这样的人，一直藏在我的心里，永记不忘。多么希望温州有更多像冀汸这样的老一辈培植下一代，像那时的省、市文学界老领导关心呵护文学青年，这样，温州文学就能薪火相传，更上一层楼。

图书在版编目（CIP）数据

温州作家记忆 / 曹凌云主编 . -- 上海：文汇出版社，2022.9
　　ISBN 978-7-5496-3718-8

Ⅰ.①温… Ⅱ.①曹… Ⅲ.①散文集－中国－当代 Ⅳ.①I267

中国版本图书馆 CIP 数据核字 (2022) 第 036640 号

温州作家记忆

编　　著 / 温州市文联
主　　编 / 曹凌云
责任编辑 / 鲍广丽
装帧设计 / 浙江金瓯传媒有限公司

出 版 人 / 周伯军

出版发行 / 文匯出版社
　　　　　上海市威海路 755 号（邮政编码 20041）
印刷装订 / 上海颛辉印刷厂有限公司
经　　销 / 全国新华书店
版　　次 / 2022 年 9 月第 1 版
印　　次 / 2022 年 9 月第 1 次印刷
开　　本 / 787×1092　1/16
字　　数 / 210 千字
印　　张 / 18.5

ISBN 978-7-5496-3718-8
定　　价 / 98.00 元